お迎えに上がりました。
国土交通省国土政策局幽冥推進課　7

竹林七草

JN030181

集英社文庫

contents

本書は、集英社文庫のために書き下ろされた作品です。

本文デザイン／目﨑羽衣（テラエンジン）
イラストレーション／雛川まつり

お迎えに上がりました。

国土交通省国土政策局

幽冥推進課

7

一章

自動運転は、児童を見守る緑のおばさんにも反応しますか？

1

『退職後　守秘義務　いつまで』

そんな言葉で検索をかけてみれば「五年もすればいいんじゃね？」みたいな答えがひっかかってくるも、結論はようわかりません。

前に辻神《つじがみ》課長と交わした臨時雇用契約書を隅々まで紐解《ひもと》いてみれば、ひょっとしたらどこかに記載があるのかもしれませんが、

「えーと……失礼ですが朝霧《あさぎり》さんは、前職ではどのようなお仕事を？」

「はい、私は地縛霊《じばくれい》相手に国土からの立ち退《の》き交渉を担当してました！」

なんて真実を語っても、まぁ就活先の面接官は誰も信じてくれないでしょう。

むしろ二次面接と称してその手のお医者さんへの紹介状を渡されても不思議はない気がするので、守秘義務なんぞ関係なく幽冥推進課《ゆうめいすいしんか》の業務は迂闊《うかつ》には人に話せません。

なのでくさくさした気分でもって、

「…………けっ」

と、思いきり自分の境遇を鼻で嗤《わら》ってやりました。

今の私は本格的なやさぐれモードですよ。

——幽冥推進課と結んだ二度目の臨時雇用契約期間が切れた九月末日より早二週間。新橋《しんばし》庁舎の地下に確かにあったはずのオフィスが消失し、そこから今日まで私が何をしていたのかと言えば、結論としてはほとんど何もしていません。

突然に幽冥推進課が消えて、パニックで火車《かしゃ》先輩や辻神課長に電話をかけたのが当日のこと。でも私の支給スマホはいつのまにか使用停止となっていて、やむなく個人のスマホから電話をかけてみるも「おかけになった電話番号は現在使われておりません」というメッセージが返ってくるばかり。

やむなく支給スマホから業務で使っていたメールアドレスを取得し、個人スマホでメールを送ってみるも、即座になんちゃらデーモン様が無慈悲にお手紙を返して来やがります。……黒ヤギさんにお届けする以上に、希望も何もない結末ですよ。

他に何か連絡方法はないかと考えてみて、ようやく同じ職場で働いていた妖怪様方の個人連絡先をいっさい知らなかったことに気がつく始末。

これ、実のところすっごいショックでした。いうなれば私は友達だと思っていたのに、向こうはまったく友達なんて思っていなかったパターンです。辻神課長たちは私の住所が要町《かなめちょう》だって履歴書からわかっているのに、でも私だけが幽冥推進課の同僚方がどこ住みなのかを知らなかったわけですよ。

……まあみなさん妖怪ですから、お住まいは集合住宅ならぬ集合墓地だとか、住所は地獄の一丁目だとか、そんな可能性もあったわけですが。

ともあれ初日は衝撃が大きすぎて半ば呆然《ぼうぜん》となって過ごしてしまい、翌日にどこか他の部署に確認をとってみようと思い立ったものの、実際にどの部署に連絡したらいいのかと考えだしたところで私の動きは止まってしまいました。

辻神課長のお使いであちこちの部署に行かされていた時期もあるにはあるものの、思えば他の部署の人たちは私が幽冥推進課から来たことにみんな半信半疑でした。

おまけに幽冥推進課の業務で明確に絡んだことがあるのは、東日本大震災にまつわる案件で赴いた気仙沼《けせんぬま》国道維持出張所の第三管理係のみなさんだけ。いくら面識があっても、東北地方整備局の所属の方たちに「国土政策局の幽冥推進課がどうなったか知りません？」と訊《たず》ねたところで、困らせるのが関の山でしょう。

そういう点を考慮すれば、本当は三年坂を通り抜けて霞《かすみ》が関《せき》へと赴き、国土政策局に在籍の方へと直接訊ねてみるのが一番だとは思います。

しかし有期雇用契約の期間が過ぎてしまった以上、私はもう臨時職員ではない。ただの無職な人間が合同庁舎3号館の入り口でマイナンバーカードを提示しようとも、不審人物扱いされて警備員さんにつまみ出されるのがオチです。

そんな意外と詰んでいた状況に、一週間も経《た》った頃にはなんとなく現実を受け入れ始めてしまって、毎日朝寝坊をしてしまう日々となりました。でもその分だけ夜の眠りも浅く、真夜中にふと目を覚ましてしまうと、妙に不安になって泣きそうな気持ちにもなってしまう——我ながら情緒不安定ですよ。

さらに人間というのは、どうもないものねだりが欲望に刻まれている業の深い生き物のようで、働いているときには給与明細に記載された税金の金額を見ると「ぐぬぬ」という声が自然と出ていたのに、今はもうどれだけ天引きされていようとも残りを頂戴できるお給料様の存在がお懐かしくて仕方がない。

「あぁ、給料もらって納税がしたいなぁ」

脊髄が適当に思考したような、そんな意味不明な言葉が勝手に口から漏れ出たところで——ここが安普請の自宅アパートではなく、大手牛丼チェーンの店舗内だったことを私はようやく思い出した。

カウンターの上におでこを乗せて無気力に突っ伏していた状態からはっと我に返って、がばりと顔を上げる。

今の小っ恥《こば》ずかしい台詞《せりふ》を誰にも聞かれてないよね、と周りをキョロキョロ——するまでもなく、目の前で頬を必死で膨らませて笑いを堪《こら》える男性店員さんと目が合った。

「ぎゅ、牛丼の並盛り……お待たせ、しました」

妙に上擦った声で丼の載ったトレイを私の前に置くなり、口元を手で押さえて足早に厨房《ちゅうぼう》へと戻る。その直後、店の奥から声量を押し殺した笑い声が聞こえてきた。

あぁ、もうここ来られない――と、私はカウンター席に座った状態で内股になって自分の足下を見つめて、茹《ゆ》であがりそうなほど顔を真っ赤にする。

でも――とにかく今夜はお牛丼様ですよ！

過ぎたことはもうしょうがない、テンション上げていきましょう。なんといっても、これにて牛丼は当面食い納めになるやもなのですから。

牛丼がデフレの申し子のごとき扱いをされていたのは、もはや過去のこと。今や輸入品とはいえ、いやむしろ輸入品だからこそ牛肉は庶民にとっては高嶺《たかね》の花ですよ。にもかかわらずどこのチェーン店さんもがんばっていまだにワンコインで提供してくれていて、そこには感謝しかないのですが、それでも無職な私の薄っぺらい財布にはこたえるのです。

よって今夜は、元気をチャージするための私の最後の晩餐《ばんさん》です。

まずはあったかい湯気とともに甘じょっぱい匂いを鼻腔《びこう》で堪能《たんのう》し、次に控えめに紅しょうがを添え、さらには味変用に牛丼のアタマに半分だけさっと七味を一振りする。

あぁ……文明開化より早一五〇〇年。日本の食文化は、ここに成熟と至れりです。

――それでは。

「いただきます！」

タレのよく染みた部分のごはんに、やや小ぶりの牛肉を載せた最初の一口目。

……あぁ、もう当然ながら舌がとろけますとも。

続いての二口目は白い部分のごはんを多めにかきこむことで口の中をリセットし、そして三口目こそがいよいよ本命です。タマネギも添えた大きめの牛肉と、タレでひたひたになっている丼の底のごはんとを合わせ、両者を同時に口の中へと放り込む。舌で転がしつつも咀嚼《そしゃく》して、そして嚥下《えんげ》すると同時に「はわわ」と幸せなため息が漏れ出た。

もしも魔法のランプを私が手に入れて、なんでも一つだけ魔神様に願いごとを叶《かな》えてもらえるとしたら、食べても食べても決して中身のなくならない牛丼の丼をもらいますとも。延々となくなることなく盛られ続けるワンコ牛丼……すてき。

そんな楽園を具現化したような妄想に目をハートにしながら牛丼を食べ続けていたら、あっというまに食べきってしまいました。現実はとても世知辛いです。

というか――ランプの魔神様なんぞ、この世には存在してませんし。

あれ……でも、妖怪はいるのか。

いやいやいや！　常識で考えてみましょうよ。口の悪い喋《しゃべ》る猫とか、腕に目が浮き出る経理とか、とってもイケメンでちょっぴりイケズだけれども部下の行動に大変に理解のある上司とか、そんなの本当にいるわけがない。

ひょっとしたらひょっとして、最初から妖怪なんて存在していなかったのでは？　幽冥推進課とはもしや、無職な私の胡蝶《こちょう》の夢のごとき妄想だったのでは？　悪魔の証明ができないように、そんな可能性を私は否定しきれるのだろうか？　って……最近ちょっとおかしくて、発想がダメになってきている私です。

あぁ、せめて火車先輩や辻神課長を知っている誰かと話がしたい。そうすれば、少しは今のこの気持ちにも整理がつく気がするのです。

でもどう考えても、私の交友関係では国交省内の他部署で幽冥推進課の面々を知っている人を探すのは難しい。さらには案件で関わってきた相手は地縛霊ばかりであって、ついでに言うとみんながみんなもう成仏してしまっていますよ。

とはいえどうにか一人ぐらいどこかに幽冥推進課の話ができる人はいないのか、とカウンターに肘をついて両手で頭を抱えていたところ——ふと、閃《ひらめ》いた。

いや、いるじゃん！

たった一人だけ。私のことも火車先輩たちのことも知っていて、さらには国交省職員——というか、同じ幽冥推進課の職員がいたでしょうが。

むしろバカじゃないの、私。

なんで今の今まで、彼女の存在を思い出せなかったのか。

彼女の名は姫ちゃん——正式な名前は、橋姫《はしひめ》。

そう、私と同じ幽冥推進課の臨時職員であり、そして私の唯一の後輩にして現地出向中の立派な幽冥推進課職員ですよ。

姫ちゃんの存在を忘れていたとか我ながら薄情にもほどがある——と思うものの、でもやっぱり自分で思っていた以上に私は困惑し錯乱していて、頭がまともに回転していなかったのでしょう。

やっと気がついた幽冥推進課と繫《つな》がる手がかりに、私はいてもたってもいられない。

「ごちそうさまでしたぁ！」

食券式のお店のために会計はなく、礼儀としての挨拶だけして店を出ようとしたところ、奥の厨房からさっきの若い男性店員さんがひょっこり顔を出した。

「あの、なんというか……消費税もれっきとした納税ですからね。どうか自信を持っていろいろと頑張ってください」

たぶん優しさからの言葉なのでしょうが、私の顔が再び茹で蛸《だこ》のごとく赤く染まる。

店員さんに無職の身を心配されちゃいましたよ。

あははは……やっぱり、もうこのお店には来られませんね。

2

今から半年足らず前。私が幽冥推進課に雇ってもらって、まだ一月と経っていない頃です。

とあるダム工事の再開のため、古い木造の橋を壊そうとしたところ突然に重機が動かなくなるという案件があり、火車先輩とともに出向いた現地にて私はある少女の地縛霊と遭遇しました。

彼女は集落と里を繋ぐ橋が壊れないように捧《ささ》げられた人柱であり、自分の生まれた村の人たちのためにと必死になって橋を守っていたのです。

──ダム工事の関係で、その村はとうの昔に廃村になっていたにもかかわらず。

その後、なんだかんだの末に彼女が宿っていた橋は豪雨の影響で流されてしまったものの、村の人たちのために橋を守りたいと願っていた彼女のひたむきな熱意を買った火車先輩が辻神課長にかけあい、かつての村の人たちの子孫を守る現地出向の臨時職員として幽冥推進課に雇用されることになったのです。

あまりにも長い時間を橋を守ることだけ考えていたため彼女は自身の名前すら忘れてしまっており、ゆえに新しく彼女に与えられた名前が〝橋姫〟。こうして一介の地縛霊から、古くからの信仰の対象でもある妖怪様に晴れて昇格（？）した橋姫ちゃん──通称〝姫ちゃん〟は、私にとっての初の後輩職員となったのです。

そのとき姫ちゃんの幽冥推進課との契約書を見せてもらったのですが、なんと私の雇用期間よりもずっとずっと長い一年の雇用契約でした。それを知った当時こそは「ぐぬぬ」と思ったものの、今になって思えば僥倖《ぎょうこう》ですよ。今なお姫ちゃんは幽冥推進課の職員なのはずなのですから。
なぜなら先月末で雇用契約の切れた私と違って、今なお姫ちゃんは幽冥推進課の職員のはずなのですから。

現職員の身であれば、姫ちゃんが幽冥推進課オフィスが突然に消えてしまった事情を知っている可能性は高い。むしろ知らされていないほうが不自然というものでしょう。もし仮に私同様に何も知らされていなかったとしても、れっきとした職員である姫ちゃんなら確認の連絡を組織の上層部に入れる権利ぐらいは当然あるわけです。

そして何より、一人で取り残されたようなこのモヤモヤ感を共有できる相手は、もはや姫ちゃんしかいない。

――そんなわけで、翌朝にはもう私は姫ちゃんに会いにいくため家を飛び出し、自宅から最寄りの要町駅へと出向いていた。

姫ちゃんの出向先は、群馬県のとある小さな町にかかった橋となる。以前に火車先輩と会いに行ったときは公用車で赴いたものの、車など持っているわけのない私は当然ながら電車で向かうことになる。新幹線を使えば到着まで一時間は短縮できるが、無職様である私にそんな余裕があるわけもなく、えっちらおっちらと普通列車での移動だ。

早朝に都心を出て北関東へと向かっているため、ちょうど郊外から出勤してくる人の流れとは真逆になる。電車を乗り換えるときも、ホームを忙《せわ》しなく歩く人たちとすれ違う。線路を挟んだ反対のホームはあんなにも人が並んでいるのに、こっちのホームには私しかいない。さらには乗った電車もガラガラの座り放題で、それなのに窓の向こう側ですれ違う都心方面への電車はどれもこれもが満員だった。

誰もがあくせくと出勤している様を眺めながら、私はふと思ってしまう。

——どうして私は、こっち向きの電車になんて乗っているのだろうか？

思えば社会に出てから、私はほとんどこちら側だった。

正規のレールに乗りたくて、でも乗せてもらえなくて、乗れたとしてもすぐに降ろされて、そしていつも取り残されていた。どの会社も私を必要とせず、居場所もなければお金もなくて、だから貧して鈍する状況で、社会に入りたての頃の私は自身の存在意義さえ見失っていたと思う。

だけれども、そんな私を幽冥推進課は雇ってくれた。

職務の都合上あまり表には出られない変わらずの日陰者ではあったけれども、でも人と繋がって社会の一員として働くことを許してくれた。仕事は大変で辛《つら》くて苦しいけれども、でも何もなくて寝ていることしかできなかった日々より確実に充実していた。

なのに私はまた放り出されてしまった。

国土交通省国土政策局幽冥推進課の臨時雇用職員という私から、再び何の肩書きもないただの朝霧夕霞《ゆうか》に戻ってしまった。

ちゃんと働けているときには、電車なんて空《す》いていれば空いているだけラッキーとしか感じなかったのに、でもこうして何者でもない無職の身に戻ってみると、今はほとんど人がいないこの電車に乗っていることがたまらなく不安だった。空いている電車を選んでいるわけじゃない、私はあの満員電車の側に乗せてもらえないのだ。

いつのまにかシートの真ん中に座ってうな垂れていた私は、どこまでも落ち込みそうになってしまう気分をブンブンと首を振って払いのける。

そんな詮ないことで思い悩むより、今は姫ちゃんだ。これから久しぶりに姫ちゃんと会えるのを楽しみにすべきだ。そしてあわよくば姫ちゃんからの情報で火車先輩たちの居所がわかったときは、その後どうするかを考えよう。

私は誰もいない車内で「よしっ！」と声を出して、両頬を自分の手でぺちりと叩《たた》き気合いを入れ直す。

気がつけば窓の外の景色は都内のビル群から住宅街に変化しており、すれ違う電車の本数も少なくなっていた。

そのまましばし窓からの景色を眺めていたら、そのうち畑ばかりが目立つようになって、やがて再び都心のビル群の景色が戻ってきた。

まもなく終点に到着するという旨のアナウンスが車内に流れてきて、やっとこ電車が到着したのは群馬県内で最も大きな都心駅である高崎駅《たかさき》だった。

　でもここが目的地ではない。私はスマホに表示された乗り換え案内アプリを確認し、JR吾妻線《あがつま》へと乗り換える。発車のメロディーとともにゆっくりと車両が滑り出すと、どこか都内にも似た市街地の光景が瞬く間に山間《やまあい》の長閑《のどか》な風景へと移り変わった。

　さっきまで乗っていた都内にまで繋がった高崎線と違って、単線である吾妻線は他の電車とすれ違うこともなくのんびりと進んでいく。

　そのままガタゴトと揺られること約一時間、ようやく目的の駅にまで辿《たど》り着いた。

　とはいえ駅から姫ちゃんがいる橋までは、まだそれなりの距離がある。

　改札を出た私は、駅前のロータリーに停《と》まっていたタクシーを見て思わず指を咥《くわ》えてしまいそうになるが、今は贅沢《ぜいたく》は敵です。幽霊になる前なら人には足があるわけで、よってここからは徒歩《かち》にて詣でけり。

　私はスマホの地図を開いて位置の確認をすると、線路脇の金網と並行して延びている緩やかな上り坂の道を歩き始める。

　本日のお天気は見事な秋晴れ。都心を離れた地方の町の空気はいささか涼しくはあるものの、でも日差しだけはじりじりしていて、坂を上り続ける私の額に汗が滲《にじ》んだ。

　節約のためとはいえ、一〇分も坂を上り続ければやっぱりちょっときつい。

「まったくこの坂はいつまで続くんでしょうね、火車先ぱ――」

無意識にリュックに向かって話しかけていたことに気がつき、はたと口が止まった。

思わず、両肩から提がったリュックのベルトをぎゅっと握り締めてしまう。

ちゃんと荷物は入れているのに、背負ったリュックがいつもよりずっと軽い。そう気がつくなり胸の内が寂寞《せきばく》感で満ちそうになるが、私は唇をぐっと引き結んで堪えた。

ダメだ、ダメだ。これから久しぶりに姫ちゃんと会うのに、こんな暗い気持ちじゃ良くない——と、自分に必死で言い聞かせる。

でも同時に、ここまであえて無視してきた不安がムクムクと鎌首をもたげてきてしまった。

もしも……もしも姫ちゃんまでいなくなっていたときは、私はどうしたらいい？

それは決してあり得ない話じゃない。むしろ姫ちゃんのことを思い出したときから、実はずっと私の頭の片隅に居座り続けていた予感でもあり、本音を言えばそっちの方が可能性は高いんじゃないのかという気すらしていた。

週末までは確かにあったはずのオフィスが、翌週になったら忽然《こつぜん》と消えていたのだ。いくら幽冥推進課が幽霊部署だろうとも、公的な組織である以上は借金での夜逃げといったような理由は考えられない。ならば何か尋常ではない事態が起きたのだろう。

そしてその事態とは、組織やオフィスに纏《まつ》わる運営的な問題ではなく、同僚である妖怪たち自身の問題なのかもしれない——しばらく経ってやや落ち着いてからは、そんなことにも考えがいたるようになってはいた。

そもそも古い妖怪たちは、人の文化の変遷とともに消えていく存在だ。

私は一度、火車先輩がこの世から消えていなくなってしまった事態を経験している。

やがては消えゆく運命の妖怪たちと、ある日に消滅した幽冥推進課のオフィス。

嫌な符合が、否応《いやおう》なしに私の不安をかき立てる。

そして元は地縛霊だったとはいえ、橋姫となった姫ちゃんもいまや妖怪と呼べる存在だ。冷静になって考えれば考えるほど、彼女だけが変わらず元の場所に居続けてくれているなんて、楽観的には信じられなくなっていく。

そんな不安な気持ちを抱えたまま歩き続けていたら、いつのまにか上り坂は終わって、周囲の景色も住宅地から田園風景へと変わっていた。

舗装された歩道と畑の合間の側溝を、山からの湧き水を利用したと思われる綺麗《きれい》な灌《かん》漑《がい》用水がサラサラと流れていく。さらに歩き続けると側溝の用水路は合流してどんどん太くなっていき、その先に大きな川が見えてきた。

同時に、川岸を含めればゆうに五〇メートルは幅のある川の上を跨《また》いで、青く塗装された鉄骨のアーチを持つ大きな橋も見えてくる。

その橋は路側帯もある二車線道路になっていて、歩道には欄干も据えられていた。人通りこそ多くはないものの車通りはそこそこあり、駅方面の住宅地から山間を通って隣町にまで延びる、その橋はこの地域の立派な生活道路の一部だった。

半年前に見たのが最後だが、それでもちゃんと憶《おぼ》えている。

あの橋こそ幽冥推進課の臨時職員である橋姫の出向先――姫ちゃんが守る橋だった。

坂道を上ってきたせいでややへろへろな私だが、でも姫ちゃんの橋を目にするなり疲れを忘れてしまう。橋を前にやや歩くペースを上げるも、気がつけば早歩きとなって、すぐに全速力に近い速度で橋に向かって走り出していた。

――いて欲しい。

あの橋に、ちゃんと姫ちゃんがいて欲しい。私は姫ちゃんと会いたい。あの誰よりも健気《けなげ》だった少女と再び顔を合わせ、再会を喜びながら話がしたいのだ。

毎日少しずつ現実味が失《う》せていく幽冥推進課で働いていた日々の記憶。人ならざる私の同僚たちは、廃墟《はいきょ》めいた新橋庁舎の地下室にかつてちゃんといて、そして確かに私とともに仕事をしていたのだと、それを姫ちゃんに証明して欲しい。

「姫ちゃん！」

橋の上に立つなり、私は人目も憚《はばか》らずに彼女の名を叫んだ。

でも――返事はない。

キョロキョロと橋の前後を見渡してみるが、どこにも人影はない。道行く人さえ見当たらず、私以外に動いているのは背後からやってきた軽自動車が一台きり。それもブロロというエンジン音を立てながら、橋の上を通り過ぎていった。車が通り過ぎてからも反応はない。私の耳に聞こえてくるのは橋の下で渦巻いて流れている水音だけだ。

「ねぇ！　いるんでしょ、橋姫ちゃんっ!!」

しんとした雰囲気にたまらなくなり、私は周囲の山々から木霊《こだま》が戻ってきそうなほどの大声で再び彼女の名前を叫び――、

「――はい。誰か、私を呼びました？」

はるか頭上、ビルの三、四階分の高さはあるアーチの上から、返事が返ってきた。

驚いて上を見上げるよりも早く、子どもの姿の人影がすとんと目の前に落ちてくる。

「って、誰かと思ったら……どうしたんですか、急に」

瞬間、私の目からは涙が出そうになった。

両手を広げた格好で、見事に両足から着地したその子は七、八歳ぐらいの女の子。最初に会ったときから変わらない朱色が褪《あ》せてくすんだ丈の短い着物姿に、こけしを連想させる見事なおかっぱ頭。とても愛敬《あいきょう》のあるその顔立ちは見間違いようがない。

彼女こそが私のたった一人の後輩、橋姫ちゃんだった。

「お久しぶりですね、夕霞先輩」

姫ちゃんが、にっかりという擬音がしそうなほどの満面の笑みを浮かべる。

その笑顔を目にした途端、私の心の中で何かがプツンと切れた。これまでずっと眦《まなじり》

でせき止まっていた涙が、表面張力を越えてポロポロと粒になりこぼれ出てくる。

——そして。

「姫ちゃぁんっ!!」

私は恥も外聞も忘れ、幼女の姿である姫ちゃんの腰の辺りに抱きついた。

実際のところ、元地縛霊である姫ちゃんに触れることはできない。おまけに橋を通り抜けていく車の運転手の目にも映らない。道行く人が私を目にすれば、橋の上の歩道で膝をつき、何もない場所に向かって泣き喚《わめ》く危ない女に見えることでしょう。

でもそれがわかっていてなお、溢《あふ》れ続ける感情と愚痴はもはや止まらない。

「聞いてよ、姫ちゃん！　みんな……みんな、ひどいんだよっ！　火車先輩も、辻神課長も、百々目鬼《どどめき》さんも、みんなひと言もなく消えたの。私だけ置き去りにして、みんないなくなっちゃったんだからぁっ!!」

最初は驚きで丸くなっていた姫ちゃんの目が、やがて優しく細まり目尻が下がる。職歴では私の方が一ヶ月先輩ではあるものの、この世に生まれた年数で考えれば一五〇年近くも先輩である姫ちゃん。

その先はもう言葉もなく、私は幼女先輩である姫ちゃんに縋《すが》ってわんわんと泣き続けてしまった。

3

どうやら私は自分自身で思っていた以上に、ストレスでやられていたようです。

姫ちゃんに無言で頭を撫《な》でられ「よしよし」され続けること約一〇分。これ以上は脱水症状になるんじゃないかと思うほど泣いたところで、ようやく我に返りました。

「……ごめんね、姫ちゃん。久しぶりに会ったのに、いきなりみっともなくて」

欄干の土台になっている縁石に腰掛け、私は隣に座った姫ちゃんに気恥ずかしい思いで頭を下げる。

「いえ、いいんですよ」

再会するなりいきなり醜態を晒《さら》したのに、それでも屈託のない笑顔で返してくれる姫ちゃんは、ひょっとして妖怪ではなくて天使なのではないでしょうか。どこぞのずんぐりむっくりな猫の姿の妖怪にも見倣って欲しいものです。

「それで……いったい、どうしたんですか？」

薄手のデニムジャケットにベージュのカーゴパンツという私の私服を珍しそうに眺め回してから、姫ちゃんが訊ねてくる。

「——うん」

私の顔を見上げる姫ちゃんのつぶらな目を見ながら、私は直感していた。

——あぁ、姫ちゃんも何も知らないんだ、と。

だから、順を追って姫ちゃんに説明をした。週明けの朝に出勤をしたらオフィスごと幽冥推進課が消えていたこと、私の雇用契約がその日をもって満了してしまったこと、そしてその日を境に火車先輩とも辻神課長とも連絡のとりようがなくなったこと。

「なるほど。あぁ……それで、ですか」

私の説明をひとしきり聞き終えた姫ちゃんが、どこか得心したようにうなずいた。

なにが「それで」なのか。私が首を傾《かし》げていると姫ちゃんが縁石の上からポンと跳ねるように立ち上がり、トテトテ歩いて橋の入り口に置かれている石碑の横に立った。

その石碑に書かれた文字は『橋姫』。かつて姫ちゃんが守っていた最初の橋に置かれていた碑《いしぶみ》であり、橋を守ることに専心して人であったときの名前すら忘れてしまった彼女の、新しい名前の元となっている碑だ。

「実はちょっと前に、私宛ての郵便物が届きまして」

自身の魂の宿り木でもある石碑の横で、姫ちゃんが地面を指さす。その指先を目で追ってみれば消印のついた白い封筒が一通、石碑の下敷きとなっていた。

——ちなみに。建築物とはいえ人が住まう住宅ではない、区分としてはむしろ道路に近い橋梁《きょうりょう》には基本的に番地がない。にもかかわらず、どうやって橋の上にお住まいの

姫ちゃんにまで郵便物が届いたのかと興味本位で訊ねてみれば、

「配達員さんがその封筒の宛名を見ながら、橋姫という名前とこの橋の名をぶつぶつと繰り返して延々と橋の上を行き来していたんです。だから『私宛ての手紙なら、石碑の下に置いてください』と耳元で何度も何度もずっと教えてあげたんですよ。そうしたら配達員さんがそのうち顔を青ざめさせて周囲をキョロキョロと見回してから、石碑の下に封筒を差し込み逃げるように去っていったんです」

……勤勉な配達員さんに合掌。トラウマになっていなければいいんですけど。

まぁ――閑話休題。

その郵便物とやらが気になった私は、姫ちゃんの前で石碑の下から引き抜いてみる。

角2の封筒に書かれた送り主は――『国土交通省　国土政策局』。

かつて見慣れたその名前に、封筒を手にしたまま目を見開いてしまう。

とはいえ、本当に見慣れきった名前にはあと五文字足りない。でも逆に言えばこれは幽冥推進課の上層部であり、私も一度しかお邪魔したことのない、そしてもう今は訪ねる資格のない『国土政策局』そのものからの郵便物だった。

「姫ちゃん！　これ、中には何が書いてあるのっ!?」

訊ねる声が自然と上擦ってしまった。

ちょっと興奮した私に、姫ちゃんが申し訳なさそうに頭を下げる。

「すみません。お手紙をもらったのはいいんですけど……私、文字が読めないので」

……そうでした。姫ちゃんは江戸時代最後の元号である慶応《けいおう》生まれな、モノホンの慶応ガール。最初の出会いのときも、渡した名刺が読めず困っていたんでした。なにしろ義務教育などなかった時代の農村出身、加えて人柱になったときの年齢を考えたら文字なんて読めようはずもない。それもあってか、よく見たら封すら開いていなかった。

「……ねぇ、姫ちゃん。この封筒、開けて中身を読ませてもらってもいいかな？」

「はい。むしろそうしてもらえると、助かります」

人様に届いた手紙を読むなんてことはあまりしたくはないけれども、これはもう仕方がないでしょう。

消印の日付を確認してみれば一〇月の一日《いっぴ》となっている。つまりこの手紙は幽冥推進課のオフィスが消失した、その翌日に郵便局が回収したものということだ。

ペーパーナイフなんて持ち合わせていないので、ペロリと舐《な》めた指先で糊付《のりづ》けされた封を丁寧に剝がしていく。そして封筒の中から印字されたA4の用紙を取り出すなり、最初に私の目に飛び込んできたのは「臨時雇用契約　解除通知書」という文字だった。

恐ろしい文字列に思わずギョッとなって、私の手が止まりそうになる。でも字が読めない姫ちゃんを動揺させないため、そのまま無言で書類を引き抜き中身を読み進めた。

労働契約法によって有期雇用中の労働者の解雇は「やむを得ない事由」がない限り認

められないとされている。ゆえにこの通知書には、姫ちゃんの臨時雇用契約を途中解除せざるを得なかった理由が書かれているはずなのだが——、

『この度、貴殿が勤務されていた幽冥推進課を急遽《きゅうきょ》廃止することになり、やむなく貴殿との臨時雇用契約を途中解除させていただくことになりました』

「は、廃止ぃっ!?」

想像をしていなかった衝撃的な単語に、思わず声を上げてしまった。

読めないながらも隣で一緒に手紙を覗《のぞ》いていた姫ちゃんが、不安そうに小首を傾げた。けれどもちゃんと説明をするためにも、今は書面のその先に目を通すことを優先する。

どうやら契約解除を決める前段階では、姫ちゃんの配置転換も検討されたらしい。でも姫ちゃんの技能と業務内容が極めて特殊なこともあって、幽冥推進課以外での業務継続は困難と判断せざるを得なかった、とか。さらには本来なら直接会って事情を説明したいものの、この場に赴いても自分たちでは姫ちゃんの顔も視《み》えなければ声も聞こえないため、失礼ながら書面通知の手段をとらせていただく、とも書かれている。

なお一方的な契約途中解除のため異議があれば今月中に申し立てて欲しい、と最後に一文添えられていた。

読み終えたとき、私はついため息を吐《つ》いてしまっていた。

これは姫ちゃんの契約解除通知だ。だから肩を落とすのは私ではなく本当は姫ちゃんなのだが、でもいろんな情報が混ざり合って私の脳みそはぐにぐにしていた。

——一つ言えるのは、おそらくこの通知に辻神課長は絡んでいないということだ。

ちょっとだけ変態チックな言い方になるが、この書面からは辻神課長の臭いが感じられない。もって回りつつもどことなくシニカルなあの雰囲気が、微塵《みじん》もないのだ。

これは幽冥推進課ではなく、確かに国土政策局から送られてきた書類だ。

その課で雇った臨時職員を途中解雇するのなら、本来はその課の長たる辻神課長がまず説明するのがスジだと思う。それなのに姫ちゃんと契約を結んだ本人たちの気配を、この文面からはまるで感じとれない。ただただ理路整然とし、誠実な文面。

おそらくその辺に、『廃止』の前置きについた『急遽』の部分の理由があるのではなかろうか？

「あのぉ、夕霞先輩？」

隣の姫ちゃんの呼びかけで、ふと我に返った。

「あっ、ごめんごめん。ちょっと考えごとしてた」

「悩んでいるところ申し訳ないんですが、私にも内容を教えてもらえます？」

「……うん、そうだね」

と、それで私は書面に書かれていた内容を姫ちゃんに説明する。これは当人に届いた書面だ。ちょっとショックな内容だが、オブラートに包んだところでむしろ本人のためにはならない。だからストレートにそのまま全てを姫ちゃんに伝えた。

「――ということでね、一年の有期雇用契約を一方的に打ち切る以上、納得がいかなければ異議を聞く用意があるって書いてあるの。姫ちゃんは、異議申し立てする？」

私にとって衝撃的だったように、姫ちゃんにとっても驚きの内容だったのだろう。あからさまに困った表情を浮かべる。

「一つ訊《き》きたいんですけど――その異議申し立てとやらをしたとして、これまで通りに私はこの橋に居ることはできますか？」

「……ごめん。それは、私にはわからないよ」

そもそもからして、妖怪を現地出向させるというのが既に正気の沙汰ではない。幽冥推進課があってこその業務だ。異議申し立てをした場合、書面でも少し触れていたように他の課での継続雇用を再検討するのだろう。それで無理やり他の課で雇用していくことが決まったとしても、まともに考えれば『橋を霊的に守る』なんて仕事が同じように続けられるわけがない。最悪、都内に呼び寄せられてから、残りの雇用期間内を橋とはいっさい関係のない業務に従事させられる可能性だってある。

木っ端な臨時雇用職員しか経験したことがない私には、人事の判断なんて想像もできないことだった。

そんな考えが私の顔色からも伝わったのだろう。

「だったら私は、契約解除に異議を申しません」

姫ちゃんがきっぱりと言い放った。

「火車さんにも辻神さんにも大変良くしていただいたので、臨時職員でなくなるのはとても残念ですが、それでも私が居るべきで、そして居たい場所はこの橋ですから」

「……そうだよね」

一念、岩のなんとやら。姫ちゃんは橋を不当に占拠していた地縛霊から、自分の村の人間の生活を支える橋を守りたい一心で橋姫に成り変わった存在。幽冥推進課と臨時雇用契約を結んだのは、単にその思いと課の利益が合致したからに過ぎない。

姫ちゃんにとっての優先順位は、訊くまでもなく最初から決まっているのだ。

「うん。辻神課長も火車先輩も、きっとそれでいいって言うよ」

姫ちゃんが迷いのない顔でにっこり笑った。

その笑顔を見た途端、私はまたしても無性に泣きたくなってしまう。

——だけれども。

「あ～ぁ……もう、ちくしょう！　ほんとになんだかなぁっ!!」

私はがばりと立ち上がるなり大声で叫び、両腕を空に突き立てて大きな伸びをした。

前振りのないいきなりの私の挙動に驚き、隣で姫ちゃんがびくりと反応する。

「そっかぁ！　廃止だったかぁ！」

伸びをした姿勢のままで腰を左右に振ると、今度は両手の指を組み、まるでラジオ体操のごとく前に後ろに何度も屈伸を繰り返す。じっとしていたらまたこぼれそうな涙を姫ちゃんに見られないよう、顔を左右に大きく振って誤魔化しているのは、まぁご愛敬ということで。

「廃止だったらさ、そりゃぁ、しょうがないよねっ！　公務員になりさえすれば倒産はないと思っていたのにさ、よもや所属の課が廃止とはねぇ!!」

——口でどれだけ物わかりのいいことを言おうともまったく理解できないし、少しも納得できてなんかいない。むしろ廃止だったらもうちょい前から兆候ぐらいあんでしょうよと、何も教えてくれなかった火車先輩と辻神課長に怒りすら覚える。

でもあの人たちのことだ、たぶん何か理由があったのだろう。

私に「ごめんなさい」と言う余裕もない何かが、きっと今なお進行中なのだと思う。

当事者でありつつも蚊帳《かや》の外めいたこの状況には、ちょっとだけ……本当は、とってもムカついていて、苛立《いらだ》っていて、そして何よりもひたすら悲しいのだが。

それでも、やむを得ない事情があったのだと信じる。

仮にその事情が「おまえには言うまでもないことだと思ってな」だとか「朝霧さんに

はご心配をかけたくなかったので」とかだったら、いつか会ったときに思いきりはっ倒してやればいいだけだ。

そう——いつかまた会ったときに。

幽冥推進課が廃止になったとはいえ、これでもう二度と同僚だった妖怪様たちに会えないと決まったわけじゃない。むしろこうして姫ちゃんには会えたのだ。だから長い人生、今後どこかの薄暗い路地裏とかで、ばったり知り合いの妖怪に出くわさないとも限らない。

「ここしばらくの間、私は目いっぱい過ぎるほど落ち込んだっ！　今日は姫ちゃんのおかげで、心置きなく全力で泣くこともできたっ!!」

「……夕霞先輩」

「だからくよくよするのは、もうここでおしまいっ!!　ここからはまた頑張ろう、気持ちがマイナスに落ち込んでいた分だけ上乗せして、この先はちょー頑張ろうっ！」

両手を口の脇に添え、喉が破けんばかりに遠くの山に向かって叫ぶ。

人間やっぱり単純なもので、腹の底から声を振り絞って喚いてみただけなのに、それでも僅かに気持ちは上がってほんの少しだけ元気も出た。

最初はびっくりしていた姫ちゃんも、脇を締めて両手をぐっと握ったポーズで私を励ましてくれる。

「そうです、その意気ですよ！　夕霞先輩！」

「おうとも、私も姫ちゃんもともに無職だっ！　怖いものなんてもう消費税ぐらいだ！　なにも失うものなんてないんだから、ここから頑張らないでどうする！」

「ええ、私も夕霞先輩も、一緒にニートです！　おまけに私なんて石碑が置かれたこの橋から動けませんから、引き籠もりも加わって二冠ですよ！」

勢いのまま、私も姫ちゃんも山びこが返ってくるんじゃないかというほどの大声で、あっけらかんと笑い続けた。

――って、無職はともかくニートという呼称は、ちょっと心に痛いです。もうちょっと穏やかな表現でお願いします。

しかし、それはそれとして。

「っていうか、姫ちゃん。ニートとか引き籠もりなんて言葉、よく知ってたね。なんだか急に現代事情に詳しくなってない？」

引き籠もりはまあともかくとしても、ニートは完全に横文字。逆立ちしたって姫ちゃんが生まれた時代に使われていた言葉ではないのですが。

「はい、だって私は橋姫ですから」

まったく意味のわからない返答に、思わず頭に疑問符を浮かべてしまう。橋姫だと、なんでいきなり現代事情に詳しくなるのやら？　こういうときリュックに詰めて手軽に持ち運べる妖怪説明機――こと、火車先輩がいないのが辛い。

なので自然と眉間に皺《しわ》が寄った私の心情を察し、姫ちゃんが自ら説明をしてくれた。

「橋姫は橋の守り神ですから、この橋の上で起きたことはみんなわかるんですよ。人と人の会話なんかも把握できれば、実はカーラジオが喋っている内容なんかも全部私には聞こえてきて把握できるんです」

思わず「へぇ」という声が漏れてしまった。

そういえば、以前に火車先輩だったか辻神課長だったかが橋占《はしうら》の話をしてくれたのを思い出した。橋の上に立って往来での会話を盗み聞き、それで物事の吉凶を占うという古い習俗です。なんでも橋という境界でなされる会話というのは、ある種の神託にも等しいとのこと。橋の守り神たる姫ちゃんが、橋の上の会話を全部把握できるというのも、なんとなくうなずける話だ。

「特に通勤時や通学時のバスが通るときは凄《すご》いですよ。学生の子がいろんな話をしているだけでももう目が回りそうなのに、社会人の方の多くはスマホでSNSを読んだり、イヤホンつけて動画を見ているんですから。あっちこっちからいろんな話や情報が流れこんできて、頭の中パンクしそうです」

「……それは確かにちょっと辛そうだねえ」

でも現代の文化に順応することは、姫ちゃんにとってきっといいことだと思う。今後もずっとここを通る人のためにこの橋を守っていくのなら、現代人の気持ちだってわかっておくに越したことはない。

　――しかし。

　なんだか急に、姫ちゃんの表情が翳《かげ》った。

「でもいろんなことがわかってくると、様々な現代の問題も理解できるようになってきまして……おかげで実は今、一つ悩みを抱えているんです」

「……悩み？」

「はい。もし夕霞先輩や火車さんにお会いできたら、そのときは相談してみようかとも思っていたんですが――でも、こんな状況になっちゃいましたしね」

　姫ちゃんが憂いを含んだ、寂しそうな笑みを浮かべた。

　というか、その表情はズルい。姫ちゃんの見た目は幼女。生年計算ならば私の大先輩であっても、姫ちゃんにそんな顔をされたら、無視なんてできようはずがない。

「いいからさ、悩みがあるのなら話してごらんなさいな」

「でも」

「だいじょうぶ。お金の悩みじゃなければ、解決できるかもしれないよ」

　お金の相談だったときには、即座に踵《きびす》を返してさよならです。

　姫ちゃんは少しだけ逡《しゅん》巡《じゅん》した後、わかりましたと小さくつぶやき語り出した。

「実はですね——今現在、この町のコミュニティバスを利用して、国交省基準における自動運転レベル4を目標とするバスの自動運転試験が、地元の大学研究室と県庁の交通政策課主体で行われています。でもその試験中のバスが、自動運転のままとある横断歩道を通過しようとすると必ずセンサーが歩行者を検知して停まってしまうんです。問題の横断歩道には人なんて誰もいない。そのためセンサーの感度不良かシステム的な検知異常と判断せざるを得ず、目標の自動運転レベル4到達どころかこのままでは自動運転レベル3未満という、非常に厳しい試験結果になりそうなんですよ」

「……………えっ？　なんだって？」

余りにも想像の斜め上過ぎたやたらに小難しい姫ちゃんの悩みに、私はまるで昔のコントのような口調で返してしまう。

自動運転バスどころか、まだ蒸気機関車すら存在していない江戸末期にお亡くなりあそばされた姫ちゃん——睡眠学習ならぬ橋の上学習の効果なのでしょうが、ちょっとばかり効き目がありすぎじゃないですかね？

4

昔とった杵柄《きねづか》——と呼ぶにはまだ余りにも最近すぎますが。

答えられないと肉球で人の頬をグリグリするスパルタ式で、火車先輩が国交省関連の知識をやたら詰め込んでくれたため、まだまだちゃんと憶えていますとも。

今回は――自動運転車両。

二〇代半ばの小娘たる私ですら、いまだに将来の技術という気がする単語ではありますが、どっこい既に実用化されて普及までしていたりする技術です。

それが運転支援車両。つまりテレビのＣＭなんかでもよくみかける、危険を察知すると自動でブレーキとハンドルが回避操作を行ってくれるというあれです。

この『運転者の操作を車両が支援する』技術を、自動運転レベル２と呼びます。ちなみに自動運転レベルには米国の自動車技術者協会ＳＡＥの基準と、国土交通省が独自で定めた基準とがそれぞれあるのですが、今回は主に後者の方で考えます。

それはさておき、既に普及している自動運転技術は緊急時の危険回避が主であるため、その車が自動運転車と呼ばれてしまうと、ちょっとがっかりするのが本音です。

しかし、人の技術は日進月歩。

昨今はメキメキと自動運転技術も進歩していて、そう遠くない将来の二〇三〇年には同じ自動運転レベル２であっても、手を離した状態で勝手に車両がハンドルの操作をしてくれる〝ハンズオフ〟と呼ばれる機能を持つ車両が市場に多く出回り普及するのではないか、という試算もあったりするのです。両手を離していても勝手にハンドルが動く車――ここまで来たら、だいぶ自動運転車のイメージにも近づきます。

こんな前置きをしつつ、それでは姫ちゃんが口にしていた自動運転レベル3と、さらにその上の領域となる自動運転レベル4ですが。

まず自動運転レベル3とは『条件付自動運転車（限定領域）』と呼ばれるもので、要約すれば「ある定められた区間では、人がいっさい操作せずとも勝手に走る自動車」というものです。そう――誰も触っていないのに独りでに加速減速をして、他の車両とぶつからずにすいすい道を進む、あのSF世界の自動運転車のレベルがここです。

実はこのレベル3相当、技術的にはもうほぼ完璧に到達しています。なにしろ限定領域という条件付きでいいわけですから、車両には特定道路の運転操作だけを正確に憶えさせ、あとは車外の他の車両や歩行者なんかをセンサーで検知できれば、ハンドルもアクセルもアクチュエーターでプログラム通りに操作させるだけです。二〇年、三〇年前ならいざ知らず、今やこの程度のことは決して難しくはないのです。

しかし問題は、緊急時のこと。

レベル3の自動運転には『条件付』という文言がついていますが、この条件とは自動運転中に問題が発生した際に即座に人による運転切り替えができる状態、というものだったりします。

例えば――道路への予想外の飛び出し。

このとき、突然に車の前に出てきたのが人ならば、迷うことなく急ブレーキ急ハンドルでもって人命優先で事故を回避すべきです。

でも仮に、頑健な大型バスに乗っていたさいに目の前にひょっこり現れたのが人ではなく鹿だったら、即座に急ブレーキではなく、ときに乗客の安全を守るべくそのまま突っ込むという選択肢も存在するわけです。

残念ながらまだ人とＡ・Ｉの即時の判断力の差には大きな壁が存在しているわけで、まさにこの難関をクリアした先に〝ブレインオフ〟とも呼ばれる人による判断が不要な自動運転レベル４――〝高度な自動運転〟と呼ばれる領域があるのです。

姫ちゃんが言及していた自動運転バスの到達目標が、まさにこの自動運転レベル４。運転手が不要となるこの技術が、人口減少が日々のニュースになる現代においてどれほど有益かは語るまでもないでしょう。

――とはいえ。

「いやいや、ちょっと待って。この橋を守っていくのが目的の姫ちゃんが、なんで自動運転バスの試験がうまくいかないことで悩む必要があるわけ？」

国交省職員であったときならいざ知らず、私と姫ちゃんはもはやお気楽な無職様。どうしてそんな最先端技術の問題で頭を痛める必要があるのか。

「実はこの町で自動運転バスの試験をするという話が役場から公表されたとき、特に町の中心部から離れた家に住むご老人方が大喜びしたんですよ。昨今は高齢者の運転ミスによる事故のニュースが連日テレビを賑《にぎ》わしているそうで、中でも特に自動運転バスの話に喜ばれていた方というのは、どなたもご家族から運転を心配されて免許を返納したほうがいいと勧められている方たちばかりでした。この町は、地域の中心地であってもバスの運行間隔は二時間に一本。周辺集落にいたっては一日三本しかない上に、それすら電話で事前予約しないと来ません。多くの方は年金と貯金を切り崩しての生活であり、タクシーでの送迎なんて贅沢はとても無理です。つまり家族の願いを聞いて自動車免許を返納しても、現行のバスの運行状況では生活が成り立たないんです」

姫ちゃんの話に、気がつけば私はうんうんとうなずいていた。というのも、これは昨今ではよくある高齢者の交通事情問題です。

「なるほど。子や孫の心配を受け入れて免許を返そうにも生活のためには返せない――そんな悩みを抱えているとき、自動運転バスの話が持ち上がってきたってわけね」

「そうです。自動運転レベル4は『限定地域での無人自動運転移送サービス』を目標としています。実現すれば国土政策局の小さな拠点構想にもあった、集落と道の駅を頻繁に繋ぐ自動運転バスのあの構想がまさに完成します。自動運転バスが走りさえすれば、バス会社だって人手やコスト問題から本数を減らす必要もなくなる。疲労なんて関係がない自動運転バスが走ってくれるのであれば、自家用車になんて乗らなくても自由に家と町とを行き来できるだろうと思って、とても喜んだんです」

もちろん――実際には、そんなにうまくいくはずがない。

仮に無人自動運転移送サービスの実用化にまで漕《こ》ぎ着けられたとしても、おそらく初期のランニングコストは従来の人件費の比じゃないと思う。

バスということは乗客を乗せるということで、乗客を乗せるということは人の命を預かるということと同義。預かった人の命を守るセーフティラインに、心をもって判断できる人がいないということは、自動運転機能の整備に人の心を全力で込めるしかない。

そのためにはきっと最新の機器と細心の注意の双方が必要で、実用化後も膨大なデータをもとにした知見が得られるまでは、致命的な事故が起きぬよう何重もの安全措置がとられるはずだ。それはたぶんコスト度外視で、公的機関からの補助を得ながら将来への投資としての意味合いが強い形での運用となることは想像に難くない。そのため仮に自動運転レベル４のバスが実用化されようと、運転免許返納をされた方々が望むような過疎集落への頻繁なピストン運行はまだまだ先のことになるだろう。

自動運転バスは決して手の届かない遠い未来のものではないが、それでも安全で安価に安定して普及させるためには、もうしばらくの時間が必要だ。

「今回の試験は公開試験ですので、運用化のデータを得るためにも一般の方も乗客として乗車できます。それで百聞は一見にしかずと、実際に試験バスに乗ってどんなものか確認した方が何人もいたんです。でもこの橋の上を通って自動運転バスに乗りに行くときはみんなうきうきしていたのに、帰って行く際には肩を落としてたんですよ。『やっぱり、まだまだだなぁ』と、『あれは期待し過ぎんほうがいいな』と、期待していた分だけしょんぼりしつつ、そんな風にご近所さんと話しながら家路に就いている方々を何人も見ていたら、私は心が痛くなりまして……」

「……そっかぁ」

要は姫ちゃんが憂えているのは本邦の最先端自動運転技術に対してではなく、この地に住む人たちの生活と気持ちだ。

高齢化問題を軸に、地方の過疎化問題と労働力不足を生む人口減少問題が絡み合っている。自動運転バスの技術問題は、それらを局所的に解決する方策として顕在化しているに過ぎない。あらためてこの国の問題は点と点ではなく、複雑怪奇に繋がった数珠のようなものなのだと実感してしまう。

「でもさ、姫ちゃん。悩みを打ち明けてもらったのになんだけど、その問題は私にはどうにもできないよ」

「どうしてですか？」

「いくら元国交省の人間とはいえ、私が所属していたのは幽冥推進課だよ。自動運転問題はあまりに分野が違い過ぎるって」

地縛霊に手刀切って「すいませんね」とお願いし現世からの立ち退きを願う幽霊相手の交渉業務と、最新のA・I技術の粋を集めて運転手不要のバスを作ろうという官民共同の実験プロジェクト。対極どころかもはや捻《ねじ》れの関係過ぎて、いっさい繋がりがない。自動運転の技術的な問題を私に振られたって、プシューと頭から煙を噴くのが関の山です。

「それなら——夕暮れどきにとある横断歩道を通過しようとすると、辺りに人影はないのにどうしてかセンサーが歩道に立つ人を検知し自動運転バスが停まってしまう、というのも分野違いの話ですか？」

「えっ？」

「しかもしかも、その横断歩道では夕方になると誰もいないのに薄ぼんやりした緑色の人影が目撃されたり、普通自動車に乗って通り過ぎようとすると急にピピッと警告音が鳴ってブレーキが反応したり——そんな噂《うわさ》が以前からいくつも存在する、この辺りでは有名な心霊スポットであってもですか？」

「……ひょっとして自動運転試験がうまくいかない理由って、地縛霊のせいなの？」

こくりと姫ちゃんがうなずいた。

「この橋の上で囁《ささや》かれている噂話から、私はそうじゃないかと疑ってます」

「……あぁ、それが本当なら、確かに私の専門分野だ」

正確には「専門分野だ」ではなく「専門分野だった」と、訂正すべきかもしれないけれども——とにかく。

自動運転車両という言葉を最初に耳にしたとき、多くの人が想像するのは運転手が不要の全自動の車両でしょう。そして今日現在、そんな夢の車両が実際に公道で運転試験していると知れば「いよいよきた」と期待する人が多いのも確かだと思う。それが人口流出と人口減少の著しい過疎地域で、運転免許を返納したい方たちならなおのことだ。

正直なところ経路が限定されて遠隔で人が監視する自動運転レベル3なら実用化は目と鼻の先だと思う。でもどこでも、すぐに迎えに来てくれる夢のような自動運転車両はレベル4のさらに上のレベル5の領域。誰でも彼でも気楽に乗れるような本格普及には、まだまだ〝未来〟と称すだけの時間がかかるだろう。

しかし——誰にも気兼ねせず、自由に家と町を往復できる生活がもうすぐくる。

そんな希望が持てるのと持てないのとでは、気持ちの上で大違いなのだ。運転手に負担を強いず、頑張るのは自動運転システムであって誰に対しても迷惑をかけないという点は、個人の尊厳を守る上でとても大きな利点であり、そして同時に救いなのだ。

姫ちゃんの悩みは、突き詰めればそういうことになる。

だとしたら、

「事情はわかった。安心して、姫ちゃん。地縛霊絡みであれば、この案件を受けるよ」

躊躇《ちゅうちょ》なくすぱんと言い切った私に、今度は姫ちゃんが驚きの声を上げた。

「──えっ？」

「あの……自分から相談しておいてなんですけど、本当にいいんですか？　もう仕事じゃないんですよ。私、夕霞先輩にお給料や報酬なんて払えませんよ」

「そんなのわかってるよ。別に姫ちゃんからお給料もらおうとか思ってないから」

「それじゃ、どうして」

「そんなの嬉《うれ》しいからに決まっているじゃない。姫ちゃんは私が社会に出て初めてできた、唯一の後輩だよ。後輩に頼られて、私はすごく嬉しいの」

ありのままの心情をまっすぐ伝えたところ、恥ずかしそうに姫ちゃんがうつむいた。

私は勝ち誇ったように意地悪く微笑《ほほえ》み、それから先を続ける。

「それともう一つ──私ね、どうも幽冥推進課の仕事が嫌いじゃなかったみたい。むしろありがとう、姫ちゃん。久しぶりにもらった地縛霊絡みの案件にね、さっきからなんだか心がうずうずしているんだ」

5

この町の名前と自動運転バスという両方の単語で検索をかけてみる。

確かに県の交通政策課の名前でもって、自動運転バスの公道での実証実験の案内がネット上に出ていた。姫ちゃんが言っていた通り、地元のバス会社と大学の研究室とが協力し合った上での実験で、かつ試験車両に興味ある方はどなたでも乗れると、ご丁寧に経路図と時刻表までもが役場のＨＰに掲載されていた。

町の中心地にあるらしい心霊スポットの横断歩道を試験バスが次に通過するのは、時刻表で確認する限り午後三時半過ぎのはずだ。試験バスは姫ちゃんが守る橋の上は通らないため、私はバス路線の道路まで歩いて移動しなければならない。

なんだかんだと姫ちゃんと話し込んでいたこともあって、時刻は既に三時を回っている。歩いて問題の横断歩道まで移動することを考えると、もはや時間の猶予はなかった。なので私は橋から動けない姫ちゃんといったん別れ、緩やかな坂道を下って町の中心地までの道のりを急ぐ。

ひいこらはあこらとやや息が上がった頃合いで到着したこの町のメイン通りは、微妙にノスタルジックな雰囲気のある商店街だった。

くすんだ赤みの庇《ひさし》に白字で屋号をプリントしてある飲食店に、今は社名が変わった昔の電気メーカーの名前を掲げている電気店。色褪せた青と赤の螺旋《らせん》の看板が止まったままの理髪店に、壊れて動かなくなった時計とセットの看板を街灯の柱に据え付けた雑貨店。

三〇年前はきっと大勢の客で賑わった通りなのだろう。でも今は人通りはまったくなく、まだ夕刻前なのに半分以上の店はシャッターが下りたままになっている。

一抹の寂寞感を感じる光景だが、今はそんな感想はよいしょと横に置いといて、

「えっと……この通りにあるはずだよね、問題の横断歩道は」

姫ちゃんと一緒に確認し、場所をマーキングしておいたスマホの地図を開く。すると件《くだん》の横断歩道は、この道をもう少し先に向かった場所にあった。

まだ歩くのか——と、思わず肩を落としかけたところで、歩道に立っていた私のすぐ横をマイクロバスが走り抜けていった。

なんてことはない、どこの町でも走っている普通の形をしたコミュニティバス。でもその側面にはでかでかとした文字で『実験用車両』と書かれていた。

瞬間、私の顔からさーっと血の気が引いた。慌てて時間を確認すれば、いつのまにやら三時半をとうに回っている。今のが例の自動運転試験中のバスで間違いない。

「なんてこったぁ！」

往来に人がいないのをいいことに、歩道を走ってバスを追いかける。私の目的は、心霊スポットらしい横断歩道で実験車両が勝手に停まってしまう原因の調査だ。

レベル4を見据えているとはいえまだレベル3の試験なら、運転席には確実に運転手が座っている。ならば私が問題の横断歩道に辿り着く前に、センサーが反応しても誰も

いないからと手動に切り替えられてしまっては、試験を難渋させている停車の原因が本当に地縛霊によるものかどうかわからなくなってしまう。

ひぃ——と、ちょっとだけ涙目になって歩道を全力で駆け続ける。

今の私を傍《はた》から見れば、たぶんバスに乗り損ねた可哀相《かわいそう》な人と映ることでしょう。でも違うのです。自動運転バスが本当に心霊スポットの地縛霊に反応して停まるのか、それを確認したいだけなんです。

絶対に伝わらないシチュエーションだ、これ——なんて思っていたら、追いかけていたバスがふと停まった。信号はないものの、でもバスの前には横断歩道があるのが遠目からでもはっきりとわかった。

スマホで確認するまでもない。距離から考えても、あそこが問題の横断歩道だ。

ギリギリセーフっ！　と心の中で叫びつつ、土煙が舞いそうな勢いでズザっと自分の足に急ブレーキをかける。

すると試験バスの前の横断歩道では、黄色い旗を手にした下校中の小学生が数人、学童擁護員らしきおばさんに見守られながらキャイキャイと騒いで道路を渡っていた。

よくよく辺りを確認したら、通り沿いに並んだ商店の向こう側に学校の校舎らしき建物の頭が見えていて、おそらくこの横断歩道は小学校の通学路なのでしょう。

——なんだ、普通じゃん。

試験バスが地縛霊で停まるところを見逃すわけにはいかん、と全力疾走した私は、生まれたての子鹿のごとくガクガクになった足を支えるため近くの電柱に抱きついた。

横断歩道を渡り終えた小学生たちが、笑いながら走って路地裏に消えていく。その微笑ましい光景を前に、これはひょっとして肩すかしだったかな――と思うも。

「……あれ？」

横断歩道の手前で停まったまま、試験バスがいつまでも発進しなかった。

交通法規上、横断歩道を渡ろうとする人がいれば車両は必ず停まらなければならない。当たり前のことながらそれは自動運転バスも同じで、むしろ試験中の自動運転バスだからこそ、交通法規を遵守させなければならない。

ひょっとして私を横断者として認識してるのか、とも考えたが、たぶん違う。私が今寄りかかっている電信柱は横断歩道からは距離があり、この位置で反応していたら通行人全てを横断者として検知してしまうことになるだろう。

だったらなんで、と辺りを見渡したところで――はたと気がついた。

道路を挟んで反対側、横断歩道の近くに女性が立っていた。

その人は緑色の帽子を被《かぶ》って緑色のジャケットを羽織り、手には『横断中』と書かれた黄色い旗を持っている。さっきも道路を横断中の小学生たちを見守っていた、かつては全国に大勢いたその人の存在を、私も知識としては知っている。

学童擁護員——俗に言うところの、緑のおばさんだった。

緑のおばさんが横断歩道際に立ち、自動運転バスのセンサーに検知されていたのだ。

——いや、違う。そうじゃなくて、この気配はひょっとして。

突然、プシューという空気の抜けるような音が私の耳朶《じだ》を打つ。

同時に停まったままの試験バスの扉がバス停でもないのに開いて、中からスーツ姿の男性が血相を変えて飛び出してきた。

「やっぱりここか、くそっ！」

道路に降り立つなり、男性が激しく悪態をついた。

そして無人の横断歩道に駆け寄ると、辺りをキョロキョロと見渡す。

男性の格好はパリッとしたグレイのスーツ。手には開いたままのノートPCを抱えていて、たぶん自動運転試験の関係者だ。身なりからしても、それなりに偉い人だろうことが雰囲気から察せられた。

「なんでよりにもよって、いつもこの横断歩道なんだよ！　ふざけんなっ！」

地団駄でも踏みそうな勢いで罵詈雑言《ばりぞうごん》を吐き捨てた直後、周囲を見渡していた目が、膝をプルプルさせて電信柱につかまっている私を見つけて止まった。たぶんセンサーが反応する何かを探していて、私が犯人じゃないかと疑っているのだろう。でも残念、私が立っている場所は横断歩道から距離があるのでどう考えても無実の身です。

男性が感じ悪くもチッと舌打ちをすると、私のいる側とは車道を挟んで反対側の歩道に向かって革靴で走っていく。

そのあまりの態度に私もさすがにカチンときて、男性の姿を目で追っていくと――反対車線の横断歩道際に立つ緑のおばさんと男性が、互いに正面からすり抜けた。

……あぁ、やっぱり。

自動運転バスのセンサーが検知している緑のおばさんは、地縛霊だ。

さらにはあの男性、私と違って緑のおばさんの地縛霊が視えていない。

ちょっと滑稽なことに、バスのセンサーを反応させている地縛霊の真横に立った状態で、男性は周囲に人がいないことを確認していた。

「よし、大丈夫だ！　歩道付近には誰もいない、操作を切り替えてくれ」

試験バスの運転席に向かって手を振ると、フロントガラス越しに運転手らしき男性が小さくうなずいた。アイドリングストップしていたバスのエンジンがかかり、再びバスのドアが開くと、小走りで戻ってきた男性がささっとバスに乗り込む。

直後、ゆっくりと試験バスが発車した。

ひいこら走って追いかけていた際に目にしていた妙にのっぺりした運転とは、なんとなくだがどこか違う。動きに多少の揺らぎがあるものの、むしろそれが安全を要所で確認しているとわかる安定した走りで、試験バスが横断歩道の上を通過する。

そのまま法定速度まで一気にスピードを上げると、試験バスは瞬く間に道路の向こうへと走り去っていった。

ようやく足が落ち着いてきた私が電信柱から手を離す。そうして反対側の歩道にいる地縛霊に向かって、まだちょっとだけカクカクする膝で歩いていこうとしたところ、おばさんの纏《まと》った緑のジャケットの色味が急速に褪せ始めた。

「えっ？」

戸惑いの声がぽろりと漏れた途端、まるでシャボン玉でも割れるかのごとくパチンと緑のおばさんの姿が消えてしまう。

同時に商店街の裏手にある小学校の方から、懐かしみを感じさせるキンコンカンコンという長閑なチャイムの音が響いてくる。

時刻は四時——小学校の校舎のてっぺんに据えられた時計を見て、私は緑のおばさんが消えた理由になんとなく察しがつき、思わず乾いた笑いを上げてしまった。

「あはは……下校時刻が終わった、ってことか」

緑のおばさんの基本的な勤務時間は、通学と下校の間。つまり生徒の下校が終了する完全下校時刻をもって、本日の業務終了ということなのでしょう。

「地縛霊なのに所定労働時間を遵守するとは、なんとも律儀な——って、そうなるとひょっとして、次にあの地縛霊と会えるのって明日の朝の通学時間なんじゃないの？」

独りごちながら気がついた、涙目な予想に思わず頭を抱える。

自宅のアパートからこの町までは片道三時間半。始発で出たって小学校の登校時間にはたぶん間に合わない……どうすんの、これ。

でも今回の件、やっぱり姫ちゃんの見立て通りということだ。自動運転バスの試験がうまくいかないのは、やはり地縛霊が原因のようだった。

6

緑のおばさんに消えられてしまい、横断歩道近くの縁石に座って途方に暮れる。

さてこれからどうしたものかと腕を組んでうんうん唸《うな》っていたら、私の前に現れたのは緑のおばさんではなく、県庁のロゴが入った軽自動車だった。

もの凄いスピードで遠くからやってきたと思ったら、キキィと音がしそうなほどの急ブレーキでもって問題の横断歩道近くの路肩に停まった。

その慌ただしい動きに「なんだなんだ」と思ってまじまじと見ていたら、

「んげっ！」

運転席のドアを開けて出てきたのは、さっき私を見て舌打ちをしたあの感じの悪い男性だった。

スーツ姿のその男性が、同じ軽自動車の後部シートから降りてきた二名の作業着姿の男性に何か指示を出す。すると全員で手分けして、横断歩道周りを調べ始めた。――思うに、たぶん作業着姿の男性二人は自動運転バスの整備を担当している方だろう。もしくは外部センサーのメーカーの人かもしれない。

誰もいない横断歩道でなぜか人を検知してバスを停車させてしまう人感センサー。それがいつも決まった横断歩道で起きる現象なら、何にセンサーが反応しているのかを現場で調べるのは確かにスジだ。というよりも試験なのだから、そういうイレギュラーな不具合を知見としてデータ化し、今後の実用化に向けて役立てるのが目的のはずだ。

……まあ不具合の原因が地縛霊のような摩訶《まか》不思議な怪異でなければ、というのが大前提にある話でしょうけれども。

「――ですからっ！　何度確認したって、この場所にはセンサーが誤検知を起こすようなものは存在しないんですって！」

ざっくり確認してから、作業着の男性一人が例のスーツ姿の男性へと興奮気味に訴える。スーツ姿の男性は、あからさまに眉間に皺を寄せていた。

「それが事実であれば、どうしてこの横断歩道で御社のセンサーはいつも反応するのですか？　横断歩道の周りに人なんていないんです。それなのに毎回、夕方の便でこの横断歩道を通過しようとすると歩行者を検知する。どう考えてもおかしいじゃないです

「そうですよ。ですからこの場所は、本当におかしいんですって。――蟻川《ありかわ》さんだってか」

耳にしたことぐらいあるでしょ？　この横断歩道の噂」

瞬間、蟻川と呼ばれたスーツ姿の男性の顔色がカッと赤くなった。

目が吊《つ》り上がり、感情のままに言い返そうとする――が、すんでのところで怒声を呑《の》み込んだのが、少し離れた道端から見ていた私にもわかった。

「……ナンセンスです。つまらないことを言わないでください。とにかく誤検知する何かがないとおっしゃるのなら、御社のセンサー不良という結論になります。明日の試験走行前までに新しいものと交換をしてください」

「またですかっ!?　これで何個目だと――」

「何個だって関係ありませんよ。誰もいないのに人を検知する人感センサーなんて、百害あって一利もありません。人がいるときにだけ反応する、ちゃんとしたセンサーを取り付けておいてください」

極めて正論な話だからこそ、作業着姿の男性が隠しもせず悔しそうな顰《しか》め面《つら》を浮かべる。その目は「何度替えたって無駄ですよ」と如実に訴えていた。

誰も訪ねてきていないのに、深夜の決まった時間になるといつもお店の入り口の自動ドアが独りでに開閉する――怪談でもよく語られる、これはそんな怪異なのでしょう。

まあ霊に反応するセンサーが、レベル4を目指す自動運転試験中のバスに取り付けられた外部人感センサーという点は、だいぶ斬新ではありますが。

でも、それはそれとして。

「あのぉ……センサーを替えたところで、たぶん意味ないですよ」

作業着の男性がどこかに電話をかけつつ車の方に向かったタイミングで、私は横断歩道の前で仁王立ちしているスーツ姿の男性におずおずと声をかけた。

忌ま忌ましげにこめかみを揉《も》んでいた男性の手がぴたりと止まり、神経質そうな気配を湛《たた》えた細い目がギロリと私を睨《にら》みつけてくる。

「失礼ですが……どちらさまでしょうか？」

そう問われた瞬間、私は反射的にポケットの中の名刺入れへと手を伸ばし――そんなもの持っていなかったことに気がついた。

どちらさまと問われても、私にはもう答えられる肩書きがないんでしたっけ。見るに見かねてうっかり声をかけてしまったのを後悔するが、もう遅い。

怪訝《けげん》そうな男性が、品定めするように私の全身を睨《ね》め回してくる。

不審者を見る目つきに晒されて、テンパった私は「えっと、えっと」とぐるぐると思考を巡らせる。そうしてようやく出てきた答えは、

「私は――そう！　ただの通りすがりの、一国民です」

……我ながら、謎フレーズにもほどがある。なんだ、通りすがりの一国民って。戸籍をもったホモサピエンスなら、この国ではたいがいは国民です。

わけのわからない私の名乗りに、男性が距離をとるように半歩ばかり後退《あとじさ》った。

……間違いなく変な人認定されちゃいましたよ、これ。

気を取り直す――というよりも、妙になった場の空気を変えるべく男性がゴホンと大きな咳払《せきばら》いをした。

「そ、そうですか。……ま、まあ一国民様からのご忠告には感謝をいたしますが、今は自動運転に関する大事な実証実験をしているところでしてね。残念ながら何の根拠もないご意見を参考にするわけにはいかないのです」

「いいえ、根拠はあります。この横断歩道には緑のおばさんの地縛霊がいるんです。試験中のバスのセンサーは、横断歩道に立って下校中の子どもの安全を見守っている、地縛霊のおばさんに反応しているんですよ」

――地縛霊の存在を隠しもしない、直球ど真ん中な、どストレート発言。

これが幽冥推進課の案件であれば秘匿義務にいろいろ縛られたりもするものの、今の私は姫ちゃんからの個人的な依頼で動いているだけのこと。そして姫ちゃんの頼みとは、自動運転バスの試験を成功させて、自動運転に期待している方々に希望を持たせて欲しいというものだ。試験を成功させるには地縛霊に退いてもらうだけでなく、バス側に迂《う》回《かい》してもらうのだって有効なわけで、だからこそ何の駆け引きもなく私からみたありのままの事実を告げてみた。

わかっていたことだが、今の私に国交省職員の肩書きはない。地縛霊との交渉ならばいざしらず、生身の人間相手の会話では私はただの馬の骨に過ぎない。ゆえに目の前の自動運転試験の関係者らしき男性との対話に、言葉を選べるだけの余裕はなかった。

正直このままセンサーを替え続けても、緑のおばさんの地縛霊が立つこの横断歩道では、センサーが無人なのに反応する怪異現象は続くだろう。放っておけば、試験の結果は回を増すごとに悪くなるだけだと思う。

ゆえにせっかく試験運転の関係者らしき人と会えたこのチャンス、活《い》かさないわけにはいかない――と思って、ドン引かれることを覚悟で意見を口にしたのだが。

「どいつもこいつも……どうしてそんな酷《ひど》いことを言うんだっ!!　そんなのは、この場所で亡くなったあの人への冒瀆《ぼうとく》だろうがっ！」

――えっ？

予想を遥《はる》かに超えた猛烈な罵声を浴びせられ、私の思考が停止した。

男性が怒りのあまりに自分の腿《もも》を両拳で叩く。その拍子にYシャツのポケットからネックストラップ付きのカードホルダーがポロリとこぼれて、唖然《あぜん》としていた私の目に同じ男性のぶすっとした表情の顔写真が飛び込んでくる。

県庁のロゴが入ったそのカードに書かれた姓は――蟻川。

スーツ姿の男性あらため蟻川さんが、ふと冷静になりばつの悪そうな表情を浮かべた。

「……あぁ、これは申し訳ない。いきなり大声を上げてしまったことは謝罪をいたします。ですが初対面の者に対し、いきなりそういう非常識なことをおっしゃるのは、同じ一国民としてどうかと思いますよ。私の記憶が確かなら、あなたは先ほどこの横断歩道で試験バスが停まったのを見学していた方だと思いますが、とはいえ部外者からの世迷《よま》い言《ごと》なんぞでシステムも試験内容も変えられません。その点はどうかご理解ください」

やや嘲笑めいた風に、蟻川さんが口の端を上げた。それから最低限の礼儀として小さく頭を下げてくるりと踵を返すと、小走りで軽自動車の運転席にまで戻る。蟻川さんが運転する県庁のロゴが入った軽自動車は、その場でUターンをするとやって来たときと同じものすごい勢いで走り去っていく。

一連の動きを目で追いつつも怒号を浴びせられた際の姿勢で固まっていた私は、

「……あの人？」

蟻川さんが口にした、緑のおばさんの地縛霊に向けたと思《おぼ》しき呼称をつぶやいた。

それはまるで、この横断歩道に立つ地縛霊を知っているような呼び方だった。というかようなではなく、知っていなければまず〝あの人〟なんて風には呼ばないだろう。

蟻川さんには地縛霊が視えていなかった。ならば蟻川さんはきっと、生前の緑のおばさんと面識があったのだ。

そう思うと蟻川さんがいきなり激昂《げっこう》した理由も、僅かに得心がいった。自分でも知らないうちに、私は蟻川さんの中の死者の記憶を冒瀆してしまったのかもしれない。

——だけれども。

今の段階では、まだまだわからないことがあまりに多過ぎる。

やはり蟻川さんだけではなく、あの地縛霊からも話を聞く必要があるだろう。

しかしながら、相手は緑のおばさん。

「……次に出てくるのって、たぶん明日の登校時間だよねぇ」

明日の登校時間まではまだまだ一五時間以上あって——どうしましょう、これ。

7

俗称、緑のおばさん——正式名称は、学童擁護員。

正直、私が小学生だったときには既にうちの地元にはいなかったので、実物を見たのはこれが初めてです。

……まぁ目撃したのが地縛霊なので、ここは視たとでもすべきかもしれませんが。

そんなことはさておき。

とりあえずは敵を知れば百戦なんとやら、時間もあったので検索してみました。

学童擁護員の制度というのは、もともと一九五九年に東京都から始まったそうです。なんでも戦後復興期の女性の雇用創出の意味合いも含んで始まったそうで、最初の頃は学童擁護員は都の臨時職員として雇われていたのだとか。

そのうちに全国へといろんな雇用形態で広がっていき、地域によっては黄色いおばさんなんて風にも呼ばれていたそうですよ。

とはいえ戦後復興期の後は、高度成長期。その後のバブル時代には交通法規や道路の整備もだいぶ整っていて、おまけに児童の数も減ってしまった現代に至っては多くがその役目を終えており、今や地域のボランティアが多数を占めて、ごく一部でのみ学童擁護員は嘱託で遺《のこ》っているだけだそうです。

ちなみに都の臨時職員から始まった緑のおばさんは、一九六五年には正規職員へと登用されたそうでして――そうですか、正規職員ですか。緑のおばさんは、臨時職員からちゃんと正規職員に登用されたわけですか。私も自分なりには、それなりにけっこう頑張っていたつもりなのに……なんでいま無職なんでしょうね、あははは。

――って、心が闇に呑まれそうになったので、この話題はこれにて終了です。

とにもかくにもいったん姫ちゃんの橋に歩いて戻った私は、緑のおばさんの豆知識を踏まえつつも問題の横断歩道での出来事を姫ちゃんと共有する。

するとやっぱり出てきましたよ。

「そういえば、三〇年ぐらい前だかに緑のおばさんがバスに轢《ひ》かれたことがあった、という会話がされていたのを聞いたことがありますよ。——なるほど、どうやらその現場が例の横断歩道だったんですね」

さすがは橋の上の会話はみんな聞こえて頭に入ってくる橋姫ちゃん。案の定、横断歩道で私が視た地縛霊の謎がとけました。

「なんでも、交通安全のためにいる緑のおばさんが不注意で事故に遭ったと世に知れたら、本人をはじめ関係者一同の外聞もよろしくないと、当時は話が広がらないよう取材は全部断って、近隣住民にも口外しないようにだいぶ腐心したそうですよ」

——壁に耳あり、橋にも耳あり。どこで何を聞かれているかわからないもんで、そうなるとやっぱり沈黙は金なのでしょう。

でもおかげで少し状況が見えてきました。

隠蔽《いんぺい》しようとしたらしい緑のおばさんの事故ですが、人の口にはかろうじて戸を立てられても、しかし人の記憶まではどうにも手の出しようがない。そして陰惨な事故の記憶というのはいつまでも人の頭に残りやすく、それが心霊スポットを生む一因になる——なんてことを、以前に火車先輩が言っていたのを思い出しました。

——下校時刻の夕方頃、近隣の方が例の横断歩道を渡ればここで事故があったんだよなぁ、と否が応にも思い出すでしょう。ましてそれがただの通行人ではなく緑のおばさんだったと知っている人ならば、交通事故に遭った無念も普通の人より強いのではないかと、そんな想像をせずにはいられないはずです。仔細《しさい》は誰も口にしなくても、人の想《おも》いというのは言葉の端々から滲み出る。

そうして少しずつ漏れ出た想いはあの横断歩道に堆積し、やがてはただの見間違いさも緑の人影だと吹聴《ふいちょう》されるようになって、自動運転車のセンサーがたまたま誤検知して、やがてあの横断歩道には何かいると噂されるようになる。

そうやって、この地域では有名な心霊スポットが誕生したのでしょう。

でも……実際に地縛霊もいるんですけどね。ここの心霊スポットの噂の大本は、科学の常識を全力でぶん殴ってくる本物の心霊現象かもしれないんですけどね。

まあ――それはさておいて。

やはり私が気になるのは、蟻川さんが口にした「あの人」という呼称だ。姫ちゃんに訊いてみれば、どうやらこの町の学童擁護員制度は、問題の事故が起きた直後に廃止となったらしい。そして緑のおばさんとおそらく会っているだろう蟻川さんの年齢は、見た限りではだいたい四〇代ぐらい。

これは想像の域を出ないけれども、蟻川さんはあの緑のおばさんに登下校を見守ってもらっていたのではないだろうか。私が視た緑のおばさんは、小学生だったときの蟻川さんを見守ってくれていた人——そう考えると、緑のおばさんの地縛霊が横断歩道にいて試験を阻害していると口にしたときの、あの突然の憤りにも少し納得がいく。

今回の解決作は実のところ二つある。一つはセンサーが地縛霊を検知しなくなること、もう一つはセンサーを誤検知させている地縛霊に幽冥界へとご移転いただくこと。

センサー側から解決できるならそれもありだけど——私としては、この国土に留《とど》まってしまった地縛霊様の未練を解消し、笑顔で幽冥界に送り出してあげたい。

それには本人からの未練のヒアリングは必須で、そのためにもやっぱり明日の登校時間にあの横断歩道を訪ねるしかないでしょう。

「だったら、うちに泊まっていきませんか？」

うーんと唸って悩んでいたら、姫ちゃんがさらりと誘ってくれた。

でもそこは丁重にお断りをする。というのも姫ちゃんのうちとは、彼女の宿るこの橋のことだろう。つまり実際は、雨露を凌《しの》げる橋の下での野宿となる。ただでさえ日々不安に襲われている無職の身で、この上どっかから拾ってきたダンボールに身を包み地べたに横になっていたら、情けなくて朝まで泣き続ける自信がありますわ。

とはいえ現実問題、自宅のアパートに戻って明日の始発で出てきても、小学校の登校時間までにはこの町に戻ってくることはできない。

なんだかんだと悩んだ末に私が採択したのは、電車で高崎駅にまで戻る、という手だった。高崎駅まで戻ればネットカフェがある。都内との往復の電車賃を考えてもネットカフェのナイトパックの方が安そうなので、お財布的にもこれが正解でしょう。

とりあえず姫ちゃんには事情を説明し、いったん橋をあとにする。駅にまで戻ると一時間ほど待ってから上りの吾妻線へと乗り、ガタゴト揺られながら近隣最大の都市である高崎市まで戻った。

高崎駅に着いた頃にはもうすっかり夜で、私は少しでも節約すべくコンビニで買った調理パンをムシャムシャと貪ってから、見つけたネットカフェへと飛び込んだ。

個室を選択してドアに鍵をかける。私はシートに座るなり両手足をぐーっと限界まで伸ばしてから、一気にぶらんと垂れるほど脱力させた。

はぁ……シートの底にズブズブと身体《からだ》が沈んでいきますわぁ。人目を気にしないですむ個室空間、最高。

幽冥推進課が消えてからのことでどうも私の心は疲弊しきっていたらしく、久しぶりに姫ちゃんといろいろ話せたこともあって、これまで抑えつけていた疲労感が堰《せき》を切ったようにどっと噴き出してくるのを感じた。

気がつけばシートに身体を沈めたままくてんと意識を失ってしまい、次に目を覚ましたときにはもう——高崎駅から吾妻線の始発が出る一〇分前でした。

さーっと顔から血の気が引く。吾妻線は一時間におおよそ一本しかないため、次の電車になると小学校の登校時間には間に合わない。ジュースが飲み放題だったのに一杯も飲めていない、なんてみみっちい思いを脳裏によぎらせつつも、私は大慌てで身支度すると受付で精算して駅までの道を走る。

なんで私の朝はいつだって全力ダッシュなのか、涙目で自問自答しながら駅の階段を二段飛ばしで上っていく。そうしてどうにかこうにか、発車のベルが鳴る寸前の吾妻線へと飛び込んだ。最後は蹴躓《けつまず》いて電車内でビタンと転んだものの、他に乗客はいないのでそこはご愛敬ということで。

誰もいない車内でちょっとだけ頬を赤くしつつ、再び電車に揺られること一時間。ネットカフェに着くなり気絶したように寝ていた私としては、ほぼトンボ返りに近い感覚でもって姫ちゃんのいる町まで戻ってきた。

本当なら「戻ってきたよ」と姫ちゃんにひと言伝えたいところだが、姫ちゃんの橋にまで赴いているような時間はない。地図を開いたスマホを片手に、とにかく最短で駅から例の横断歩道までの道のりを歩く。

かくして——なんとか間に合いましたよ。

ほんのり冷え始めてきた一〇月の朝の空気の中、小さな身体と比べると大きなランドセルを背負い、黄色の帽子を被った低学年の子たちがギャハギャハ笑いながら登校している場面に出くわした。

談笑しながらも一列になって行儀良く歩道を歩いてくる。そうして例の横断歩道に立つと、左右確認をしてからガードレールに据え付けられたケースに入った黄色い旗を持ち、いっせいに道路を渡り始めた。

その横に、やはり緑のおばさんの地縛霊はいた。

横断歩道と並行に両手を伸ばして車道に立ち、遠くからでもはっきり車に見えるように交通安全と書かれた大きな旗を掲げている。

「おはよう、今日も気をつけて行ってきてね」

横断歩道を渡っている子どもたちに向かって、緑のおばさんが笑顔で声をかける。

でも――悲しいかな。緑のおばさんに挨拶を返す子はいない。誰一人としておばさんの地縛霊は視えていない。

この道路は付近の町と町とを繋ぐ幹線道路だ。朝ということもあってそれなりの交通量があり、子どもたちが渡っている最中に乗用車が一台、遠くからやってきた。

すると緑のおばさんが一歩、車がやってくる方向に身を乗り出す。

減速を始めていた車が、急にキキッと強めのブレーキに変わって横断歩道のだいぶ手前で停まった。おそらく人を検知して自動ブレーキが反応したのだろう。

その様を見て緑のおばさんは小さくうなずくと、再び子どもたちに向かって「おはよう」の挨拶を再開した。

生身の身体はないのに子どもたちの盾となったその姿に、私は「あぁ、なるほど」と思わず唸ってしまった。

これだけの想いを込めて車道に立てば、姫ちゃんが教えてくれた話にもあったように一般車の自動ブレーキだって反応して当然でしょう。自動運転バスのセンサーが必ずこの横断歩道で反応するというのも、さもありなんです。

やがて子どもたちが渡りきっておばさんも歩道へと移動すると、乗用車もゆっくりと発進をした。

そのタイミングで、私は緑のおばさんに話しかけようとするが——しかし遠くの歩道に別の子どもたちの集団が見えるなり、おばさんが再び旗を掲げた。

なので私は、もう少し待つことにした。もし地縛霊と話をしている姿を登校中の子どもたちが見れば、私は横断歩道脇で独り言を喋り続ける謎の女性ということになる。親御さんに告げ口されたら、通報まっしぐらのコースだ。

でも——本当は、なんとなく気が引けたからだ。子どもたちからは視えないのに、それでも登校中の子どもたちの安全を守ろうとしている緑のおばさんに声をかけるのは、どうにも彼女の思いを邪魔するようで悪いと思ったからだった。

だから子どもたちの登校が終わるまで、私は路地裏に身を潜めて待つことにした。

通勤時間でもあるこの時間帯には当然バスも走っているが、しかし通勤時間だからこそ今走っているのは試験バスではない。やってきた普通のバスは、運転手さんの判断で横断歩道前で停止すると、視えない緑のおばさんの前を通過し走り去っていく。

やがて、始業の時間を考えるとこれが最後だろうという小学生の一団がやってきて、無事に横断歩道を渡ると小学校のある路地の奥へと歩き去っていった。

同時におばさんが緑の帽子を脱ぎ、「ふぅ」と額を拭う仕草をした。

この機を逃さず、私は急いで横断歩道へと近づく。もはや小学校の登校時間の残りは長くはない。まごまごしていたら、また昨日の夕方のように話しかける前に消えられてしまいかねない。

なので率直に「すみません」と声をかけようとして——その寸前で、住宅の合間から微《かす》かに覗ける坂の上の小学校の校舎をおばさんがじっと見ていることに気がついた。

校舎を見続けるおばさんのその目が、あまりに物憂げだったので、

「……何かご心配ごとでもおありですか？」

気がつけば私は、そんな風に声をかけてしまっていた。

するとおばさんがびくりと肩を跳ねさせ、ようやく私のことを認識した。

「どちらさま、かしら？」

「……しがない、通りすがりの者ですよ」

我ながら、二昔前の時代劇みたいな名乗りだ。昨日もそうだったけれど、こういうと

き肩書きがないというのは、ほんとに不便です。声をかけた地縛霊にまで怪訝な目で見られる状況に、あらためて所属する組織の看板って大事だなぁと感じてしまう。

「いえ、さっきまであんなに活き活きと子どもたちを見送っていらしたのに、それがなんだか急に消沈されたようだったので、妙に気にかかりまして」

近づいてわかったが、おばさんの歳《とし》の頃はおそらく四〇代の半ば過ぎ。帽子をとった髪は軽くブリーチを入れているお洒落《しゃれ》なショートで、歳の割には細身の身体つきもあってどことなくしゃっきりした印象を受ける。

おばさんはしばし無言で私の全身を睨め回していたが、そのうちにくすっと小さく笑うと一気に相好を崩した。

「あなた、変な人ね。私が死んでいることは、わかっているんでしょ？」

「はい。あなたが亡くなっているのはわかっていますし、それから変な人って言われるのももう慣れちゃいました」

……実際多かったんですよね、交渉相手の地縛霊から呆《あき》れられるパターン。まあ、いいんですけどね。

「あら、そう。でも通りすがりの方にまで心配させちゃうようじゃ、私だってたいがいね。だけどね――どうしても、気がかりなのよ。あの子にちゃんと友達ができたのかどうか。死んでからもね、私はそれが気になって仕方がないの」

「——あの子？　友達？」

「そうよ、あの子の友達」

わけがわからず「はぁ」とつぶやいた私に、緑のおばさんがふふっと微笑んだ。

「その子はね、親御さんの仕事の都合で物心つくまえからずっと愛知県にいたらしいの。そのせいで尾張訛《おわりなま》りが強くてね。でも自分の言葉がこの辺りの方言と違うって自覚がまだなくて、転校初日にいたって普通に自己紹介したつもりが、尾張訛りをクラスのみんなから笑われちゃったらしいのよ。それが本人にとっては相当ショックだったみたい。それ以降は喋ったらまた笑われると思って、学校にいる間はひと言も話さないそうなの。そのせいでその子、クラスに友達が一人もいないのよ」

……なんともまあ、わからない話ではないです。というか小学生にとって、確かにそれはきつい。今でこそ〝方言女子〟なんて言葉もあるくらいですが、三〇年前の小学生たちの間で多様性への配慮なんてまだまだ一般的ではなかったでしょう。

「きっとクラスの子たちも悪気はなかったのよ。だって私は、彼を笑ったクラスメイトの子たちも毎朝見守っているんだもの。あの子たちが、たかが言葉の違いぐらいで人をバカにするような子たちじゃないってのは、私が一番よくわかってるわ。突然に予想していなかった自己紹介の言葉が出てきて驚いて、つい笑ってしまっただけなの。むしろ喋れなくなってしまった彼を見て、笑ったことを後悔している子もいると思うわ。

それなのに彼はいつまでも誰とも口をきかずに一人で登校してくるもんだから、私ってば見るに見かねて『いい加減になさい！』って言っちゃったのよ。『言葉なんてすぐに馴染《なじ》むんだから、笑われても気にせず話してきなさい。相手だって最初に笑っちゃってばつが悪いだけなんだから、あなたから友達になりたいって言えば喜んで友達になってくれるわよ』って、そう思いきりハッパをかけちゃったの。そうしたらね——その子、私にいったいなんて言い返してきたと思う？」

「……わかりません。なんて言ってきたんですか？」

「『いかんなら、おばさんが友達なってちょう』って」

「えっ？」

「つまりね、クラスメイトに声かけてみてそれでダメだったら、おばさんが友達になってよって——そう言ってきたのよ。まったくあの子ったら、こんなおばさんに向かって、なんて変なことを言うのかしらね」

口では困った風を装いながらも、おばさんの目尻は完全に垂れ下がっていた。その様子があまりに嬉しそうだったので、釣られるように私も「ははっ」と笑ってしまう。

「あらやだ、誤解しないでね。別にあの子と友達になりたいわけじゃないのよ。なんといっても子どもの友達は子どもが一番だもの。でも——だからこそね、彼の背中を押した手前、どうしても気になっちゃってね」

おばさんが再び物憂げに小学校の校舎を見上げた。

――当たり前ながら、この話は過去の出来事だ。姫ちゃん曰《いわ》く、緑のおばさんが轢かれた事故は今からおおよそ三〇年前になる。おばさんに「友達になってよ」と言ったその子も、とうの昔に小学校を卒業しているはずだ。

いつぞやのトンネルの山田《やまだ》さんのように、亡くなった瞬間から時間が停まってしまった地縛霊というのがたまにいる。この人もそうなら本当のことを言ったほうがいいのかどうか悩んでいたところ、おばさんが困ったように苦笑した。

「だいじょうぶよ、言われなくてもちゃんとわかっているから。――記憶がね、ちょっとあるの。私はね、この横断歩道でバスに轢かれたのよ」

あっけらかんと語られた言葉に、私の目が見開く。

「あの子、ちゃんとクラスの子たちに『友達になりたい』って言えたかしら――なんてことを下校時間になっても考えていたから、気が緩んでいたのね。注意不足になっていて、減速していないバスに気がつくのが遅れちゃったのよ。なんとか子どもたちは歩道にまで押し戻したんだけど、そうしたら私が逃げ遅れてね。轢かれる間際に運転席が見えたけど、居眠り運転だったわ。あの頃は好景気でキツイ労働はしたくないってバスの運転手も集まらなかったから、人手不足で無理な働き方をしていたんでしょうね」

昔は仕事の選《え》り好《この》みで人手不足、今や人口減少で人手不足。いつの時代もほんとままならないものです。

「その後に救急車が来てね、病院に運ばれている際に『これじゃもしものときに彼の友達になれないわ』なんて思っていたのが、生きていたときの私の最後の記憶よ。次に気がついたときにはもう、この横断歩道に私は立っていたの。なんでか子どもたちの顔触れも変わっていたから、ひょっとしたら死んで何年かしてから幽霊になったのかもしれないわね」

――姫ちゃんからの情報以外にソースはないかと、私は今朝の電車の中で緑のおばさんの事故に関わりそうな情報を検索済みだ。でも、それらしい情報はまるで見つからなかった。公共バスと緑のおばさんの交通事故なんて、現代ならＳＮＳで瞬く間に拡散されそうだが、三〇年前ともなれば新聞に載らない限りほとんど記録なんてない。

だからおばさんの言っていることが事実なら、ひょっとしたら救急車で運ばれた後も意識のないまましばらく病院で生存していたのかもしれない。

「そのせいで、あの彼も登下校で姿をみかけなくなってしまってね。私が死んでから、もう何年なのかしらね。全て終わっている過去のことだって理解はしているのよ。

それでも、あの子はどうなったのか。いざというときには私と友達になればいい、と思って勇気を出してクラスメイトに話しかけ、それで友達ができていたのならいいのよ。けれどもしまた笑われて、いっそう塞ぎ込んでいたらと――そう考えると、責任を感じるの。心配で心配で、だから私はいつまでもここから離れられないのだと思うわ」

「……そうですか」

学童擁護員の始まりは、もともとは戦争で夫を失った女性の職業支援から始まったという経緯がある。ひょっとしたら、この方も何かしらの理由で旦那さんを亡くされているのかもしれない。たぶんだが、お子さんもいないような気がする。

おそらく独り身だろう境遇の中で。

——いかんなら、おばさんが友達なってちょう。

毎日安全を見守っている子が、友達になってよと自分に訴えてくる。年齢も立場も関係なく、自分を対等の立場として見てくれている。それがこの人にとっては本当に嬉しかったのだろう。

だが同時に、子どもの友達は子どもが一番、とも言っていた。ならばもしその彼が意気消沈して報告してきたら、おばさんは今度はその子の友達として、再び背中を押すつもりだったのではないだろうか。次は友達からの頼みだからもう一回頑張ってこいと、たまらなく嬉しい言葉をくれた彼を同じ歳の子たちの輪の中になんとしても押し戻してやろうと、そんな風に考えていたのではないだろうか。

だとしたら——未練としてこの地に遺ってしまうのも、うなずける話だった。

「よろしければ、その子の名前を聞かせてくれませんか」

おばさんが、なんでそんなことを聞くのかと不審げに首を傾げる。

「別にいいけど……蟻川櫂《かい》くんよ」

私は「あぁ」と小さく呻《うめ》いた。

なんとなく、その名字が出てくるのではないかと思ってはいた。

蟻川——この横断歩道に地縛霊がいると言っただけで激昂していた、あの自動運転バスの試験に関わっている県の職員の男性と同じ名字だ。実際、蟻川という姓の方がこの地にどれくらいいるのかはわからない。でも緑のおばさんの地縛霊を「あの人」と呼称した蟻川さんが、無関係であろうはずがない。

おばさんに「友達になってよ」と言ったありし日の少年とは、まずあの蟻川さんだ。

「あらやだ、もうこんな時間じゃない。急いで戻らないとだわ」

小学校の校舎のてっぺんにある大きな時計を見上げながら、おばさんが急にバタバタとし始めた。気がつけば、小学校の登校時間終了まで、既に一分を切っている。

手にした黄色い旗を慌ただしく巻き取るおばさんに、ここで消えられたら次に会えるのは夕方だとあわあわしつつ、私は他に訊いておくことはないかと考える。

「あ、あの！……あっ、そうだ！お名前を教えてくださいっ!!」

「えっ、私の名前？関《せき》よ——関静子《しずこ》！」

緑のおばさん——あらため関さんがせかせかと名前を教えてくれた途端、小学校から始業のチャイムが聞こえてきた。

同時に関さんの姿がすーっと消えていく。チャイムが鳴り終わったときにはもう、私だけが横断歩道に取り残されていた。

重い「ふぅ」という吐息が自然と漏れ出た。

私は右手の親指と人差し指を自分の顎に添えつつ腕を組み、頭の中を整理する。

独りぼっちの少年を見かねて「友達が欲しければ勇気を出しといで」と背中を叩いた関さんと、自分を励ましてくれる優しいおばさんに「ダメだったときはおばさんが友達になってよ」と頼んだ蟻川少年。

蟻川さんからすれば、それはきっと約束だったのだろう。どっちに転ぼうとも友達ができる、クラスメイトに笑われて断られたって緑のおばさんが友達になってくれるという、蟻川さんにとってはとても大事な約束だ。

しかしその夕方に、関さんは運転手不足が生んだ不幸なバスの事故に遭ってしまい、結果を伝えることさえできぬまま約束は永遠に履行されることはなくなってしまった。

そして当時は少年だった蟻川さんは今、運転手の人手不足と過失による事故をともに解消できる自動運転バスの、試験運用を担当する県の職員になっている。

――こんな出来すぎた偶然、あるわけがない。

この状況はきっと、蟻川さんが自ら望み選んだ道の末なのだろう。関さんと交わした約束が叶うことがなくなったからこそ、同じことが誰の身にも起こらぬよう自動運転バスを実用化すべくがんばっているのだ。

にもかかわらず、そんなことは露とも知らない関さんは子どもの頃の蟻川さんを心配しつつ横断歩道に立ち続け、蟻川さんの自動運転バスの試験を邪魔してしまっている。

だとしたら——私がやるべきことは決まっている。

自分の為《な》すべきことを理解した私は腕を解《ほど》き、その場でギュッと拳を握り締めた。

8

方針の決まった私がその後にしたことはただ一つ、県庁に対して匿名で電話をかけたことだけだった。

「あのぉ、交通政策課の蟻川さんに伝言を頼みたいのですが——例の横断歩道でセンサーを反応させているのは、間違いなく緑のおばさんです。三〇年前に緑のおばさんをしていた関静子さんが、蟻川さんと交わした『いかんなら、おばさんが友達なってちょう』という約束を心配して、今なお子どもたちの登下校を見守りながらあの場所で立っているんです。ですからどうか関さんを、安心させてあげてください」

なにを下らないことを——と、普通なら怒られる話だろう。人をおちょくった嫌がらせだと憤慨されたって、何も文句を返せない伝言だ。

でも蟻川さんは、私のこの電話をきっと無視できない。

なぜなら関さんが蟻川さんの身をいまだに心配しているように、蟻川さんもまた関さんとの果たせなかった約束を憂えているはずだからだ。

でなければ試験中の自動運転バスが無人の横断歩道で停まったぐらいで、あそこまで激昂するわけがない。かつて関さんが轢かれたあの横断歩道だからこそ、安全のためについている装置が誤作動することを、蟻川さんはどうしても許せないのだろう。

そのセンサーを反応させている地縛霊こそ、本当は蟻川さんがもっとも事故から救いたかった人なのに。

だとしたら、私はそのすれ違いを解消してあげよう。

とうの昔に細工はりゅうりゅう、問題は関さんが死者であるために蟻川さんが肉眼で仕上げをご覧《ろう》じられないだけの話だ。ならば常識が邪魔して認められないこの世の埒外《らちがい》の理屈を、蟻川さんが少しだけ信じられるように仕向けてあげればいい。

当時、蟻川さんには友達がいなかったのだから、きっと二人きりしか知らない約束。それを関さんの名前まで出して教えてあげれば、心が揺れないわけがない。

――時刻はまもなく一五時半をすぎようとしている。

既に子どもたちの下校は始まっていて、関さんもだいぶ前から姿を現して横断歩道に立っていた。

もうすぐ試験バスがここを通る。今のまま横断歩道脇に関さんが立っていれば、おそらくまたセンサーが反応してバスは停まり、そして蟻川さんが降りてくるはずだ。

昨日は足がガクガクだったので抱きついていた電信柱だが、今日はその陰へと恣意的に隠れて、二人の様子をそっと盗み見ようと忍んでみる。……まぁ、電柱の陰に人なんて隠れられないので、めちゃめちゃはみ出ているのですが。

とにもかくにも、今か今かとバスを待っていたところ、

「……なに、あれ？」

予想外の状況を目にして、私はつい訝《いぶか》しげな声を漏らしてしまった。

私のいる側とは車道を挟んで反対側の歩道に、なんだか急に人が集まり出していた。

一人、二人、三人――五人。いや、また一人やってきたので六人。見る限り、全員が全員とも四〇代ぐらいの男性だ。不思議なのは集まってくる人たちの服装がバラバラなことだった。チノパンにトレーナーという普段着っぽい人もいれば、営業マン風のしっかりとしたスーツの人に、それから着古した作業着姿の人までもいる。年齢以外にまるで統一感のない集団が、新しくやってくる顔を見かける度に大きな声で話しかけ、そのまま道端で談笑し始める。

また一人、あらたに合流した。集まってくる人の流れは途切れず、声のトーンもどん

どんと上がっていく。おかげで反対車線側にいる私にまで会話が聞こえてきて、それで集まっているのが地元の昔馴染みの集団だとわかった。やたらテンションが高いのは、懐かしい顔を前に誰もが喜んでいるからのようだ。

って、これから蟻川さんと関さんのすれ違いを解こうとしている大事な時に、なんでこんな場所で集まってんのよ——と、困惑しつつ目を細めていたら、既に一〇人を超えているその集団に向かって、一際大きな声がかけられた。

「おう！　みんな悪いな！」

その声は反対側の歩道を歩いてやってくる、蟻川さんのものだった。

昨日のスーツ姿と比べてラフなジーンズにトレーナーという出《い》で立《た》ちで、気さくに手を上げながら集団の中へと交じる。

てっきり試験運転バスに乗ってやってくるだろうと思っていた蟻川さんの登場に、この成りゆきがわからず、私の口は半開きになってしまう。

「遅ぇぞ、蟻川！　おめぇが呼んだんだろ！」

油汚れのついた作業着姿の、気性のちょっと荒そうな男性が蟻川さんに向かって声を張り上げた。それはえらくぶっきらぼうな口調だが、しかし口元は笑っていた。

蟻川さんも蟻川さんで昨日私と会話したときの仏頂面とは違う、口角が上がった不敵な口元は同じでも、どことなく浮かれた表情をしていた。

「うるせぇよ。ちょっと遅れたぐらいでガタガタ抜かすな。こちとら上司に文句を言われてまで、早退届を出してきたんだ。少し遅れるぐらい大目に見ろ」

「知るか、そんなの。そもそも平日の昼間のこんな時間に集合のメッセージを送ってきたのは、蟻川だろうが。仕事を抜けてきたのはおまえだけじゃねぇよ。それによ、なんで集合場所がここなんだ？　緑のおばさんがいた小学校前の横断歩道とか、思い出すまでにだいぶ時間がかかったぞ」

「細かいことをいちいち気にすんな。どうせおまえら『今日集まってくれた連中には高い肉を奢《おご》ってやる』って話に釣られてやってきた、友達がいのない連中だろうが」

「あったりまえだろ！　俺だって現場ほっぽらかしてきてんだ。おまえこれで俺らに安い肉なんて喰《く》わせたら承知しねぇからな」

そんなやりとりに、集団からドッと笑い声が沸き起こった。

……あぁ、そうか。この人たちは皆、蟻川さんと小学校からの付き合いのある友人なのだ。変わらず地元に住んでいる、昔ながらの幼なじみに違いない。

ではどうしてそんな昔からの友人を、いきなりこの場所に集めたのか——そんな理由なんて考えるまでもない。

蟻川さんも加わったことで、談笑する男性たちの声がさらに大きくなった。

そうこうしているうちに、道の向こう側から走ってくるバスが見える。

校舎のてっぺんを見上げて時計に目を向ければ、昨日とほぼ同じ四時の手前だ。あのバスは、間違いなく自動運転試験中のバスだろう。

まもなく下校時間も終了となるため、横断歩道付近にはもう子どもたちの姿はない。私以外には誰にも姿が視えない関さんだけが、横断歩道前の車道際に立って小学校の方へと目を向けていた。その憂いのある表情からして、自分が背中を押した寂しそうだった少年のことを今もまた案じているのだろう。

横断歩道の手前で、淀《よど》みのない静かな動きで試験バスが停まった。

――いつか来る遠い未来ならば、横断歩道際に立っているのが道を渡ろうとしている生者なのか、はたまた過去へと想いを馳《は》せている死者なのか、それを自動運転車両でも判別できるようになるのかもしれない。しかし試験中である今はまだ、人の気配がある限りは人の命を守るため、自動運転車両は愚直に停まるのだ。

「――おばさんっ!!」

試験バスが停まったのを確認するなり、蟻川さんが横断歩道に向かって叫んだ。

周りで囲んでいた友人たちがいっせいにギョッとするも、そんな友人たちを無視して蟻川さんはただ一点を凝視する。

停まった自動運転バスのセンサーが反応している横断歩道の際――そこには関さんが立っていた。

突然に「おばさん」と呼びかけられた関さんが、驚きながら蟻川さんに顔を向ける。関さんの目の前にいるのは、三〇年前に亡くなった彼女にとっては見覚えのない中年男性なのだが、

「あの日、おばさんが僕を叱って励ましてくれたから、おばさんがもしものときのためにと僕と約束してくれたから……だから、そのおかげで僕にもこんなにたくさんの友達ができたんだよ！」

自分の後ろに立つ友人たちを関さんに紹介するように、蟻川さんが半歩横に動く。

その瞬間、四〇を超えているだろう蟻川さんの姿に、気弱で繊細そうな在りし日の蟻川少年の姿が重なったような——私には、そんな風に見えた。

今の言葉で目の前に立つ男性が誰なのかを理解した関さんの目が大きく見開かれる。手にしていた黄色い旗を取り落とし、自分の口を両手で塞いだ。

「僕はもう一人なんかじゃないんだ。ずっと前に大人になっていて、もうおばさんに友達になってもらわなくても、どうにかこうにかやっていけるようになったんだよ。だからね——もーはい大丈夫だで、僕のこと心配しんでいいんよ」

三〇年越しに聞くことができた、まさに望んでいた蟻川さんからの報告に、関さんの瞳からつぅーと涙が一筋こぼれた。

その勢いのままどっと泣いてしまいそうになるのを必死で堪え、関さんが口元を覆っ

た手をどけて浮かべた表情は、なんとも晴れやかで心の底から嬉しそうな笑みだった。

「そう、それはよかったわね。君と友達になれなかったのはちょっと残念だけど——でもそんなにいっぱいの友達に囲まれていて、おばさん安心したわ」

その関さんの言葉は、蟻川さんの耳にはきっと届いていない。

——でも。

横断歩道手前で停まっていた自動運転バスが、関さんが蟻川さんに微笑みかけるなり人の手によるものとは違う滑るような静かな動きで発進した。

横断歩道を通過するバスに遮られて、私の視界から蟻川さんと関さんの姿が消える。

一拍の後、バスが通過して再び視界が戻ると、同じ場所に立っていたのはもう蟻川さんだけだった。

長いこと子どもたちの安全を見守ってきた横断歩道から、既に関さんは立ち去ってしまっていた。

「おいっ！　いきなり転校してきた頃みたいな方言で喋りやがって、急にどうしたってんだよ」

誰もいないはずの横断歩道に向けて声を張り上げていた蟻川さんを心配し、作業着姿の男性が立ち尽くす蟻川さんの肩へと乱暴に手を回した。

蟻川さんもはっと我に返り、苦々しい笑いを友人の男性に向けて浮かべる。

「……なんだ、蟻川。おまえひょっとして、泣いてんのか？」

「はぁ？　バカ言うなよ、おまえと同じで俺ももう不惑を超えてんだぞ。こんな往来なんかで泣くわけないだろ」

関さんの姿は視えなくても、蟻川さんだって自動運転バスが手動に切り替えることなく発車した意味をわかっているだろう。そしてこの横断歩道ではもう、自動運転バスのセンサーの誤検知も起きないことも察しているに違いない。

作業着姿の男性が、突然に蟻川さんの背中を平手で叩いた。パシンという大きな音が私の耳にまで聞こえ、次いで「いたっ！」という蟻川さんの叫び声が辺りに響く。

「なにすんだっ！　てめぇ！」

涙がこぼれそうになっていたのも忘れて凄む蟻川さんだが、作業着姿の男性はそんな昔馴染みに向かってゲラゲラと笑う。

それだけで、ちょっとしんみりしかけていた空気が吹き飛んだ。

「よしっ！　んじゃ、そろそろおまえの奢りで焼き肉でもつつきに行くかぁ。――ついでによ、おまえが俺たちを急に集めたわけをたっぷり聞いてやるよ」

一同がここぞとばかりに「おぅ！」と賛同の声を上げる。

その様に蟻川さんも毒気を抜かれ、自棄《やけ》気味な口調で言い返した。

「わかった、わかった！　今日はもう、おまえら好きなだけ喰ってくれ！」

笑いと喝采がドッと巻き起こる。

あぁ、いい友人たちだなぁ――と。

これは関さんも安心だなぁ――と。

そんな風に感じてこっそり頬を緩ませていたら、反対側の車道の電柱の陰にいた私に向かって、蟻川さんが両足を揃《そろ》えた姿勢でいきなり深々と頭を下げた。

突然のことに驚くも、生粋の日本人である私は反射的に九〇度の角度でお辞儀を返す。

再び私が頭を上げたとき、蟻川さんはもう友人たちとの談笑に戻っていた。

だから蟻川さんが私に頭を下げたように見えたのは、ただの勘違いかもしれない。

でも今の礼は私が匿名で県庁にかけた電話への感謝だったのだと、そう感じた。

蟻川さんを囲みながら中年男性の集団がぞろぞろと歩き出す。楽しそうな集団は足早に駅のある方角へと消え去っていく。

彼らの姿が見えなくなってから、私はようやく電信柱の陰から歩道へと出た。

そしてもはや誰もいなくなった横断歩道際に一人で立ち、

「見守って大きくなった子どもたちの輪に入り、関さんも一緒に笑い合う――不幸な事故さえなかったら、ひょっとしたら今日はそんな日になっていたかもしれませんね」

私は静かに微笑んだ。

9

「それじゃ、これからも元気でね——っていうのは、やっぱ変だよねぇ」

元気たらんとする肉体がない姫ちゃんとしては、そう言われても苦笑せざるを得ない。

というか毎度思うのですが、息災だとかご健勝だとか別離の挨拶には相手の身体を気遣う言葉が多く、既にこの世からお亡くなりになっている方とお別れするさいの日本語のチョイスというのはほんと難しい。

「……まあいいか。とにかく、またね！」

「はい、今回のことは本当にありがとうございました。夕霞先輩も、どうかお達者で」

姫ちゃんからの別れの挨拶に、今度は私の方が苦笑してしまった。それというのも自動運転試験バスを介した蟻川さんと関さんの案件を説明している間も、姫ちゃんの私への呼び名が『夕霞先輩』から変わらなかったからだ。

——もう、幽冥推進課は存在していないというのに。

話し込んでしまったこともあり、既にすっかり日は暮れている。名残惜しくはあるが、互いの姿が見えなくなるまでずっと手を振りつつ、私は姫ちゃんの守る橋をあとにした。

灯《あか》りの少ない田舎《いなか》道を、月を頼りに一人きりで駅へと歩いていく。

姫ちゃんと再会してからのこの二日間、なんというか——とても楽しかったのだ。

懐かしい姫ちゃんと会えたのもさることながら、この地に住む国民様とこの地に未練を遺した元国民様との想いを繋ぐべく、ドタバタと走り回ってジタバタと足掻《あが》いていた間は、私は自分でも驚くぐらいに充実していたのだ。

やがて道の向こう側に薄ぼんやりと明るい区域が見えてきた。それが駅だった。

宵闇が支配した世界の中、唯一煌々《こうこう》とした駅舎の中に足を踏み入れる。待合室に入って時刻表を確認してみれば、一〇分後に来る電車が上りの最終列車だった。ここから高崎駅まで約一時間、要町のアパートに戻る頃には日付が変わっているだろう。

私は改札の横に置かれたＩＣリーダーにSuicaをかざしホームに出て、ベンチに座って電車を待つ。吹きさらしのホームで驚くほど冷たい秋風を感じ、ピークも過ぎたさして騒がしくもない虫の声を耳にしていると、冬が近いなと身をもって実感する。

「あぁ……終わっちゃうなぁ」

無人のホームで、そんな声が自然と漏れてしまった。

ほとんど無意識に口から出たその言葉に、私自身どんな意味があるのかわかっていない。でも旅と呼べるかもわからない今回のこの道行きが——まるで幽冥推進課の出張のようだったと感じる今回の遠出が、まもなく終わるということだけは確かだった。

しばし無心でぼぉーっと夜空を眺めていたら、遠くから警笛の音を響かせた四両編成の電車がやってきて、目の前のホームに停まった。

夜の闇の中、眩《まばゆ》いほどにLEDの照明が灯《とも》った車内へのドアが開く。私は義務的に立ち上がると、重い足取りで電車に乗り込んだ。

ホームと同じく車内も無人で、長いシートの真ん中に私はどすりと腰を落とした。

プシューと空気の抜けるような音を立ててドアが閉まり、姫ちゃんのいる橋にまで歩いていくことのできる駅から電車が発車する。

窓へと目を向けてみれば、暗すぎてまともに外の景色を見ることはできなかった。この電車は姫ちゃんのいる橋の近くも通るのだが、これでは肝心の橋の様子はさっぱりわからないだろう。

外を見て別れを偲《しの》ぶこともままならず、私はやむなくスマホを手にした。

そういえばここ二日ほど世俗の情報と接していなかったことに気がつき、就活する身の上としてはこれはまずいとニュースサイトを開いた。

でも――目が滑った。

開いたサイトの文字が、何一つとして頭に入ってこない。

別の感情が勝手に心から湧き出してしまって、スマホなんて見ていられない。

「――でもさぁ、なんだかんだでまあ、今回も良かったよねぇ」

乗客が私以外に誰もいないのをいいことに、憚ることなく大声で独り言を口にする。

「蟻川さんはさぁ、なんか最初はちょっと怖い人かと思ったけど、でもあれだけ友達がいるってことは性根はいい人なんだと思うんだよね。そもそも県庁の職員になって自動運転バスの担当をするとか、これはもうどう考えたって関さんの影響だもんね。

関さんも関さんで、登下校を見守っていただけの子が友達を作れたか作れなかったかを三〇年も心配して横断歩道に立ち続けるとかさ、ちょっと人が好《よ》すぎだよ。そんなことより自分の心配をなさいっての。子どもなんてのはさ、大なり小なり誰もが歯を食い縛って辛い思いに耐え、そうやって必死に大人になっていくんだからさぁ。

それからそれから、自動運転バスに期待をしていた集落のお年寄りの方々の希望を保てた、ってのが良かったよね。姫ちゃんが喜んでくれたのも嬉しいけど、でもこの土地で今を生きている方々の支えに少しでもなれたんだと思ったら、なけなしの自腹をはたいて粉骨砕身した甲斐《かい》があるってもんですよ」

ひたすら思うがまま、何も考えることなく言葉を紡いでいた私の目から、不意にポロリと一粒の涙がこぼれた。

「あはは……そっか。そうだよねぇ」

あらためてまざまざと気がついてしまった自分の感情に、私は「あ〜ぁ」と無念が溶けて湿りきった吐息を吐く。

「――やっぱり私、幽冥推進課の仕事を続けたいなぁ」

そこが、限界だった。

それは最初からわかっていたことなのだけれども、でも口にしてしまったことで私の心の中の堰がぶつりと切れてしまった。

くよくよするのはここでおしまい、なんて姫ちゃんの前で泣いて昨日決めたばかりだというのに、でも私の決意に反して勝手に両目からポロポロと涙がこぼれ出し、みっともない嗚咽《おえつ》も喉から抑えようもなく漏れてくる。

手にしたスマホの液晶の上に落ちた涙が、玉となって次々と並んでいく。慌てて両腕で目元を拭えば、するりと手の中からスマホが落ちてしまい、さーっと派手に床の上を滑って離れた位置のドアに当たって止まった。

これから就職活動に臨む私にとっては、特に大事なスマホだ。壊れていたら一大事。普段なら顔を青ざめさせるのだが――でも今ばかりは、そんなものどうでもいい。

「なんで…………なんでなのよ！　どうしてこんなことになってんのよっ！

――火車先輩。辻神課長。百々目鬼さん。こんなの、無体ですよ。どうして誰一人としてひと言も遺してくれてないんですかぁ。こんないきなりじゃなくて、せめて私の気持ちにけじめぐらいつけさせてくださいよ」

ガタゴトと揺れるシートの上で、私はさめざめと泣き続ける。

けれども次の駅にまもなく到着するというアナウンスが車内に流れ、ふと我に返った。

さっき落としたスマホ……ドアが開いて線路に落ちてしまったら、それこそ取り返しがつかない。駅員さんに迷惑をかけてしまうのは当然ながら、あのスマホが次の職を探す上での生命線となることは間違いない。

貧しいということは、感慨にふけることすら許されない——そんな世知辛いことを感じつつ、私は緩慢な動作で席から立ち上がって歩き、落としたスマホを拾った。

ちょっとふて腐れながらそのまま手近なシートにドスンと腰を落とし、壊れていないか確認のため赤く腫れぼったくなった目をスマホの液晶に向ける。

「………えっ？」

すると予想だにしていなかった情報が飛び込んできて、液晶に添えた指が止まった。

スマホの画面に表示されていたのは、さっき見ていたニュースサイトだ。涙を腕で拭っていたときに知らぬままリンクをタップしていたようで、今は私が読もうとしていた記事とはまるで違うニュースが開いている。

「……あんた、いったい何してんのよっ!?」

ニュースの全容を理解した私の口からは、ほとんど反射的に罵声が飛び出ていた。

呼吸が荒くなる。心臓が早鐘のごとく打ち始める。

何がどうしてこうなったのか。何でこんなことになっているのか。

もう一度だけ、私はニュースの文面に目を通す。再び読み直して確認しても、やっぱりその内容に間違いはない。

――それは、私が幽冥推進課の臨時職員として最後に担当した案件。

半月あまり前に、私は国営武蔵《むさし》丘陵森林公園の運動広場に不当に逗留《とうりゅう》していた地縛霊の少女を幽冥界に送り出したことがある。

餓死をさせられてもなお母からの愛情を諦めず、むしろもう一度お母さんの子として生まれ変わって今度は自分が作ったおにぎりを一緒に食べるんだと、そう想いを語り幽冥界へと旅立った、その少女の名前は――深瀬美乃梨《ふかせみのり》。

そして今私の手の中のスマホに表示されているニュースとは、自宅のアパートで娘が餓死しているのが発見され、保護責任者遺棄致傷罪の疑いで広域指名手配されていた容疑者が、かつて住んでいたマンションにて死体で発見されたというもの。

彼女の名は――深瀬美穂《みほ》。

つまりあの美乃梨ちゃんの母親が自殺した状態で見つかった、というニュースだった。

二章

就職戦線、怪異なし

1

「なるほど、朝霧さんのこれまでの職務経歴はおおむね理解しました。ですが――履歴書では空欄になっている直近の半年は、どんなお仕事をされていたのですか？」

……やっぱりそこ、気になりますよね。

「えっと、ここ半年はですね……公務員っぽいというか、公務員的と申しますか。とにかくお国のために、いるのかいないのか、やっぱりいる気がする方々を、私は行ったことはないのですが、どうやらどこかにあるらしい場所へと送り出す仕事をしていました。

――こんな具合で、いかがでしょうか？」

というか、採用面接で訊《き》かれる立場の私が、面接官へと訊き返してどうする？

案の定、人事部長を名乗っていた初老の男性は頬を引きつらせてから、困り切った愛想笑いを私に向けて浮かべた。

「ど、どうやら朝霧さんはとてもユニークなお仕事をされていたようで――しかし、少しばかり弊社の業務とは毛色が違うため、その経験は活《い》かせないかもしれませんね」

——はい、終了。

天ならぬ、通された来客用会議室の白い天井を思わず仰いでしまいそうになるも、そこは社会人としての礼儀で堪《こら》える。これにて今回もお祈り確定コースです。

……これで何社目だったかなぁ。

ここ一週間で、二桁に達しようというぐらいにはお祈りされている気がします。

それにしても、どこもかしこもネックになるのが私の直前の職歴。

企業にとっても厳しいこの世の中、中途採用といえば経験ありは当たり前。むしろ即日で働き始め、即座に利益を生む人材ばかりが求められているご時世です。そのせいか採用担当者も即戦力かどうかを主眼に質問してくることが多く、幽冥推進課以外では一ヶ月以上同じ職場で働けたことのない私の就職戦線は大苦戦ですよ。

一番長く働いている幽冥推進課だって、守秘義務のせいで普通に業務内容の説明はできません。まあ仮に正直に全部を説明したところで、もらえるのは採用通知ではなくてきっと病院への紹介状でしょう。

募集サイトを見ても中途採用はどこもかしこも『経験者求む』ばかりで、まれに今私が受けている会社のように『未経験者歓迎』を掲げていようが、ゼロから人材を育てるというよりどこまで育っている人材なのかを確認してくるばかり。

働きたくても経験がなければ受け入れてもらえず、経験を積みたくてもそもそも働かせてもらえない。現代の転職事情は卵が先か鶏が先かならぬ、職歴なしが先かニートが先かという深い深い就活の闇の中で、もう溺れそうです。

――そんな恨み言はさておいて。

「本日は面接のお時間をいただきまして、誠にありがとうございました」

「いえいえ、こちらこそ。朝霧さんも――どうか、これからもがんばってください」

……面接結果の通知前に、本音で早くも結果がリークされてますよ、面接官さん。まあ皮肉を込めてでの、半分ぐらいはわざとなのでしょうが。

しかしそんなことで噛《か》みついてもいいことなんて一つもないわけで、私は引きつった愛想笑いを浮かべつつお辞儀をして会議室を出ると、そのまま電話機一個だけがポツンと置かれた無人の受付カウンター前を通り、会社そのものをあとにした。

考えようによっては、早めに結果を教えてもらったのと同義だから、これはこれで後顧の憂いなく次の就職試験に臨めるというものですよ。

……くそ食らえですけどね。

そんな風に苛立《いらだ》ちを感じてしまうも、でも私にも非があることは理解している。

つい先ほど面接を受けた会社は、アパレル大手の販売会社さんだ。

ちなみに昨日に面接を受けてきた会社は、自動車のタイヤメーカーさん。

その前は……たしか冷凍食品の製造会社さんだった、気がするなぁ。

要はまるで節操がないのだ。戦略もなければ方針もない。単純に『経験不問』という募集要項だけで判断し、動機もなく応募をしているだけ。

こんなんじゃダメだと思うし、むしろ面接してくれる会社さんに失礼だという自覚もあるが、しかし今はどんな仕事にも興味が湧かないのだから、どうにもしようがない。

……どうせどれだけ探したって、国土からの地縛霊《じばくれい》の立《た》ち退《の》き業務、なんて仕事が他にあるわけがないのだから。

そんな空っぽの志望動機でのこのこ面接に来るから、私みたいな小娘より二枚も三枚も上手の採用担当者には全てを見抜かれる。適当な動機で応募しているのがわかるから、採用したところで適当な仕事をされるだろうと、きっとそう思われている。

そして今の私の精神状況であれば、それもあながち否定できないと、情けなくも悔しくも納得していた。

――なんて考えてため息を吐《つ》いていたら、呼び出していたエレベーターがポンという音を立てて到着した。

ここは四〇階建てのオフィスビルの共用エリア。このビルには私が採用面接を受けたアパレル会社さん以外にも多くの会社が入っており、エレベーターのドアが開くと同時に制服を着た女性の一団がどっと降りてきた。

全員が全員とも一階にあるコンビニのビニール袋を手に提げていて、中にはサラダスパだの十六穀米のおにぎりだの、どれもこれもシャレオツなコンビニ飯が入っている。ぶっちゃけ一食一〇〇円以内を心がけている今の私からすれば、そのビニール袋の中身だけで約二日分の食費に相当するだろう。仕事もあっておいしいごはんも食べられて、羨ましい限りですよ。

しかし今すれ違ったOLさんたちだって、よくみれば飲み物はコンビニPBのペットボトルだったりと、倹約を心がけているようにも見える。きっとみんな厳しいのだろう。働けても働けなくても大変な世の中に、ほんとがっくりきそうになる。

――バブルも就職氷河期も既に太古の時代ではありますが、あいもかわらず無職な私の就職戦線は今日もまた異状なしのようです。

2

「ただいまぁ……」

と、誰もいないアパートに帰ってくるなり、踵《かかと》の動きだけでパンプスを玄関に脱ぎ捨てる。そのまま台所の板の間の上をドスドスと通過して四畳半に入ると、着古したリクルートスーツのままで、私はドスンと背中から大の字に倒れた。

「疲れたぁ……」

寝転がった姿勢のまま、全身がしおしおと萎《しぼ》んでいきそうなほどのため息を吐く。

どうして面接ってのはこんなにも疲れるのか。たぶん相手から値踏みされ、何もできない自分をまざまざと認識するからじゃないか、と。おかげで受けるだけで気持ちが摩耗し、一社落とされるごとに心がごっそり削られていく——辛《つら》いですわぁ。

あまりに疲れたので、この格好のまま一眠りしちゃおうと思ったところで、ぐぅー、と私のお腹《なか》が鳴った。

面接のおかげで昼食を食べそこねていたのを、今さら思い出す。時刻は夕暮れどき、お昼ごはんにはもう遅すぎて、晩ごはんにはまだ早すぎる。しかし空腹を自覚してしまったからには寝るに眠れず、私はむくりと起き上がった。

「何かあったかなぁ」

腰の高さまでしかない一人用冷蔵庫を開けて、中をしげしげと確認する。中に入っていたのは特売で買った賞味期限切れ間近の木綿豆腐と、それから私の食生活の守護神たるもやし様。あとは何もな……あぁ、そういえば台所の窓際に設置してある苗床で豆《とう》苗《みょう》がいい感じに育ってたな。

そしてこれらの食材で構成される料理は——なんと丸二日も食べ続ければ誰だってヒダル神《がみ》と会話ができるようになる私の自慢の創作料理、大豆丼です。

……正直、一ミリも食べたくない。

大豆丼はもう飽き切ったので、湧いた食欲がみるみると消滅していく。だが背に腹はかえられない、というかこのままだと腹が背にくっついて同じ部位になってしまうので、今夜の夕餉《ゆうげ》も大豆丼を食べるしかないでしょう。

私は絶望しながら冷蔵庫の扉を閉めると、再び畳の上に戻って腰をぺたんと落とした。

大豆丼でふと思い出し、テレビのスイッチを入れてみる。

案の定、映像が映るなり夕方のワイドショーのコメンテーターが、聞いた覚えのある名前を口にしていた。

『美乃梨ちゃんの遺体がミイラ化していたということは、体内の脂肪分が極端に少なかったということを示しています。これは何日間もの断食を行い自らミイラとなった、即身仏と同じ状態なんです。育ち盛りの子どもにとって、それがどれほど辛い状況なのか想像ができますか？　おそらく母親である深瀬美穂容疑者は、どんなに美乃梨ちゃんが食べ物を欲しがっても与えなかったのでしょう。ついには娘のいる家に寄りつくことすらやめ、自分の娘を餓死による虐待死へとおいやったわけです』

――嘘《うそ》ばっかり。

母親である美穂さんが美乃梨ちゃんを虐待していたのは本当だ。それは児童虐待の概念の中に、育児放棄が入っている以上は否定のしようがない。

でも美乃梨ちゃんは、食事を与えられなかったために痩せ細っていったのではない。

苦しい生活の中で日々疲弊していく美穂さんに負担をかけまいと、少しでも手のかからない子どもになりたくて拒食症を発症するほどの強い想《おも》いで、食事をしなくてもいい存在になろうとしたのだ。

暴力を振るっていた父親のもとから自分を連れて逃げてくれたときの、いっぱいの愛情を自分に注いでくれていた頃のお母さんに戻ってもらいたい、ただその一心で。

『今回の深瀬容疑者の自殺の件は、もっと警察の責任を追及すべきです。娘の命を奪った凶悪な犯罪者を、自殺なんていう卑怯《ひきょう》な手段で責任逃れさせてはなりません』

なんだかよくわからない教育関連の肩書きを持ったコメンテーターが、口角から泡を飛ばしてヒートアップするのを司会者が必死に宥《なだ》めていた。

姫ちゃんのところから帰ってきてから、ニュースはずっとこんな感じだった。

美乃梨ちゃんの母親である美穂さんが自殺した状態で発見されてもう一週間以上が経《た》つのに、ワイドショーはまだまだ深瀬親子の特集を組んでいる。

曰《いわ》く——一ヶ月も家を空けて遊び歩いていた、子どもを産む資格のない母親。

曰く——お腹を空《す》かせても娘に食事を与えず餓死させた、鬼のように冷血な母親。

どこの局のどのアナウンサーも、虐待する父親から娘を守るため、美穂さんが自身の全てを捨ててまで逃げた話はしてくれない。

父親に見つかって美乃梨ちゃんが連れ戻されないよう、最低限の公的サービスすら受けられないことを覚悟で役所に住所変更の申請すらせず、親子二人でひっそりと暮らそうとしていたことなんて語ろうともしない。

美乃梨ちゃんが大好きだったかつての美穂さんは決して鬼女なんかではないのに、誰も悲しい親子の本当の姿に目を向けようとせず、わかりやすい悪者を糾弾することに躍起になっている。

私はどうにもやるせなくなって、テレビのスイッチを切った。

美乃梨ちゃんが幽冥界に移転するとき、彼女は再び美穂さんの娘になることを夢見てこの国土を去った。ネグレクトで亡くなったにもかかわらず、あの少女は生まれ変わってもまた同じお母さんと親子になりたいと、そう心から願っていたのだ。

それなのに、母親である美穂さんは自殺をしてしまった。美乃梨ちゃんの、同じお母さんのお腹の中から生まれ直したいという願いは、もう決して叶《かな》わない。

——どうにもできないのだ。

おまけに幽冥推進課職員であったときならいざ知らず、ただの無職でしかなくなっている今の私には、二人にしてあげられることは本当に何一つない。

「……情けないなぁ」

自分が情けなくて、悔しくて、どうにもいたたまれない。

私にできることは、せめて願うだけだ。自殺した美穂さんが現世に留《とど》まることなくすみやかに旅立ってくれて、幽冥界で二人が無事に再会できていることを。

この国土では、美乃梨ちゃんと美穂さんは再び親子として相まみえることはできなかった。けれどもこの世のしがらみなど関係ない幽冥界では、ともに幸せだったときの気持ちを思い出して笑い合える親子に戻っていると、私はそう信じたい。

切ない思いが湧いてきて気分が沈みそうになったところで——ピリリリリッ、と私のスマホが鳴った。

ポケットに入れたままのスマホを取り出す。面接日時の連絡待ちの会社とかまだあったかな、なんて思いながら液晶に目を向けると、

「……んげっ！」

表示されていた文字は——お母さん。

この呼び出しは我が母君たる、朝霧朝顔《あさがお》殿からの連絡でした。

何の用件だろ、としばらく液晶画面とにらめっこしていると、ふと音が止まって画面がまっ暗になる。ほっと胸を撫《な》で下ろすも——ビリリリリッッ！　と、すぐさま再びけたたましく鳴りだした。

絶対に同じ音のはずなのに、なんとなくさっきよりも着信音が大きく感じる。加えてどことなく険がこもっている気がするのは、一回無視してしまったからなのか。

——実のところ、私が絶賛就職活動中なことは、まだお母さんには告げていない。

というのも今年の夏に帰省したさい、ようやく就職できたと報告したばかりなのに、その舌の根も乾いていない二ヶ月足らずで「所属していた課が廃止になっちゃって、また無職です。てへぺろっ」とはとてもとても言えなかったのだ。

だって……お母さん、怖いから。

けれども、これはもうしかたがない。

三度もかけ直させたとあれば、後で母上様よりどんなお叱りを賜ることやら。

緊張から小刻みに震える指先で、私はやむなくスマホの通話ボタンをタップする。

「は、はい――夕霞です」

『……一回目のコールで出ないとは、どうやらお忙しいみたいですね。夕霞さん』

ドスの利いた声に、一瞬で背筋がしゃんとしてしまう。

「あはは……そうだね、忙しいかもね」

あいかわらず娘への圧が無駄に強い。電話越しだろうとも威圧的な雰囲気がビンビンと伝わってくる。

――どうして実の娘にこんな高圧的な態度をとるのか？

その理由は夏に帰省したさい、仏間で地縛霊となっていたお祖母《ばあ》ちゃんから聞いているので今さら思うところはないものの、しかし長年染みついた感覚は簡単には拭えず、気がつけば電話なのに私は畳の上で正座していた。

『まあいいです。それよりも、夕霞さん』

「は、はいっ！」

『夕霞さんは、私に何か言っておくべきことがありませんか？』

「いっ!?」

お母さんのド直球発言に、ついおかしな声で反応してしまった。

っていうか、なんでばれてんの？　無職の無の字すらまだ伝えてないんだけど。

どう言い訳しよう、どう言い訳しよう──なんて考えが頭の中をぐるぐると巡った直後、私の口から咄嗟《とっさ》に出ていたのは実にダメな誤魔化しだった。

「……な、なんのこと？　言うべきことなんて、なぁんにもないけどぉ」

子どものときからこれで欺《だま》し通せた例《ためし》がない。なのに怖い親に嘘を吐いてしまうのは、これはもう子どもの本能とでもいうものでしょう。

当然ながら今回も見破られ、いつもの雷が落ちてくる──と肩を竦《すく》めていたところ、

『──そうですか。それなら安心しました』

過去になかったお母さんからの返しに、私は「へっ？」と間抜けな声を上げていた。

『いえね、夜露《よつゆ》さんがしきりに私に向かって言うんですよ。──お姉ちゃんが悩んでいる今電話しなきゃ、母親としての威厳がなくなるよ！　とね。夕霞さんから困り事の連絡も相談もないのに、何のことやらと私は思うのですが、でもあまりにも夜露さんが真

剣でしたのでね』

——夜露かぁ！

私の妹にして私の最大の天敵、朝霧夜露。

まだ高校生の身でありながら、地方価値の再創出なんて大それた目標を掲げ、地元商工会の大人たちを誑《たぶら》かしては将来のＮＰＯ法人立ち上げの布石を着々と打ち続けている、あのコミュ力モンスターめ。

お母さんのこの電話の陰に夜露が潜んでいるのなら、確かにうなずける。夜露は実家の居間で地縛霊になっていたお祖母ちゃんの気配を感じていた。さらには都内に戻る帰りがけに、私のリュックの中にすっぽり収まっていた火車先輩に挨拶までした。

夜露はすこぶる勘がいい。夜露だったら、なんとなく私の今の状況を感じとっていたとしても納得だった

夜露の『お母さん！　伝言、伝言！』という声が、電話越しのちょっと遠い距離から聞こえた。おそらく居間で電話をかけているお母さんの近くに、夜露もいるのだろう。

『あぁ、そうでしたね。夕霞さんにどうしても伝えて欲しいと、夜露さんから頼まれていた伝言があるんでした』

いやいや、今そこに夜露がいるならお母さんに伝言なんぞ頼まず、電話を代わって自分で言ってくれればいいじゃん——と思った直後、

『やりたいことは無様に足掻《あが》いてでもやっておかないと、絶対に後悔するからね』

息を吸ったまま、私の全身が固まった。

――いま、私が一番痛いと感じるところを抉《えぐ》ってきやがったよ。

夜露に言われるまでもなく、そんなことは自分でもわかっている。でもわかっているけれどもどうしようもなくて、どうしようもできないというのを言い訳に、思考停止している自覚だってある。でも仕方がないじゃんかよ。

まるで塞がりかけた傷のかさぶたを剝がしてから塩を塗り込むようなひと言に、スマホを握る私の手に自然と力が入ってしまった。

『それにしても、夕霞さんから私に相談したり報告することは何もないということで、とてもほっとしました。こないだ帰ってきたときはお仕事も軌道に乗ってこられたという話でしたが、夜露さんがあれからいろんなことを言うのでその後にお仕事がうまくいかなくなったのではないかと、ずっと気を揉《も》んでいたんです。まったく、夜露さんの虫の知らせというのも当てになりませんね』

――って、夜露っ！　余計なことをお母さんに吹き込むなよ、これもう絶対に本当のこと言えなくなってるやつじゃん！

電話の向こう側で、夜露が「あちゃー」と額を手で押さえる仕草をしている様が瞼《まぶた》の裏に浮かぶが、そんなのいいから責任とって欲しい。

『それでは夕霞さんもお忙しいでしょうから、この辺で電話を切りますね。お仕事も大切でしょうが、どうか身体《からだ》には気をつけるんですよ』

と言うなり、私の返事も待たずにお母さんがブツリと通話を切った。

やたら静かになった部屋で私は大きなため息を吐くと、背中を床に叩《たた》きつけるように倒れた。そのまま畳の上に四肢を思いきり放り投げ、ゴロンと大の字になる。

……夜露のやつ、いらん心配しやがって。

「言われなくてもわかってるよ、でも大人はそうはいかないんだよ——バカ妹」

——違うな。地元の町を愛する夜露は、地域振興にだって賛否があるのを理解した上で清濁併せ呑《の》み、自らの歩む道への覚悟を決めている。そういう点でいえば、姉である私よりも夜露の方がずっと大人だ。

「……子どもでバカなのは、私のほうか」

右手で両目を覆い、油断すれば滲《にじ》みそうになってしまう涙を抑え込む。

夜露の言いたいことはわかる。そしてそれはおおむね事実だろう。

今のまま雑な就職活動を続けていけば、私はいつか後悔することになるはずだ。幽冥推進課が消えてから、さして時間の経っていないあのときにもっと固執して無茶して、さんざっぱら駄々を捏《こ》ねておけばよかったと、間違いなく悔いる日がやってくる。

——だけれども。

「幽冥推進課は、もうないんだよ」

もう存在しないものを望んで求めることに、なんの意味があるのか。足掻くだけだったらやがてごはんを食べることさえできなくなって、寝る場所すら失うことになる。

——私はいったい、どうすべきなのだろうか？

3

「履歴書では空欄になっている最近の半年は、どんなお仕事をされていたのですか？」

「はい、守秘義務があって詳細を申し上げることはできませんが、土地収用に関わる業務を担当していたとお考えください」

「なるほど、土地の収用ですか。——ですが守秘義務で詳細をお話しいただけないとなると、それだけで弊社の業務とマッチする経験かどうかを判断するのは難しいですね」

「……ですよねぇ」

感触として、これまたお祈りコースでしょう。

今回私が面接を受けている会社は、不動産会社だった。

夜露の小憎らしい忠告をあらためて考えてみて、何が一番私のやりたい仕事に近いのかといえば「……不動産なのかなぁ」なんて思った。

健全なる国土の維持を目指して、地縛霊と用地交渉をしていた前職——方向性は微妙にというか、かなり違う気もするけれども、どちらも土地絡みの仕事なのは間違いない。だから現実的にはここらが落としどころかなぁ、と感じた。

しかし不動産業に関する資格なんて私は一つも持っていないし、幽冥推進課での経歴だって履歴書には書けやしない。目標とする業界が定まったところで、それですぐに採用されるわけではない。むしろ手当たり次第で未経験者歓迎の会社を受けていたときよりも、間口が狭くなった気さえする。

でも、ちょっとは進歩した。こないだまで面接を受けていたときのような、自棄《やけ》気味な気持ちが今は失《う》せていた。

「それでは本日の面接の結果に関しては、後日メールでお伝えいたします」

「はい！　今日はお時間をいただきありがとうございましたっ！」

決して手応えは良くないだろうにふんすと鼻息荒く打ち合わせスペースを出ていく私を見て、面接を担当してくれた支店長さんが小首を傾《かし》げた。

一社ダメだったぐらいが、なんだというのだ。先日までの暗中模索、五里霧中で就職活動をしていたときに比べれば、今は進むべき道が見えただけずっとマシだ。

最後に入り口の自動ドア前で振り向き深々と礼をして、お客さんもいる不動産会社の店舗をあとにした。

そのまま「やるぞ、やるぞ」と口の中だけでつぶやきながら、私はひたすらに往来を歩く。というのも、汗をかいてから面接を受けるのでは失礼だろうと往路は電車を使ったが、帰りは節約のため自宅までは歩くつもりだからだ。

本日に面接を受けた不動産会社の所在地は杉並《すぎなみ》区荻窪《おぎくぼ》。私の住むアパートのある豊島《としま》区要町までの片道電車賃だけで、一〇〇円ショップのパスタ一袋に加えてインスタントのソースがなんと二食分も——って、あれ？

勇ましくずんずんと歩いていた私の足が、ふと止まった。

目に映るのはどことなく見覚えのある風景、歩いていてなんとなく感じたデジャブ。

なんだこの感覚と思って考えていたら、はっと思い出した。

ここは私が初めて正社員に採用されるも入社当日に倒産した、あの会社の近くだった。これから勝ち組正社員ライフが始まると意気揚々としていたあの日、いきなり無職の身で野に放り出された私は、怒りに身を任せつつもやっぱり電車賃の節約のためにこの道を歩いていたのだ。

そんなこともあったなぁ……と、ちょっとだけ感慨にふけりそうになるも、考えればまだ半年ちょっとしか経っていない事実に少し愕然《がくぜん》となる。

あのときは自分の惨めさに限界がきて、まさにこの付近でポロポロ泣き出してしまい、緊急避難的に裏道に入って住宅地の小さな公園に駆け込んだのだ。

そしてその公園の掲示板で、私は幽冥推進課の職員募集の貼り紙を見つけた。

「……えっと、確かこっちだったよね」

あの公園を訪ねてみようと、表通りから裏路地へと入ってみる。すると、あの日の記憶が鮮明に蘇《よみがえ》ってきた。確かにこの道だ、何の変哲もない住宅街だがちゃんと覚えがある。この道の先に、あの公園がある。

自然と足どりが速くなった。あるわけがない、ないだろうとわかっているのだが、それでも気がつけば早足となり、公園の入り口が見えるころには私は駆け出していた。

──でも、ひょっとしたら。

はぁはぁと息を切らし、公園の入り口に設置された地域交流用の広報板の前に立つ。

ガラスケースの中の緑のラシャが貼られたボードには、オレオレ詐欺に注意のポスターやゴミ回収日変更のお知らせの用紙が貼られていて、そして──それだけだった。

あの日あのとき見かけた、幽冥推進課の臨時職員募集の貼り紙はどこにもなかった。

「……だよねぇ。廃止になったんだから、募集しているわけがないもんね」

──何を期待していたのか。

途端にがっくり肩が落ちた私は、トボトボ歩いて公園の中へと入る。ペンキの剝げた滑り台の裏にベンチが一つあって、私はそこにドカッと腰掛けた。

前に座ったのもこのベンチだった。四月だったあの頃はこのベンチの横の桜の木に花が咲いていて、ハラハラと花びらが散り続ける様が少し物悲しかった。

対して一〇月の今、桜の木は真っ赤な紅葉を迎えている。まだ落葉は始まっていないもののまもなく散り出して、冬が来る前には丸裸の樹木だけがここに聳《そび》えるのだろう。

「……牛丼、食べたいなぁ」

前に来たときも似た台詞《せりふ》を吐いたなぁ、と思い出して私は苦笑する。

――なんだ。半年も幽冥推進課で働かせてもらっていたのに、何も成長してないじゃない。こんな有り様じゃ、無職の身の上に戻ったって当たり前だよね。

そんなことを思いうな垂れたところ――ピリリッ、という無粋な着信音が鳴り出した。ジャケットのポケットからスマホを取り出す。どうせまたお母さんか夜露だろうと思って画面を見ると、表示されていたのはまったく知らない番号だった。

さっき面接を受けた会社は、メールで結果を通知すると言っていたから違うと思う。だったらこの電話の主は誰なのか？

眉間に皺《しわ》を寄せつつも、念のために通話ボタンをタップしてみると、

『突然のお電話で申し訳ございません。つかぬことをお訊《たず》ねしますが……あなたは朝霧夕霞さんで、お間違いはございませんか？』

聞こえてきたのは落ち着いた男性の声だった。丁寧な口調ながらも声音はどっしり構えていて、謝罪から入っているというのにどことなく余裕すら感じる声だった。

「……はい。私が朝霧夕霞ですが」

用件も不明の電話に素直に答える必要なんてないのに、声の雰囲気に圧《お》されてなんとなく正直に答えてしまう。

途端に、電話口の向こう側が一気にざわめいた。

『おい！　本当の本当に朝霧って人の番号みたいだぞ！』

『だから言ったろ、うちの会社は会長の第六感でのしあがった会社だって』

『っていうかそれ、ただのギャンブルじゃん』

……名前を名乗っただけなのに、なんかすごい騒ぎようが聞こえてくるんですけど。

「えっと……それで、用件は何ですか？」

『騒がしくて、申し訳ありません。私は怪しい者ではありませんし、朝霧さんにとってもこれはとてもいいお話だと思うのです』

よくわかりませんが……怪しい者ではない、を名乗る者に怪しくない者なし。

ちょっと前ならイルカの絵やウコンの販売、最近であれば仮想通貨の投資などを持ち掛けられる前に、これはもう通話を切って着信拒否にしておくのが吉かと。

『実はですね、弊社で朝霧さんを正社員として雇用させていただきたいのです』

「……へっ？」

まったくもって予想外の台詞を言われ、間の抜けた声を上げてしまった。

『朝霧さんは今、求職中でいらっしゃいますよね？』

「そうですけど……って、なんで私の個人情報を知っているんですかっ！」

とかく情報の取り扱いにうるさい昨今だ。もしも私が採用試験を受けた会社の中に、不採用情報を他社に流出させているような会社があれば、それはひと言物申しておかなければならない。

『あっ、勘違いなさらないでください。朝霧さんがただいま求職中であることを知ったのは、不正な情報流出ではありません。単なる――神様のお告げです』

……あぁ、そうでしたか。情報商材やマルチ商法の勧誘ではなくて、新興宗教の勧誘の方でしたか。

私はすっきりしたいい笑顔を浮かべると、無言で液晶をタップし通話を切る。その指ですぐさま着信拒否の設定を始めるが、設定が終わるよりも先に電話がかかってきて、ついうっかりと通話ボタンを押してしまった。

再び電話を切ってもいいのだが、相手が一人でないのは先ほどの喧騒《けんそう》からもわかっている。違う番号でかけてこられると厄介だと判断し、ここは私なんか勧誘しても無駄だときっぱり説明しておくことにする。

「あのぉ、残念ながら私には寄進できるようなお金なんて一円もありませんよ。ご存知のように無職の身で、ここ数日だけで何社からもお祈りされているぐらいですからね。むしろこんなにお祈りされるのなら、そろそろ私がお賽銭《さいせん》をもらう立場なんじゃないかなと、そう思っているぐらいですので」

すると、電話の向こうの男性が楽しそうに「あはは」と笑った。

何がそんなに面白いのかと少しカチンとくるも、

『いやいや、これは申し遅れていた私が悪い。本当にすみません、勘違いさせてしまったことをお詫《わ》びします。うちはカルト教団でも怪しい宗教団体でもなく、不動産業を主に取り扱っているれっきとした株式会社ですよ』

続いて出てきた会社名に、思わず私の目が丸くなった。それはテレビなんかでもたまにCMを見かける、都内にも複数の支店をもつ大手の不動産会社の名前だったのだ。

しかもこの電話口の男性、自分はその会社の社長だと名乗った。

『それでこの度はですね、なんとしても弊社で朝霧さんに働いていただきたく、失礼のないように社長である私自身が直接お電話をおかけしている次第です。ついては一方的に電話を切らないでいただけると、嬉《うれ》しいですね』

「……いやいやいや！　ちょっと待ってください。確かに私は今不動産業界を志望して就職活動をしていますが、業界未経験な上に資格もいっさいなくて、どうして御社みたいな大手さんが私を名指しで雇いたいなんておっしゃるんですかっ!?」

社長さんの口調から嘘をついている気配は感じないものの、しかしここはどう考えても眉に唾つけるところでしょうよ。っていうか、狐《きつね》につままれているほうがまだ信 憑《しんぴょう》性《せい》がある気がする。

『ですから、それは先ほど申し上げましたよ。弊社に降りた、神様からのお告げだと。朝霧さんはお告げをくださった神様の知己だとうかがっておりますが、本当に心当たりはありませんか?』

知己? それってつまり知り合いってこと?

そんなことを言われたって、私に神様の知り合いなんて…………いましたよ。

「あの……その神様って、ひょっとして道の真ん中にいるお稲荷《いなり》さんですか?」

『ほら、やはりご存知じゃないですか。そうです、公道の真ん中にて目立つ真っ赤な社をお構えになっているお稲荷さまのことです』

瞬間、電話の向こう側にも聞こえるぐらいはっきりと、私は息を呑んでしまった。

——あれは、幽冥推進課に入ってようやく二ヶ月が経とうという頃だ。

当時、とある事情から仕事に自信をなくしていた私は辻神課長に連れられ、保留中の案件という道路の真ん中に居座ってどかないお稲荷さんを訪ねたことがある。かつては豊穣《ほうじょう》を願ってその地に迎えられたお稲荷さんだが、長い年月が過ぎる間に社の周りは住宅街となってしまい、既に田の神としての役目を終えていた。

しかしそんな来歴を知らないとある母親が、娘の手術の成功を祈ってお稲荷さんに願掛けをする。我が身を削ってスジ違いの願いを聞き届けたお稲荷さんは、母親の心を平時に戻す願解《がんほど》きを待つため、通行の邪魔になろうともその場に居座り続けていたのだ。

結局、その母親は願解きに来る途中で事故に遭い亡くなっていたと判明するのだが、誰よりも優しいお稲荷さんは今度は娘さんの「交通事故に遭う人が一人でも減りますように」という願いを叶えるため、田の神から道路のお稲荷さんへと鞍替《くらが》えし、今も同じ場所に居座って道行く車に交通安全を訴えているのだ。

『実は私の伯父《おじ》――弊社の会長が地元の千葉へと戻ったさいに買った自宅の前に、そのお稲荷さまが鎮座しているらしいのです。

もともと信心深い人でしたから、むしろ趣深いお稲荷さまが家のすぐ前にいらっしゃるのを気に入って買った家らしいのですけれども、それがつい最近になって古い社が何者かにより目を瞠《みは》るほど真っ赤に塗られたそうなんです』

あー、はい……それ、私の仕業です。お稲荷さんに頼まれて私が社に赤いペンキを塗りたくった上に、交通政策課から譲ってもらった幟《のぼり》をこれでもかと立てました。

とはいえここで話の腰を折ってもなんなので、いったんお口にチャックをしておく。

『以前にも増して霊験あらたかな佇《たたず》まいとなった社を前に、これはきっと御利益があるに違いないと、弊社の会長は毎朝毎晩いっそう拝んだそうなんです。すると先日、狼《おおかみ》のように鋭い雰囲気のお稲荷さまが夢の中に現れ、こう会長に告げたそうなんです。

――都内の某、要町というところに朝霧夕霞という我の知己たる娘がおる。この娘、先刻まで宮仕えをしていたが、故あって今は浪人の身だ。どうかこの娘を貴殿の会社で召し抱えてやって欲しい。いささか変なところはあるものの、誰よりもよく働き、そして心から人を思いやれる娘だ。もしものことがあればよしなにと以前に辻《つじ》の神より頼まれしこの娘を雇えば、貴殿の会社に必ずや多大な利益をもたらすこと、儂《わし》が保証しよう――と、ご丁寧に今かけているこの電話番号まで教えてくれたらしいんですよ。

実はうちの会長、ここぞというときにはピカ一な勘の冴《さ》えで会社を大きく発展させてきたところがありましてね、こうしてかけた電話の相手が本当に朝霧夕霞さんというお名前の方であるならば、このお告げは本物です。ついては是非とも、朝霧さんを弊社で雇用させていただきたいのです』

相手から見えていないのをいいことに、私はブラックコーヒーを一気飲みしたような苦い苦い、苦笑を浮かべていた。

要はこの話、単にお稲荷さんのコネ入社ということです。

おまけに「必ずや多大な利益をもたらす」とか大見得切っちゃって、道路の神様が何を保証するというのやら。ちょっとばっかりハードルを高くし過ぎてませんかね？

――ですが。

夜露からのアドバイスで不動産業界に絞り就職活動を始めた矢先、辻の神様に後を頼まれたという道路のお稲荷さんが、ご近所のツテでもって大手不動産会社への就職を斡《あっ》旋《せん》してくれている。

つくづく縁とは数奇なもので、数奇な上にありがたすぎて、私は涙が出そうですよ。

「……わかりました。せっかくのお話です、前向きに検討させてください」

『そうですか！　ありがとうございます！』

私の〝前向きに検討〟発言に社長さんは大喜びをしてくれて、さらには電話口の遠くからも大勢のどよめく声が聞こえた。社長さんの電話の隣でよく騒げるものだと思う。

よく言われるブラック企業への皮肉でもなんでもなく、本当にアットホームな会社なのだろうと思った。この会社だったら、うまくやっていけそうな気もする。

『それでは朝霧さん、形式だけではありますが一応は面接をさせていただきたく、明日弊社の東京本社にまでお越しください。ご予定はだいじょうぶですよね？』

私としてはこれから検討するつもりだったのに、なんだかノーとは言い難い勢いに押されて「えっ？　……はい、一応は」とつい答えてしまう。

その勢いのまま翌日の午前中にしっかりアポをとりつけられ、言い逃れができない状態にされてから電話を切られる。

かかってきた最初こそちょっと不思議な感じでしたが、話の土俵に乗ってしまってからはまさにやり手の社長さんという雰囲気でぐいぐいきて、気がつけば完全に向こうのペースで話を進められてしまった。

案外にこういうのも嫌いではないのですが……なんでしょう、でも今ばかりはちょっとだけ不満があった。

――もう少しだけ、自分のタイミングで考えさせて欲しかった。

でも、そんなのはきっと甘えだ。自分でチャンスを測れて、自分の都合のいいときに決断できるなんてことはほとんどない。

だから私は、あえて声を上げて口にしてみた。

「喜べ、私！　ほぼ採用確定の面接だぞ！　おまけに大手の不動産会社だっ！」

これはお稲荷さんが便宜を図ってくれた、最高の就職先だ。生活がジリ貧な私にとって、これ以上の就職先なんて高望みが過ぎる。

「よしっ！　今夜は祝杯だぁ！」

一人きりの公園のベンチで、私は明日のアポの時間をスマホに打ち込みながら自分自身に向かって言い聞かせる。

――とりあえず今夜は、ストロングな発泡酒でも飲んで少しだけ酔おうと思います。

4

「……いたたっ」

慣れないお酒を少しだけ多めに飲んだせいで、翌朝の目覚めの気分は最悪だった。

時刻は八時手前、幽冥推進課で働いていたときなら青ざめる起床時間だが、今日の面接試験は午前一〇時から。まだまだ余裕がある。

とはいえ電車が止まったりすると不味《まず》いので、少し早めに出ておくのが社会人としてのマナーでしょう。

幽冥推進課で働いているときは、毎朝遅刻ギリギリのタイムアタックをかましていたものの、さすがに面接を受けに行く会社にそれをする度胸はない。……ひょっとして、こういうのも釣ったお魚に餌をやらない類の行動だったりするのでしょうか。

――それはさておいて。

とりあえず水道水を一杯飲んでから、死んだ目のままでゲシゲシと歯を強めに磨く。

次に押し入れを開けて、つっかえ棒にハンガーで吊《つ》るしてある、本格的にほつれの目立ってきたボロボロのリクルートスーツを取り出した。

ちなみにリクルートスーツの隣には、まだほとんど袖を通していない新品同然のビジネススーツが提がっている。

これは私が火車先輩から、一人前だと認められたときに買ったスーツだ。正規職員になれると思って、つい奮発して買ってしまった一張羅だ。

……まあ正規職員の件は、その後にぬか喜びとなって終わったわけですが。

とにかく意気込んで買った人生初のビジネススーツではあるものの、残念ながら直後にクールビズの時期が来てとても暑くて着られず、吊ったままにしてあったものだ。

「今の時期はそっちを着て、地縛霊相手に交渉しているはずだったのになぁ……」

手にしたリクルートスーツのジャケットに袖を通しながら、自分でも意識せずに自然と声が出ていた。

……いけない、いけない。これから面接を受けに行く身なのに何言ってんだ、私は。

いくらお稲荷さんの強力なコネがあろうとも、

『前職はどのような仕事をされていたのですか？』

『用地獲得のため、地縛霊相手に現世からの立ち退き交渉してました』

なんてうっかり口を滑らせれば、かわいそうな子と見なされ採用見送りになる可能性だって十分にある。さすがにそれはお稲荷さんに対して顔向けできない。

とにかく落ち着こうと、気を紛らわすため何気なくテレビを点《つ》けたところ、

『保護責任者遺棄致傷罪により全国指名手配中だった深瀬美穂容疑者が死亡したマンシ

ョンの一室で、女性が飛び降りるという事件が発生しました』

「……えっ？」

いきなり流れてきた、予想だにしていなかったニュースに口が半開きとなる。

『目撃者の証言によれば、女性は五階にある部屋のベランダの柵を自ら乗り越え転落したとのことです。このマンションは現在改装中のため住人は一人もおらず、福井県警は女性の持ち物から身元を割り出し、今後は深瀬容疑者と女性との関係を調査していくと発表しています』

瞬間、目の前がチカチカした。

頭の中で警報が激しく鳴り始め、同時に嘔吐《えず》きそうになる。

――ヤバイ！　ヤバイ！　ヤバイ！

――これ、マジでヤバイって!!

ゾワゾワと、瞬く間に怖気《おぞけ》が全身を駆け巡った。

この背筋を凍りつかせる感覚には覚えがある。

あれの姿を思い出すだけで、頭のてっぺんから爪先まで鳥肌が立つ。

警察はマンションから飛び降りた女性と美穂さんとの関係を探ると発表しているらしいが、それはきっと徒労に終わることだろう。

かつて殺されかけたこともある私の全身の感覚が、確かにそうだと訴えていた。

「…………これ、死神案件だ」

――悪念有りて果てたるものの気、又悪念有る者に応じて悪しき所へと引入る也《なり》。

〝悪念有りて果てたるものの気〟とは、すなわち〝この世に恨み辛みの無念を抱き、自ら命を絶った地縛霊〟のこと――それが死神だ。

普通の地縛霊が未練の重さでその地に縛られているのに対し、死神と化した地縛霊は己の未練すらも見失ってただただ怒りと憎しみから、似た苦しみを抱えた他人をあの世に引《ひ》き摺《ず》り込もうとする。地縛霊というより、それはもはや悪霊と呼ぶべき存在だ。

かつて辻神課長曰く――死神案件を放置しておくと最悪の場合は死体の山が積み上がることになります、とのこと。

幽冥推進課の職員だったとき、私は一度だけ死神案件に携わったことがある。そのときは早期に案件発生に気がつけたこともあって、死神による犠牲者は一人だけだった。

しかしあのときの私は、死神と対峙《たいじ》しても悪意の恐ろしさにまるで対抗することができず、最後は火車先輩が自分の身と引き換えに火の車を呼び出して、死神を強制的に地獄送りとすることでなんとか事態は収束したのだ。

数々の問題と課題を残した上に、私が辻神課長から受けた案件の中で唯一、国土に居座ってしまった地縛霊を幽冥界までご案内することの叶わなかった案件――深瀬美穂が死神となることで、あの恐怖の案件がまた始まろうとしている。

いや……この表現はおかしい。

なぜなら私はもう幽冥推進課の職員ではない。職員ではないのだから、死神の発生を案件などと表現していること自体が既に変だ。そして始まるもなにも、私はもう国土を不当に占拠する地縛霊や死神とは無関係な、ただの一国民に過ぎない。

――だけれども。

それなら美乃梨ちゃんの想いは、どうなるのか。

死神と化した以上、美穂さんの魂が堕《お》ちる先は地獄だ。死してなお罪を犯したせいで安らかになどなれない死神は、穏やかな魂の安住の場である幽冥界には逝けない。

つまりお母さんの娘に生まれ変わるべく幽冥界に旅立った美乃梨ちゃんは、再びお母さんのお腹に戻るどころか、あの世でも二度とお母さんと再会できないのだ。

気がつけば足から力が抜けて、畳の上で私は四《よ》つん這《ば》いになっていた。

美乃梨ちゃんを幽冥界に送りだすとき、私は確かにあの子に言ったのだ。

――なったらいいよ、美乃梨ちゃん。またお母さんに産んでもらって、もう一度お母さんの子どもになったらいい、と。

そして育児放棄の果てに命を失ってもまだ母を慕う美乃梨ちゃんの純粋な想いを、いつか美穂さんにも伝えなければならないと、それを伝えることで本当は誰よりも美乃梨ちゃんが大切だったということを思い出させなければならないと、あのときの私は誓うように強くそう思ったのだ。

それなのに――死神案件。

どうして、こんな最悪の事態になってしまったのか。

『なおマンションの駐車場で倒れていた女性は、発見直後に病院へと搬送されましたが今もって意識不明の重体です』

次のニュースに移行する前にアナウンサーがそう読み上げた瞬間、絶望して伏していた私の顔ががばりと持ち上がった。

――まだ、死神に引き寄せられた犠牲者は死んでいない！

地縛霊は人の命という絶対に取り返しのつかないものを奪ってしまったとき、自身の恨みの正しさを主張するしかなくなって、次々と人を殺そうとする真の死神と化す。

それは前回の死神――大垣渚《おおがきなぎさ》に殺されかけたときに、後悔しながらもはや後には退《ひ》けない感情を聞かされたことで、理解をしている。

ならば、今だったらまだ間に合うかもしれない。

美穂さんの亡くなった部屋から飛び降りた女性が現在も意識不明の重体ということは、美穂さんは自ら命を絶った上でさらに許されないことをしたものの、しかし最後の最後の一線はまだ越えていないということになる。

いうなれば今の美穂さんは〝地縛霊以上、死神未満〟――殺そうとした女性の息がある限り、たぶんそんな立ち位置となっているはずだ。

既に亡くなった人を蘇らせることは、神様にもできやしない。でもまだ死神になりきる前の地縛霊をきっちり反省させて交渉の末に幽冥界に送ることであれば、私にならできるかもしれない。

私の全身の動きがぴたりと止まった。

表面的には何も動かぬまま、しかし私の頭の中では葛藤が目まぐるしく回り続ける。

——とてもバカなことを考えている自覚はある。

——詮ないことなのも、ちゃんとわかっている。

今日の私は、受けさえすれば大手不動産会社に就職が決まるはずの大事な面接の日で、しかしそれをすっぽかせばいくらお稲荷さんの推薦だろうとも、そんな信用ならん人材を雇うような会社などないだろう。

それは百も承知だが、

——やりたいことは無様に足掻いてでもやっておかないと、絶対に後悔するからね。

まったく……私の妹は予言者か。いつだって私よりいろんなものが見えていて、どっちが姉かわかりゃしない。あいつ、今の人生三周目ぐらいなんじゃないかなぁ。

「あ～ぁ……こりゃ、しょうがないよねぇ」

私は一人つぶやくと、よっこいせと言わんばかりの仕草で立ち上がった。

そのままのろのろと押し入れの前にまで移動すると、中で長いこと吊られたままだったビジネススーツへと手を伸ばす。既に着ていた面接用のリクルートスーツを畳の上に脱ぎ捨て、まだ糊《のり》のきいているビジネススーツのジャケットに袖を通した。

着替え終えてから、鏡の前に立ってピシリと襟を直す。

我ながら馬子《まご》にも衣装、それなりに決まっていると思う。

——これで最後だ。

悩んで悔やむのも、うじうじふて腐れるのも、この瞬間をもって今度こそおしまい。

私はこれから、最後の決断をする。

それがきっと、私の人生の分水嶺《ぶんすいれい》。

「——それでは行きますか」

誰にともなく言うと私はパンプスを履いて表に出て、静かに玄関のドアを閉めた。

5

本日、面接を受けに行く予定の東京本社とやらの最寄り駅はJR品川《しながわ》駅。ネットの情報によれば、複数ある東京の支店を統括している関東地区の旗艦店舗らしい。

都内だけで幾つも店舗を持つ大手不動産会社に、未経験の私が中途で入社しようと思っても普通は書類審査で弾《はじ》かれておしまいだ。それなのに重役すらすっとばしての、いきなりの社長面接。ほんと私なんぞには過分な待遇だと思う。

とりあえず自宅から要町駅まで歩き、私は東京メトロ有楽町《ゆうらくちょう》線に乗った。通勤ラッシュでムギュっと潰されてから、二〇分ほどで有楽町駅に到着して下車する。ここで乗り換えるのは山手《やまのて》線の外回り。またしても通勤ラッシュの中で人波に埋もれたまま品川駅にまで――は行かず、僅か一駅隣の新橋駅で降りた。

懐かしいと思うにはまだ早く、でもやっぱり少しは懐かしさも感じる、先月までは毎朝の通勤時に目にしていた駅前の光景。

常に遅刻寸前のため全力ダッシュで駆け抜けていた、シャッターが閉まったままの早朝の飲み屋街の大通りを、今日ばかりは歩いて私は進む。

昨夜の喧騒の残滓《ざんし》がゴミとともに僅かに残った大通りを抜けると、幽霊でも出そうな外観をした――本当は幽霊ではなくて出るのは妖怪たちだった、廃ビル寸前のボロボロな新橋分庁舎が視界に入ってきた。

だが外壁に蔦《つた》がもっさり絡んだオンボロ分庁舎を私は一瞥《いちべつ》するだけで素通りし、さらにその先へと往来を歩き続ける。

そうして飲み屋街を完全に抜けてから、ザッという靴音を立てて止まった私が仁王立ちになったのは、とある細いビルの前だった。

そのビルの入り口には、ロビーも自動ドアもない。野ざらしの一階にあるのはタイヤ痕で汚れたターンテーブルと、緑色に塗装された硬そうなシャッター扉。壁には月極募《つきぎめ》集中と書かれた大きな黄色い看板が掲げられていて、その下には押しボタン式のくすんだ銀色の操作盤があった。

ここは幽冥推進課で契約して公用車を停《と》めていた、立体の機械式駐車場ビルだった。

――実を言うと幽冥推進課のオフィスが消失した翌日にはもう、私は公用車がどうなったのかが気になっていた。

確認するだけなら難しくはない。ここに来て暗証番号を押せばいいだけのことだ。

でも私は、確認をすることが怖かった。

あえて誤解を覚悟で言わせてもらうなら、あの公用車は私の〝愛車〟だ。

初めて公用車に乗って向かった現場は、奥多摩《おくたま》のトンネルだった。辻神課長の運転でオッパショ石を運んだこともあれば、嘘のお葬式のため私が詰まった棺桶《かんおけ》を載せてお寺まで走ってもらったこともあった。波長の合った地縛霊が宿り、車載のカーナビと会話したのは富士《ふじ》の樹海だった。先月の紀伊《きい》山地の酷道《こくどう》を走り抜けたのも、公用車だ。

案件解決のため火車先輩ともども全国各地を巡った、私のもう一人の――相棒。

そんな公用車までもが消えているのを認識したら、寂しくて悲しくなるのが十分にわかっていたから、だから私は公用車への気がかりを無視してきた。

普通に考えたら、公用車が同じ場所に残っているわけがない。

課が廃止となってすぐにオフィスがまるごと撤去されたのに、働いていた妖怪たちの誰とも連絡がつかず消息すら追えないのに、どうしてナンバー登録がされた公用車だけが元の場所にそのまま残っていようか。

しかし今日は、それをあえて確認しようと思う。

確認して、それをもって踏ん切りにしようと思う。

確認した結果、私にとっては幽冥推進課の一部だったとも言える公用車もなくなっていたなら、それでもうおしまい。

今度こそ本当の本当に、私は自分自身の心にけじめをつける。

けじめをつけてこの足で新橋駅に戻り、お稲荷さんの神託有りきとはいえども、私が真面目《まじめ》に働くことを信じて雇いたいと言ってくれている会社の面接を受ける。

そしてその後は、美穂さんの死神案件は私ではない誰かが絶対になんとかしてくれると、そう信じることにする。それは責任を放棄して忘れるという意味ではなく、そもそも背負える資格がなくなった責任を延々と気にかけてぐだぐだするのをやめて、私は私にできることで少しでも役立つ方法を考えるということだ。

この社会はおしなべて繋《つな》がっている。仕事というのは全てが全て数珠のように連なっていて、私が頑張れば頑張るだけ誰かの助けとなり、その余力でまた誰かが誰かの助けになれるのだ。私が自分にできることを無心で頑張れば、その努力は巡り巡って、私ではもうできないことを代わりにしてくれる誰かの一助に必ずなる。

だから余計な心配に引っ張られるような後ろ髪はばっさり切り捨てて、私は私を必要としてくれる人たちのために全力で働く道を選ぶ。

──だけれども、もしも。

もし以前のまま、この駐車場に公用車が残っていたそのときには……。

私は意を決すると組んでいた腕を解いてから歩き、今どき液晶パネルですらない古いボタン式の操作盤の前に立った。それからしっかり暗記している番号を打ち込む。

直後にシャッター扉の向こう側でガゴンと、車を載せるラック式の機械が軋《きし》んで動き出す音が聞こえてきた。

ごくりと、自然に私の喉が鳴った。

しばしの間を置いてから、ビービーと注意喚起の警報音が鳴り始める。次いでシャッター扉がゆっくりと上がり始めるなり──私は、ギュッと目を閉じてしまった。

──やっぱり、怖い。

なぜなら扉が上がったそこには、きっと何もないから。

公用車なんておそらく影も形も見当たらず、全てはとっくに終わっていたのだと私は再認識するに違いない。がらんどうのスペースはきっと、私の胸に似たような空虚な穴を穿《うが》つだろう。

しかしそれでも、幽冥推進課に心を捕らわれてしまっている未練を解き放つため、私はこの儀式を乗り越えなければならない。

だから私は勇気を振り絞り、くわっと目を開けて――、

「……………………うそ」

上がりきった扉の奥に、白い軽自動車が佇んでいた。

ぽかんと口が開いてしまう。

信じられずに瞬《まばた》きを繰り返しながら、何度も見直してしまう。

だが軽自動車は幻となって消えることはなく、私の目の前にあり続けている。

運転席のドアの側面には、雑に上塗りされた塗りムラのため微《かす》かに浮き上がっている『環境省』の文字――間違いない、この軽自動車は幽冥推進課の公用車だ。

半ば呆然《ぼうぜん》としつつも、ふらつく足どりで公用車に近づき運転席のドアノブに手を伸ばす。驚いたことに鍵はかかっておらず、ガチャリと音を立てて普通にドアが開いた。

見れば助手席のシートの上に、スマートキーが置かれていた。私は勢いのまま運転席に座ると、キーへと左手を伸ばす。

すると駐車場内の暗がりでよくわからなかったが、キーの下には黒い板のようなものが置かれていて、キーを握る際に板に指先が触れた途端にパッと白い光が灯《とも》った。

それが何かを認識し、私は再び愕然としてしまう。

「……なんで、ここにあるのよ？」

明かりの灯った黒い板のようなもの——それは助手席に括《くく》られた火車先輩が肉球でいつも器用に操作をしていた、タブレットPCだった。

スマートキーを握った左手とは反対側の右手でもって、スリープ状態から立ち上がった火車先輩のタブレットPCを手にする。

液晶画面に表示されていたのは、開いたままのメーラーだった。私はフリックをして、次から次へとメールを確認していく。

どれもこれもが些細《ささい》な内容のメールだった。辻神課長から火車先輩に宛てたWeb会議の招集だったり、百々目鬼さんからの精算の受付締め切り日の連絡だったり、私が送った報告書の確認依頼の添付メールだったり——上から下へと次々に流れていく、何気なかった日常のやりとりの業務メール。

……やっぱり、私の夢でも妄想でもなかった。私が幽冥推進課で働いていた痕跡が、間違いなくここにあった。みんなとのやりとりが存在していた。

「……あぁ」

湿ったため息が天に向かって漏れ出た瞬間、

——行ってこい、夕霞。

どこからともなく、そう言われた気がした。

——もたもたしとらんで早く行かんか、新たな案件がおまえを待っておるのだろ？

やけに軽く感じているリュックの中から、そんな声が聞こえた気がした。

鼓膜の内側から響いた叱咤《しった》の声に、私は思わずくすりと笑ってしまう。

「はいはい、わかりましたよ！」

火車先輩のタブレットPCを助手席に戻し、私は肩を竦めて戯《おど》ける仕草をする。

「行けばいいんですよね！　早く行けばっ！」

一人きりの運転席でがらっぱちな声を上げ、眦《まなじり》で玉となりこぼれそうになっている涙を、私は新品同然のスーツの袖でぐしぐしと拭った。

まるで、憑物《つきもの》が落ちたような気分だった。

幽冥推進課が消えたあの日から、気だるく辛くて重かった身体が急に軽くなった。

そして今はもう、腹の底からどんどん力が湧いてくる。私の心を常に覆っていた黒い靄《もや》がすーっと晴れ、頭もみるみると冴え渡っていく。

「今回の案件は、また特別に厄介で大変そうな案件ですよ」

——対処すべきは、まだもどきとはいえども死神案件。

一度目は解決できなかった、最も難しくて危険な案件ゆえに相手にとって不足はない。

私はスマートキーを手にしたまま、公用車のエンジンをかけようとして——でもその前にすべきことがあることを思い出した。

どんな理由があれ、社会人であればちゃんとスジは通さなければならない。

私はスマホを取り出して通話履歴を開くと、昨日かかってきた番号をタップする。

耳に通話口をあてて待つこと数秒、

『はい——どうかなさいましたか？　朝霧さん』

電話に出てくれたのは、私が本日面接を受ける相手である社長さんだった。

「すみません。申し訳ありませんが、本日の面接にうかがえなくなってしまいました」

『……どうしたんですか、突然に。電車でも止まってしまいましたか？』

「いえ、そういうんじゃないんです。実はこれから私、前の仕事の〝残業〟をしなくちゃいけなくなってしまったんですよ」

『……はい？』

「だから、本当にごめんなさい。自分でも頭のおかしいことを言っているのは理解していますし、一生に二度とないだろうチャンスを棒に振ろうとしているのもわかっています。今回の申し入れはすごくありがたくて、今でもとてももったいないと感じているのですが、それでも——御社からの採用のお声がけ、辞退させていただきます」

そう言うなり私は、スマホを耳から離した。

通話口から『ちょ、ちょっと待ってください！　朝霧さんっ！』という焦った声が聞こえてくるも、それを無視して私は通話を切る。

すみません、お稲荷さんには私からも後で謝罪しておきますので——と心の中でつけ加え、スマホに向かって深々と頭を下げた。

——もしも。

もしも元の駐車場に公用車が残っていたときには、私は〝残業〟をしようと決めていたのだ。

そう、だからこれは残業だ。

幽冥推進課に在籍中、私がやり残してしまった業務。

森林公園の案件のとき、私はヒダル神になってしまっていた美乃梨ちゃんを、絶望させて幽冥界に送り出したわけじゃない。大好きだったお母さんと再び会える希望を抱かせ、自ら幽冥界へと進む道を選ばせたのだ。

同時に、美乃梨ちゃんがどれほどお母さんのことを好きだったのか、それを美穂さんに伝えなければならないと思った。

だからこの先は、幽冥推進課の職員だったときに請け負った案件の続きだ。

まだ終わっていなかった案件を完遂するため、私はこれから〝残業〟に挑むのだ。

今度こそ、私は公用車のエンジンをかける。お尻に小気味の良い振動が伝わり、ブロロロッというやや軽めではあるものの確かな、耳に慣れた懐かしい音が鳴り響く。

「さぁ、お迎えに上がりましょう！」

誰も乗ってなどいない、でも助手席に姿が視《み》える気もする誰かに向かって私は叫んだ。

――行こう。

この国の地に未練を残し、悩み惑った末に居座ってしまった悲しくも寂しい地縛霊たちのもとへと。

私が気持ち強めにアクセルを踏むと、まるで出番をずっと待っていたと言わんばかりの勢いで、公用車が公道へと飛び出した。

三章

死神を、お迎えに上がりましょう！

1

――いやいやいやっ！

なんでカッコつけてんのよ、私はっ！

――行ってこい、夕霞。

どこからともなく、そう言われた気がした。

とかさ、バカなんじゃないの私。誰もいないのに言われるわけないじゃん。本当に聞こえていたら、病院に行って耳かおつむの検査してこい、って話だよ。

「あぁ、もう！　思い出しただけで、赤面するぅ！」

我ながら小っ恥《こぱ》ずかしすぎる思考と発言に、本当なら枕に顔を埋めながら畳の上でバタ足したいところであるものの、残念ながら今の私は高速道路で運転中。注意一秒、怪《け》我《が》一生。それどころか高速道路の事故は即座に命に関わるため、顔を真っ赤にして下唇をぐっと突き出しつつ己の恥ずかしさに耐えるしかない。

——けれども、まあ。

就職活動によるストレスで、私が不治の現代病たる厨二病《ちゅうにびょう》を発症していたとしても、そんなことはさしたる問題ではない。

そんな些末《さまつ》なことより、こうして公用車のハンドルを今握って運転してしまっているこの状況……これ、実は本気でヤバいような気がするんですよ。

整理しましょう。今私が運転しているこの公用車、いくら放置されていたとはいえ元は幽冥推進課所有の車両であり、課が廃止になっているとしても所有権はたぶん国土交通省にある。対して今の私は元国土交通省職員。わかりやすく言い換えたらただの無職。つまり雇用契約が切れたただのニートが、以前に働いていた職場の車両を勝手に乗り回している、というのが今の状況であって……普通にこれ窃盗、あるいは横領では？

「あは、あはははは……ははっ……ははは………」

無駄に車内で笑ってみましたが、そんなことで事態が改善するわけもなく。

なんか「さぁ、お迎えに上がりましょう！」とか、公用車を発進させる際に調子に乗って叫んでいた気がするも、今や私のほうこそ警察にパトカーでお迎えに上がられる立場なんじゃね？

自分が警察にお迎えされて、うな垂れながらパトカーで連行されるシーンを迂闊《うかつ》にも想像してしまい、ハンドルを握ったままブルリと身震いする。

「……いやいや、これはちょっと借りてるだけですから。駐車場に置きっぱなしになっていたので、このままだとバッテリーが上がって大変なことになっちゃうから、ちょっと運転して充電してあげてるだけですからっ！」

絶対に通じない、子どもみたいな言い訳を誰にともなく車内で叫んでみる。

――でも。

それでも私は公用車のハンドルを離す気はないし、Uターンする気もない。

むしろ逆で関越道《かんえつどう》を北へ北へと、アクセルを踏み続ける。

私が今向かっている先は福井県。それというのも深瀬美穂さんの死体が発見されたのが、福井県のマンションの一室という報道が以前にあったからだ。

しかし場所にかんしては、福井県内ということ以外に情報はまるでない。当然ながら詳しい場所などは報道規制がかかっているのだろう。

いろいろとSNSなどを駆使して調べたりすればある程度の場所は突き止められるのだろうけれども、残念ながら私は北陸《ほくりく》地方に行くこと自体が初めてで土地鑑は皆無だ。

だからさっきパーキングエリアに立ち寄ったときに、頼もしい助っ人《すけと》に電話をしておいた。そっちに行くよ、といういきなりの電話に驚いていたが、でもちょっと喜んでくれてもいて、実は私も彼女と会えるのが少し楽しみでもあった。

同時に、彼女を巻き込むことには罪悪感もあるのだが。

けれども美乃梨ちゃんのことを思えば、私は止まれない。

ひたすらに目的地である福井県に向かって、アクセルを踏み続ける。

ちなみに――高速道路に乗る際にダメ元でETC側の入り口に向かったら、普通にバーが開いてしまいました。それは現役の職員時代に差し込んでいたETCカードがまだ生きている証拠であり、つまり私が今福井に向かっている高速道路代も国土政策局様のどこぞの口座から引き落とされることになるわけです。

「あ、後で返しますからっ！　一二回払いとかで頑張って返しますんでっ！」

……やっぱりお稲荷《いなり》さんのコネ入社を蹴ったのは、失敗だったかもしれません。

2

「ねぇ……ステーキ丼は？」

往来のベンチに腰掛けて、膝の上に載った駅弁を眺めてしょんぼりつぶやくと、

「うるさいっ！　いいから黙って食べなさいよっ！」

隣に座って忙《せわ》しなくパクパクとお弁当を食べ続ける女性から、怒鳴り声が返ってきた。

彼女の名は、津田美々華《つだみみか》。

入社と同時に倒産した印刷会社で私と数十分だけ同期だったことのある女性であり、そしてかつて死神に魅入られてしまったこともある女性だ。

——前回の死神案件。東京港区の芝《しば》公園で発生したその案件は、大垣渚という女性が弁護士になりたいという夢を圧迫面接で詰《なじ》られたことに端を発していた。

自分が受けた屈辱と恥辱をなんとしてもあいつらにも思い知らせたいと、恨みと憎しみに捕らわれた大垣渚がとった手段は、自分の命を使って面接官たちがどれだけ非道《ひど》いことをしでかした悪人だったかをわからせようという、なんともつまらない方法だった。

自分一人の命では足りない、もっと大勢の死体をぶら下げなければあいつらの悪事には見合わない——既に自分の命というかけがえのないものをベットしていた大垣渚は、面接官たちが吐いた暴言を連中に後悔させるべく、他人の命をも奪って自分の死体の上にさらに上乗せしようとした。

そして実際に一人は道連れにされてしまい、まだ足りないとさらに目をつけたのが、メディア関係の職に就きたいのに就職活動がうまくいかず落ち込んでいた、当時の津田さんだったのだ。

その後、とんでもなく怖い目に遭いながらも最後は火車先輩の力でなんとか案件は解決し、再会したときは剣呑《けんのん》だった津田さんとの関係も、案件終了時にはＳＮＳで冗談を言い合うぐらいには親密になっていた。

結局、娘を心配した親御さんがタウン情報誌の編集という就職先を津田さんに斡旋《あっせん》し、津田さんも親を安心させたい気持ちから話を受け、案件が解決した後で地元に帰っていったわけですが——その津田さんが帰った地元というのが、実は福井県なのです。

そして深瀬美穂が自殺したマンションも、ニュースの情報だと福井県にある。

そこで土地鑑のまるでない私が頼った助っ人というのが、今や生まれた地元で働いている津田さんだった。

ちょっと調べたいことがあって手伝って欲しいと、道中のパーキングエリアから津田さんに電話し、だったら昼食でも、となってそのまま再会を祝う——はずだったのだけれども。

「津田さんが怖くて泣きべそをかいてた夜に奢《おご》った牛丼のお返しに、福井を訪ねたさいには若狭牛《わかさぎゅう》のステーキ丼を食べさせてくれるという、あの約束はいずこに？」

「ねぇ、夕霞。自分の立場をわかってる？　こちとら宿もとらずにいきなりやってきたあんたを部屋に泊めてあげよう、って言っているんだからね。——次言ったら、宿泊費を請求するからね」

「はい、ごめんなさいでしたっ！　つい調子に乗っちゃってましたぁ！」

ちょっといじり過ぎた気もする私は、屋根とお布団のある寝床の確保のため、膝の上にお弁当を載せたまま平伏する勢いで頭を下げる。

そんな私の後頭部を見下ろしながら、津田さんがふんっと鼻を鳴らした。

――まぁこのやりとりの原因は、牛丼の奢られ逃げを指摘した私に対して、地元に帰る間際に送ってきた迂闊な一本のSNSメッセージにあるわけです。

『ならさ、夕霞がこっちに遊びに来たとき若狭牛のステーキ丼を奢る、に変更でどう？』

――本人にとっては何気ない、ほんとに遊びにきたらいっちょいいメシでも奢ってやっか、ぐらいの気持ちだったのでしょう。でもそこはＡ４ランク以上でないと勝たん、と定められた日本が誇る最高級ブランド牛たる若狭牛。グラムでおいくらかを知り、あとからとんでもないことを私に宣言してしまったと顔を青ざめさせたようです。

結果、牛肉魔神たる私がいつ福井にまで襲撃してきてもいいように、津田さんは安くておいしい若狭牛のステーキ丼が食べられる場所を調べに調べ、そしてついに見つけたのがなんと福井県庁内にある県庁食堂だったらしいのです。

曜日限定ランチではあるものの、しかしとてもリーズナブルで大変においしいと評判のステーキ丼の存在を知り、そしていよいよやってきた私を迎え撃つべく福井県庁にまで連れてきてくれたわけですが、

「……しょうがないじゃない。まさか県庁の食堂が潰れているなんて、夢にも思っていなかったんだからさ」

私も半分公共機関みたいなものと思ってましたが……庁舎に入っている食堂って、潰れたりするものなんですね。

私と津田さんが行ったときものの見事に県庁の食堂は閉鎖されていて、だいぶ先だが新しい運営会社が入る予定という内容の貼り紙だけが入り口に貼ってある状態でした。そのため慌てて津田さんが買ってきてくれたのが、福井駅の駅ビルで売っていたというこの『若狭牛ぎゅうめし弁当』なのです。

ちなみにこのお弁当――悔しいことに、若狭牛のステーキ丼を期待していたはずの私の舌が納得しちゃうぐらいにはおいしかったりします。

駅弁なので常温ではあるものの、逆にそれゆえに味が濃く感じて実に旨《うま》しです。さらにはおかずに添えられた福井産の梅干し――牛めしにこの発想はなかった。あまじょっぱいタレが染みたごはんにあまずっぱい梅干しが、なんともまあ絶妙に合うのですよ。

普段であれば一〇〇点どころか一二〇点のスコアを叩《たた》き出す素晴らしいお味ですが、しかし今日の比較対象は若狭牛のステーキ丼。そのせいで弁当ガラに貼られたラベルの『福井県産若狭牛五〇％　アメリカ産五〇％』という表記になんとも微妙な気持ちになってしまいます。お値段のリーズナブルさが産み出した、日米共同の哀《かな》しきキメラです。

でもまあ本当のことを言えば、私だって一枚おいくら万円のステーキを本気で津田さんにたかろうとしていたわけではなく、本心ではお昼をこうして食べさせてくれただけでも心から感謝ですよ。

たいへん美味だったぎゅうめし弁当を食べ終えて箸を置き、ふぅと一息つく。そしてこれまた津田さんに買ってもらったお茶をゴクゴクと飲みながら、私はお弁当を食べている間にずっと疑問に感じていたことをふと口にした。

「というかさ……福井県は、他県の武将に攻め込まれることでも想定してんの？」

県庁食堂で昼食にしようとしていたこともあって、私と津田さんがお弁当を食べたベンチは県庁前の歩道に据えられていたものだったりする。

つまりすぐ目の前には福井県庁があるわけですが――ご立派なその庁舎が聳《そび》えている土台はなんとも攻めにくそうな石垣であり、さらには県庁の敷地の周りには緑色の水をたっぷりと湛《たた》えたお堀がぐるりと取り囲んでいた。

端的に言って、まんま日本のお城のイメージから天守閣だけを鉄筋コンクリートのビルにすげ替えたような、そんな難攻不落そうな県庁でした。

「はぁ？　あんた、なにバカなことを言ってんの？　単純に昔の福井城の跡地に県庁を建てただけでしょうが」

……ただの冗談じゃん。まったくつれないなぁ。

と、津田さんが遊んでくれないのでちょっと寂しげなため息を吐《つ》いたところ、

「ねぇ、夕霞。もう一回だけ訊《き》くけど――あんた、自分の娘を餓死させた、あの深瀬美

穂が自殺したマンションの場所を調べて欲しいって、本気でそう言ってるの？」

これまでとはトーンの違う真剣な声で、津田さんが訊《たず》ねてきた。

「ん？　――うん、本気だよ。私が福井まで来た理由はそれだもん」

「……そこは嘘《うそ》であってもさ、私の顔を見にきたとか、私と遊びにきたとか、そう言っておく気遣いを見せなさいよ」

なんとも微妙な苦笑を津田さんが浮かべる。理屈ではわかっちゃいるけれども、でもどうも津田さん相手だと気が置けなくなってしまって困る。

「っていうか、私の都合も考えずにこんな平日にいきなり訪ねてきてさ、あんた自分の仕事はどうしたわけ？」

「なくなった」

「はぁ？　前に公務員だって自慢してたよね？　ひょっとしてやめたの？」

「違う、違う。そもそも公務員は公務員でも臨時職員だって言ってたでしょ。ちょうど雇用契約が切れたところで所属していた課が廃止になっちゃったの。契約の延長先がなくなったせいもあって、そのままひと言もなく『はい、さよなら』だよ」

私がちょっぴり物悲しく「ははっ」と乾いた笑いを付け足すと、一拍置いてから津田さんがぐっと眉間に皺《しわ》を寄せた。

「――夕霞、前もってはっきり言っておく。私はね、芝公園の件であなたに命を救われたと、そう思ってる。詳細はよくわからないけれど、でも何か怖いモノに自殺させられそうになっていた私を、夕霞は自分の命を張って助けてくれたって、だから夕霞は私の命の恩人なんだって、今でも感謝している」

「……そんなことないよ、ただ偶然が重なっただけのことだよ」

「SNSでやりとりをしていたから、夕霞が人にはあまり言えない業務に携わっているのだろうこともちゃんと察してる。たぶん私を助けてくれたのも、その仕事に関係してのことだって想像もついている」

「……さぁ、どうだろうねぇ」

「その夕霞の頼みだもの、本当なら『わかった』って二つ返事で応じてあげたい。でも娘の餓死事件で指名手配されたっていう母親の自殺のニュースを見たとき、私はすごく嫌な感じがした。私とは何の関係もないはずの事件なのに、あんたに助けてもらったときのことを理由もなく思い出した。うまく言葉にはできないけれど、でも私の第六感があれはあのときと似てるって、絶対に母親が死んだその場所に近づいたらダメだって、必死になって警告をしているの。

　私にわかるんだから、夕霞もわかっているだろうに――それなのに、どうして無職になったはずのあんたが、深瀬美穂の自殺したマンションの場所を知りたがるのよ」

　隣に座ったまま、ほとんど責めるような目線で私を睨《ね》めつけてくる。

私は驚くと同時に、でも少しだけ嬉《うれ》しいとも感じていた。怒った口調ながらも、津田さんが私のことを心配してくれているのがひしひしと伝わってくる。睨めつけられながらも、ありがたいなぁ、とさえ思った。

——でも。

「それが、私のやりたいことだからだよ」

「……やりたいこと？」

「そう。私がやりたくて、私がやらなくちゃいけなくて、私がやり残してしまったこと。それをするために、私は美穂さんが死んだマンションにいかなくちゃいけないの」

「また、あんたはわけのわからないことを言って……」

「お願い、津田さん。前に地元の新聞記者に知り合いがいるってSNSで教えてくれたよね。よくないことなのはわかっているけれども、ネットの情報だけじゃ曖昧で……別に悪用するつもりはまったくないから、美穂さんが自殺したマンションの正確な場所を知っているだろうその地元の記者さんに、是非とも訊いて欲しいの」

パンと打った両手を高く掲げ、ここぞとばかりに頭を下げて津田さんを拝む。

すると呆《あき》れ返ったような諦めたような、長い長いため息が聞こえた。

「ほんとに、あんたはもう——あと、彼氏だからね」

「……はい？」

突然に意味不明な言葉を投げかけられて、私は下げていた頭をがばりとあげた。

「先月知り合ったその記者の人は、もう知り合いじゃなくて私の彼氏だから。だから、訊いてみてあげるわよ」

「あ、ありがと――って、いやいや、ちょっと待って！」

降って湧いた聞き捨てならない話に、思わず前のめりになって津田さんに詰め寄る。

「なによ、訊くのをやめたほうがいいわけ？」

「待つのはそっちじゃない！――彼氏って、どういうことっ!?」

「人が恋愛相談しようと何度メッセージを送っても毎回さらりと流して終わる、食い気ばかりが生き甲斐《いがい》のあんたにはまったく関係のない話よ」

なんかやたらに知り合ったその記者さん――いやさ、彼氏さんにまつわるメッセージを津田さんが送ってくるなと思っていたら、そういうことでしたか。

「そんなわけでいつまでも夕霞に居候されると邪魔で困るから、早いところ彼氏に訊いてあげるわ」

「あ、はい……そりゃ、どうも」

ありがたいんだけれども……なんともまあ複雑な言われ方です。

「それから――あんまり無茶したり、危ない真似《まね》するんじゃないわよ」

「うん――努力する」

私、津田さんと友達になれて本当に良かったと思ってます。

3

「いやぁ、極楽、極楽」

私の安アパートとは違いチョロチョロじゃなく、ちゃんと一定の温度でジャバジャバとお湯の出るシャワーを浴びながら、ついじじむさい言葉を吐いてしまう。

それにしても今夜泊めてもらう津田さんのアパートが、またいい部屋なのですよ。

外観は白と黒を基調としたモザイク風の四階建て。たかが四階だというのに、ちゃんとエレベーターまでありやがります。

ちなみにエレベーターの設置義務は高さ三一メートル以上の建物で、これはおおむね七階建て以上の建物が相当します。よって四階建ての若い人向けのアパートにあるエレベーターなんて、設置費も維持費もお家賃に上乗せされた嗜好品《しこう》なのですよ。

そんなご立派な外観と設備のアパートのお部屋がしょぼいわけもなく、ゆうに一〇畳以上はあるだろう洋室の間取りは広々していて、おまけに私のような畳アパート住人の憧れであるロフトまでもがあります。

都内との地価の差を考えても、私の住むアパートの倍以上のお家賃なんじゃないかと、ついそんな下世話な推測さえしてしまいますよ。

シャワーでひとしきり汗を流し終えると、私はギュッと蛇口を締めてからユニットバスを出る。脱衣所の洗濯籠の横に津田さんが置いてくれたふかふかのバスタオルでもって、濡《ぬ》れそぼった頭をぐしぐしと拭き取る。

さらにはスーツ一着で飛び出してきた私に、寝間着代わりのTシャツとスエットまで合わせて用意してくれていて、もはやいたれりつくせりです。とはいえ親しき仲にも礼儀あり。さすがにパンツの替えは自前で買ってきたので、その点はあしからず。

「お先さま、あがったよ」

我ながら実家かと疑わんばかりの遠慮のなさで、裸足《はだし》のままペタペタと脱衣所を出る。

すると部屋の真ん中に置かれたローテーブルの上に、夕ごはんができてました。

「おおっ！　風呂場が極楽だったら、リビングは天国ですか？」

「……いいから座りなさいよ」

私の大袈裟《おおげさ》な感動ぶりに、既にテーブルの前に座っていた津田さんが少しだけ頬を赤くする。

ちなみにホストたる津田さんが腕を揮《ふる》ってくれたメニューはオムライス。お皿に盛られた神々しい黄色の卵焼きの端から、食欲をそそる赤みのチキンライスがちょっぴりだけ見えていた。さらにはレタスとプチトマトの小サラダも添えられていて、なんとも津田さんっぽい洒落《しゃれ》オツ感を醸しております。

「言っておくけど、私だってまだ新入社員の身なんだからね。贅沢《ぜいたく》な晩ごはんなんて用意する余裕はないからね」

「なに言ってんの、最高じゃん！　お米と卵が食べられるとか、もう貴族でしょ！」

「……夕霞さ、普段どんな食生活してるわけ？」

「えっ？　最近はもっぱら植物性タンパク質かなぁ」

「……何食ってんのかと訊いて、主成分で返されたのは初めてだわ」

呆れ顔の津田さんを放置し、私は対面に置かれたクッションに正座する。

そして津田さんともどもオムライス様に向けて両手を合わせると、

「「いただきます」」

声を揃《そろ》えて、今夜の夕餉《ゆうげ》に感謝を表明した。

さっそくスプーンを手に、炭水化物と動物性タンパク質の至高のコラボを味わおうとするも、ふとテーブルの上のケチャップに目がいった。

――危ない、危ない。そうでした、オムライスはこれが肝心でした。

私はスプーンをケチャップに持ち直し、そのままブシャッとかけようとするも――しかしせっかくのオムライス、ただただケチャップかけるだけじゃ遊び心が足りないなぁと思い、頭に浮かんだ私の大好きな文字をオムライスの上に書きなぐった。

一仕事を終えた気分で、ケチャップを握ったままふぅと額を腕で拭う。

「……おい、夕霞め。なんでその文字をオムライスの上に書いた？」

「へへっ、おいしそうでしょ。津田さんのにも書いてあげようか？」

「いや――おいしそうというか脳みそが激しく混乱しそうな、斬新過ぎるオムライスになっちゃったじゃないのよ」

私のオムライスの上に燦然《さんぜん》と輝く『牛丼』の二文字。今この瞬間、このオムライスはオムライスでありつつも牛丼という名を拝命した、イデア的オムライスになったのです。

むふぅーとドヤ顔で鼻息を噴く私を前に、津田さんは額に手を当て頭痛を堪《こら》えるような仕草をし、冷たく「冷めるよ」と言い放ってから食べるのを再開した。

私もせっかくのオムライスを冷ましてはならないと、再びスプーンを手に取ってバクバクと無心で食べ始める。

……やっぱりお米は五臓六腑《ごぞうろっぷ》に染みますわぁ。加えて卵とケチャップの酸味も絶妙なバランスで、ときおりチキンライスに混じって舌の上で跳ねる鶏《とり》もも肉の柔らかさがなんとも最高です。

お昼ごはんの『若狭牛ぎゅうめし弁当』に続き二食連続のお米、こんな贅沢許されるのでしょうか。……とりあえず津田さんを拝んどこ。

とまあ、そんなこんなですこぶるおいしい夕飯も残り僅かとなったところで、私のスマホがピコンとメール通知の音を鳴らした。テーブルの片隅に置いてあったので上から覗《のぞ》いて送り主の名を見れば、それは私よりも先にオムライスを完食してスマホをいじっていた津田さんだった。

「あんたが風呂に入っている間に例のマンションの住所が届いたから、今転送しておいたよ」

「ほんとっ!?」

転送してくれたメールを急いで開く。そのメールの本文には確かに、福井市の隣にあたる市の住所が書かれていた。でもそれだけじゃない。住所の後にはずらずらっと大量の文字が書かれていて、それはかなりの長文メールだった。

「……住所のあとの、これなに?」

「私が彼に頼んだの。信用の置ける人間にしか伝えないから、例の児童餓死の母親の件でわかっていることがあれば洗いざらい教えて、って」

「ほんと? ——それ、すっごい助かる! ありがとうっ!」

ローテーブルに両手をつき、ゴンと額をぶつけんばかりの勢いで津田さんに向けて頭を下げる。

けれども感激している私に対し、津田さんはなんとも苦い顔をしていた。

「……読む前に、ごはんを食べきっておいたほうがいいよ」

「えっ？　なんで？」

「読んじゃったら、あんまり食欲がなくなるだろうからさ」

津田さんの言っている意味がわからず、さらにメールを先送りしてみる。ざっくり数行を斜め読みして、私は津田さんの言っている意味をなんとなく理解した。

ここに書かれているのは深瀬美穂さんの生い立ち——自分の人生を捨ててまで助けたはずの娘を自ら餓死させてしまった、ある女性の孤独で悲惨な半生の記録だった。

美穂さんが生まれたのは、福井市からちょっと北に向かった地方の小さな町らしい。大工の父親と専業主婦だった母親との間にできた一人娘だそうだ。

小さい頃からやや引っ込み思案であり、あまり友達も多くはなかったらしい。中学校の頃の同級生は「印象のあまりない、どことなく幸薄そうな子」と美穂さんのことを評している。お世辞にも裕福な家庭で育ったとは言えないようだが、それでも中学生まではさして特筆すべきことのない生活を送ってきたのだそうだ。

そんな美穂さんの人生が転落を始めていくのは美穂さんが高校生のとき、父親が脳梗塞で倒れて半身不随となってからのことらしい。

父親が働けなくなり家庭の収入がなくなったため母親はパートを始め、美穂さんも通学しながらアルバイトを始めることになる。だが母親は美穂さんが子どものときから

「どうして、私が」を口癖としているような人で、しだいに美穂さんのアルバイト収入を頼り出してパートを休みがちになり、父親の世話も美穂さんに任せきりになる。

それでもどうにかこうにか美穂さんは高校だけは卒業すると、その後は賃金の高い金《かな》沢《ざわ》市へと出稼ぎに出て行き、昼は運送会社の事務をし夜はスーパーのレジ打ちで実家に仕送りするようになったのだそうだ。

だがそれから二年後、美穂さんは自身が勤める運送会社の運転手の男性との間に子どもができてしまい、授かり婚退職せざるを得なくなる。

その子どもこそが美乃梨ちゃんなのだが——ここまででも十分に苦労している美穂さんの人生は、美乃梨ちゃんを身ごもってからいよいよ本格的に追い詰められていく。

まず子どもができたおかげで仕事をやめたことを、実の母から散々詰られることになった。寝たきりの父親の面倒はヘルパーに任せ、自分はいっさい働きもせずに暮らしていた実母にとって、初孫ができたことよりも美穂さんからの仕送りが途絶えることのほうがよっぽど大きな問題だったのだ。

さらには夫の両親も美穂さんを苦しめる。古い価値観を持った義父母は、子どもができたからやむなく息子との結婚を認めたものの、美穂さんのお腹《なか》の中にいる子が本当に自分たちの息子の子なのか疑って、美穂さんにきつく当たる。

旦那は旦那で、元からの大酒飲み。長距離運転手として決して安くはない給料をもらっているはずなのに、毎晩の飲み代と趣味のスマホゲームへの課金代がかかると言って、美穂さんに渡す生活費の額は毎月七、八万ばかりだったという。

その僅かな額の中からアパートの家賃と生活費、それと生まれたばかりの美乃梨ちゃんの育児費用を捻出するわけだが、毎月給料日が過ぎた頃になると必ず実母が美穂さんに金をせびりに来るのだそうだ。やむなく美乃梨ちゃんのミルクとおしめ代を切り詰め、なんとか実母に一万円を渡せば「これっぽっちしか渡さないのかっ！　親不孝もの！」と玄関先で怒鳴り散らして暴れ出す始末。

実母が実母なら義父母も義父母で、こちらは旦那が泊まりがけのときを狙ってアパートにやってきては、美穂さんの家事と育児がまるでなっていないとイヤミを言い続ける。

そんな身内の全てが敵とも呼べるような状況下で、美穂さんの唯一の救いは美乃梨ちゃんだった。お金がなくて保育園に預けることができないため、美乃梨ちゃんは内職をする美穂さんの傍らに常にいた。

美乃梨ちゃんが笑うと、美穂さんはそれだけでどこまでも頑張れた。

美乃梨ちゃんが泣けば、美穂さんはもっと頑張らなくちゃと踏ん張れた。

小さな美乃梨ちゃんが構って欲しくて自分の足に抱きついてくる度に、この子を守るためならなんでもすると決意をあらためる。

——美乃梨ちゃんの餓死事件後に発見された、育児日記代わりに美穂さんが書いていたブログに、当時の想《おも》いがそう綴《つづ》られていたらしい。

やがて美穂ちゃんが小学校に上がってしばらくした頃、仕事中の旦那が乗用車と衝突する事故を起こした。事故の原因は運転中のスマホゲームであり、完全に旦那の過失による事故だった。

過失運転致死傷罪に問われた旦那は免許取り消しとなって会社を解雇、莫大《ばくだい》な慰謝料も相手方から請求されることになる。加えて旦那自身も事故の影響で腰を痛め、免許の処分を軽減できたとしても、もはや運転手の仕事は続けられなくなってしまう。その結果、旦那は一日中家にいて酒浸りとなってしまう。

当時、美乃梨ちゃんはだいぶ手がかからなくなっていたため、美穂さんは苦しい生活を少しでも楽にすべく、朝早くから夕方遅くまでのパートの仕事を始めることにする。

その数日後、美穂さんが家に帰ると先に学校から帰っている美乃梨ちゃんが、必ず部屋の隅で泣いて自分を待っていることに気がついた。

長距離運転手だった旦那が家にいた時間は少なく、美乃梨ちゃんが父親にあまりなついていないことはわかっていた。だがそれとは別に、日増しに美乃梨ちゃんの身体《からだ》に増えていく生傷。昼間から家で酒を飲んでいる旦那は、美乃梨ちゃんが学校から帰ってくるなりどうやら暴力を振るっているようだったのだ。

旦那と話しても埒《らち》が明かないため、美穂さんは義父母に事情を話してやめるよう説得してもらおうとするが「事故で辛《つら》い思いをしている息子に、おまえの世話と愛情が足りないからだ！」と、逆に美穂さんが責め立てられてしまう。

やむなく学校や行政に相談をしてみるが、どちらも「家庭の問題は家庭で解決すべき」と梯子《はしご》を外された上、美穂さんが行政に相談に行ったことが役場の人から義父母の耳に入って「息子に恥をかかせる気かっ！」と、その日のうちに二人がアパートに怒鳴り込んできたらしい。

実母も相変わらずで、美穂さんに金をせびるだけ。美穂さんが外で働き出したことを知ると「自分に渡せる金はもっと増えてるはずだ！」と、日に何度も電話をしてくる。

美穂さんにとっては、まるで鑿《のみ》で心を削《そ》がれていくような錯覚を覚える日々が続く。

それでも美乃梨ちゃんだけはなんとか元気に育てねばと思っていたところ——ある日、パートを終えて家に帰ってくると、台所の床で美乃梨ちゃんが嘔吐《おうと》したままぐったり倒れているのを発見した。

旦那に訊いても「躾《しつ》けたら静かになった」と、酒臭い息を吐きつつ自慢げに言うだけ。

急いで救急車を呼んだところ、美乃梨ちゃんの診断はくも膜下出血。躾けという名目で、旦那に後頭部を蹴られたことが原因だった。

緊急手術の結果、美乃梨ちゃんはなんとか一命をとりとめる。しかし事態が事態であったので美穂さんは警察に相談しようと考えるが、それに待ったをかけたのは義父母だった。「息子はただの躾けだったと言っている！　警察に相談なんぞしたらおまえを訴え、もう二度と美乃梨に会えなくしてやるぞっ！」――そう顔を真っ赤にして、美穂さんを脅したらしい。

それだけでも十二分に懊悩《おうのう》するところだが、このタイミングで実母が美穂さんの名義で借金をしていたことが発覚する。パート先にまで借金の取り立てがくるようになり、その結果として美乃梨ちゃんの治療費すら、もはや用立てられなくなってしまった。

――これ以上は、もう美乃梨を守りきれない。

遅すぎるその判断をしたとき、美穂さんは退院の日に美乃梨ちゃんを迎えに行った足で病院の前からタクシーに乗ると、自宅には向かわずにそのまま駅へと向かった。

そしてまだ足下のふらついている美乃梨ちゃんを両手で抱き上げて、あとは美乃梨ちゃんの着替えだけが入ったカバンを背負い、誰にも何も言わずに東京方面へと向かう電車に飛び乗ったのだ。

ここまでを無言で読み上げた私は、ふぅと大きな息を吐きながらこめかみを揉《も》んだ。

……なんだ、これ。

私は、美乃梨ちゃんからお母さんが――すなわち美穂さんが、苦労をしながらもどれだけ娘を大事にしようとしていたか、という話を聞いている。

でも、それがここまでだとは思っていなかった。

なんというか、まるで二昔前のメロドラマでも見させられているような気分だった。

いや、それよりもっとひどい。これがドラマの話であればどれだけ良かったことか。

今の言葉で表現すれば、娘に経済的に依存する美穂さんの実母は毒親ということになるだろう。加えて義父母までもが、息子のために嫁を精神的に支配しようとしている。

肝心の旦那も、味方どころか事故を起こしてからはニートとなった上に娘に虐待を行う状況で、むしろよく美乃梨ちゃんを連れて逃げ出してくれたとさえ思った。

そう、ここまでで唯一の救いは、母子二人で幸せになるため全てを捨てて、身一つとはいえどもそれまでの生活から逃げ出せたことなのだ。

――しかし。

この先の顚末《てんまつ》を、私は既に知っている。

この悲惨過ぎる母子の物語が、最後はより陰惨な結末を迎えることがわかっている。

わかっているからこそ、私は胸が苦しくてたまらない。

「……夕霞、ごはん食べ切っちゃいな。その先はもっと辛いよ」

私が必死になってメールを読んでいる間、気のない感じで自分のスマホを眺めていた津田さんがぼそりとつぶやいた。

私は皿に残っていた残り五分の一ほどのオムライスを胃の中に掻《か》き込むと、さらにその先へと目を通し始めた。

美乃梨ちゃん一人を抱え、財布に僅かなへそくりだけを入れて東京へと辿《たど》り着いた美穂さんは、保証人が不要でかつできるだけ安いアパートを探し始める。

そして苦労の末に見つけたのが、あの森林公園近くのアパートだった。

ちょっと訳ありの住人が集まったそのアパートで、美穂さんは母子二人での新しい生活を始めようと奮起する。学校側が半ば黙認してくれた形で住民票のない美乃梨ちゃんが小学校に通えるようになると、美穂さんは母子二人での新しい生活を安定させるべく今度は仕事を探し始めた。

美乃梨ちゃんの心に強く鮮烈に残っている幸せだった頃の記憶——すなわち美穂さんと一緒に森林公園でおにぎりを食べたのは、どうやらこの辺りの時期らしい。

その後、美穂さんはなんとか近場の飲食店でのパートの仕事にありつくが、しかし母子二人が暮らしていくにはまったくお金が足りない。

やむなく夜職の募集に応募するも、人と話すことがあまり得意ではない上に引っ込み思案である美穂さんは三日ともたずにどこも首になってしまう。

やがて僅かな手持ちの現金が尽きると、美穂さんは家賃と美乃梨ちゃんの食費のために闇金に手を出してしまうのだが、後になってこれが本格的に首を回らなくさせていく。

そんな将来への不安ばかり募る中でふっと見つかった、フルタイムでの正社員の事務の仕事。運良く面接まで漕《こ》ぎ着けられて、これに受かれば給料もパートの倍となり生活を立て直せる目処《めど》が立つと、美穂さんは期待して気もそぞろとなる。

だが面接当日の朝、美乃梨ちゃんが熱を出してしまった。くも膜下出血の手術をしてから、美乃梨ちゃんは身体が弱くなっていた。医者に連れて行きたくても、美乃梨ちゃんの保険証を使えば旦那と義父母に自分たちの居所がバレてしまう。だが保険証なしでの診察料を払うだけのお金なんて、今の美穂さんの財布にあろうはずがない。

高熱にうなされ「お母さん、お母さん」と繰り返す美乃梨ちゃん。それでも今後の生活のことを考え美穂さんは面接に行こうとするが、美乃梨ちゃんは泣きながら「行かないで！」と美穂さんにせがんでしまう。熱で震える娘の手を振り切れず、結局美穂さんは正社員になれたかもしれないチャンスをふいにしてしまった。

そして翌日にはケロッと熱が下がり「お腹、空《す》いた」と言う美乃梨ちゃんに、

『あんたのために、お母さん一生懸命働こうとしているんでしょうがっ！』

——これが美穂さんが美乃梨ちゃんを怒鳴ってしまった、最初のときだったようだ。

正社員を諦めた美穂さんは深夜のコンビニバイトも始めたらしいのだが、それでも生活費はまるで足りない。

しかも怒鳴ったあの日以降、美乃梨ちゃんはさらに頻繁に熱を出すようになり、その

度に美穂さんは昼も夜も仕事を休まなければならなくなって、職場での立場もどんどん失っていく。

闇金の返済も容赦がなく、家にいるところを取立人に捕まって美乃梨ちゃんに見られることのないよう、美穂さんは勤務の時間を増やしてアパートにいる時間を減らしていくことになる。たまにアパートに帰ってきたとしても、バイト先の廃棄弁当や安くなった菓子パンを美乃梨ちゃんに置いていくだけで、また仕事に出ようとしていたらしい。

そんな美穂さんに、美乃梨ちゃんが「もっと一緒にいて」と泣いて縋《すが》る。

――自分だって働きたくなんてない。でも美乃梨にごはんを食べさせるためには働かなくちゃいけない。それなのにどうして美乃梨は私を困らせ、苦しめるのだろう。

美穂さんの中で、次第に美乃梨ちゃんへの苛立《いらだ》ちが募っていく。

返済が滞ったことで、いよいよ闇金業者が職場まで訪ねてくるようになる。加えてバイト先の廃棄弁当を無断で持って帰っていたこともバレてしまい、深夜のコンビニバイトを解雇されてしまう。

――もう限界が近い。

母子二人、細々とでも支え合って生きていこうと思い、全てを捨てて逃げてきて始めた新しい生活だが、破綻はすぐそこにまで迫っていた。

そしてこの頃、美乃梨ちゃんが愛想笑いを浮かべるようになったのだという。

こんなにも苦労して育てている自分に、美乃梨は父親に浮かべていたのと似た、ご機嫌をとるような愛想笑いを浮かべる――美穂さんは、そう感じたらしい。

美穂さんは腹が立った。美乃梨がたまらなくムカつく、と。こうなったのは全て美乃梨のせいなのに、きっと養育能力のない母親を見下し、腹の底ではせせら笑っているのだろう、と――そんな風にまでも思ったのだそうだ。

――私は、知っている。

美乃梨ちゃんがどれだけお母さんを好きだったのか、その想いを本人から直接聞いてわかっている。だからその愛想笑いがお母さんに対するイヤミや蔑みではなく、単に労《ねぎら》うため、仕事を頑張ってから帰ってきたお母さんを優しく迎えるために、自分も辛いのに無理して笑っているということが、話だけで容易に想像できる。

なのに実の母親である美穂さんは、そのことにまるで思い至っていない。おそらくこの段階で美穂さんがかなり精神を病んでいたのは、明白だ。診療内科に行っていれば、病名がついていたのは間違いないだろう。でも保険証が使えず熱にうなされ苦しむ娘一人さえ医者に見せられない状況で、どうして自分だけ医者に行くことができようか。

破綻していく状況を変えるべく仮に生活保護の申請をすれば、役所から親や身内に連絡をされてしまう。そうなると自分たちの居場所がバレて、連れ戻される可能性がある。

あの生活には戻りたくない。

だけれど……今の生活も、もはやこれ以上続けたくはない。

——もう嫌だ。何もかもが嫌だ。

家に帰れば美乃梨ちゃんの顔を嫌でも目にする。服を買い与えることもできず、ろくに食事もさせられず、ガスも止められて風呂にも入れてやれないみすぼらしい美乃梨ちゃんが、無理をして笑っている様子を目にする。

そんなのは、自分が惨めだと言われているのと同義だった。

そしてとうとう——美乃梨ちゃんをヒダル神にしたあの台詞《せりふ》が出てしまう。

『あんたを食べさせなくちゃならないから、私がこんなに働かなくちゃいけないんだろっ！　私に帰ってきて欲しかったら、お腹なんて空かせるなっ!!』

ある日にアパートに帰ってきたとき、愛想笑いを浮かべつつ『もっと家にいて』と言い出した美乃梨ちゃんに、美穂さんはなけなしのお金で買ってきた菓子パンを投げつけて、そう感情を爆発させてしまった。

手を上げたい気持ちだけは必死で抑えてアパートを飛び出すも、だがもうこの先二度と美穂さんが美乃梨ちゃんのいるアパートに戻ることはなかった。

既にこのとき美穂さんは闇金の取り立てのせいで昼のパートもやめざるを得なくなっており、廃棄弁当もくすねられないため美乃梨ちゃんにごはんを食べさせられる手段を持っていなかったのだ。

何もかもがどうでもよくなってしまった美穂さんは、この日からホームレスのような生活をするようになる。公園で寝泊まりをして、昼になるとぶらぶらと歩いて町を移動していく日々。

そんな生活を二ヶ月も続けた頃だ。美穂さんはゴミ箱に捨てられていた新聞で、美乃梨ちゃんがアパートで餓死したことと、自分が保護責任者遺棄致傷罪で指名手配されていることを知った。

その後は、地元の福井県のとあるホームセンターで包丁を万引きする姿が監視カメラに捉えられ、さらに後日には旦那と暮らしていた部屋でもって美穂さんが自殺をしていたのが発見された。

死因は、所持していた包丁による割腹。死後一週間ぐらいで発見されたとき、部屋中が飛び散った血によって真っ黒になっていたらしい。

亡くなったときに美穂さんが所持していたのは、僅か数十円の現金とバッテリーの切れたスマホだけ。スマホは充電して中を確認すると、既にキャリアとの契約は切れていたものの、かつての育児日記代わりのブログのように日々の想いを綴ったテキストメモが見つかった。

綴られたテキストから察するに、美穂さんは自分が指名手配されている状況に絶望し、全ての元凶である旦那に復讐《ふくしゅう》すべく、包丁を手にかつての家に忍び込んだと推測される。

そして旦那を殺して自分も死のうとしていたのだが、奇《く》しくもかつて住んでいた公営マンションは耐震設計の不備が見つかっていて、半年前から全ての住人が退去した上で補強工事が行われていたのだ。ゆえに過去に住んでいた部屋はがらんどうとなっていて、憎い夫が今どこに住んでいるのか手がかりもない。結果として美穂さんは、勢い余ったまま誰を道連れにするでもなく一人その場で自らの腹を裂き自決をした。

——中学校や高校時代の美穂さんを知る友人や地元の人からのヒアリングと、地元の記者クラブに警察が一部だけ公開したスマホ内の日記が、この情報のソースらしい。

……目の前がチカチカした。

胸と頭がいっぱいで、息が詰まる思いだった。津田さんが言ったように、確かに食欲が消えていた。それどころか美乃梨ちゃんから美穂さんのことを聞いていた私はギュッと胃が小さく締まって、気を抜けば嘔吐すらしてしまいそうだった。

——だけれども。

なんだろう、この自殺へと繋《つな》がる結末への違和感は。

「……どうした？　やっぱりメンタル的にきつかった？」

「あっ、いや、それもあるけど……ううん、ありがとう。確かにきついけど、この情報はすごく助かったよ。彼氏さんによろしくお礼を言っておいてください」

これから美穂さんと対峙《たいじ》しなければならない私にとって、彼女のこれまでの経緯が書かれたこの資料は計り知れないアドバンテージであり、本当に心から助かっているのだが——でも、何か喉に大きな骨でも刺さったような気分だった。

最愛の娘を失い、自身も警察に追われる身となった結果、最も原因に近い夫と心中をしようとして、でも失敗してただ一人で死んでいった女。

これが本当なら……その恨みが向かうべき先は夫だろう。あるいは自分をこんな境遇に追い込んだ、実母や義父母だろう。

だが美穂さんの殺意は自身を追い込んだ身内に向かわず、どういう経緯か知らないが、その後は無人のはずのマンションに入り込んだ第三者の女性へと向かった。

誰彼構わず、その地に迷い込んだ波長の合う者を殺す地縛霊《じばくれい》——死神の心情と、この報告の結末は微妙に辻褄《つじつま》が合わないのだ。

——とりあえず、その辺も含めて現地で確認してきてください。

私の脳裏に勝手に響く、いつか聞いた気のするような辻神課長の声。

机上ではなんともわからなかったことが、現地で容易《たやす》く紐解《ひもと》かれたなんてことはこれまで何度も経験していることで、やはり最後は現場主義へと回帰すべきでしょう。

行ってみるしかない——死神に、なりかけている美穂さんのもとへ。

考えたきり動かなくなった私の目の前から、ケチャップの汚れだけが残った皿がすっと持ち上げられた。そのまま津田さんが流しにまで運び、自分のと合わせて洗い始める。

「あっ……気がきかなくて、ごめん。洗い物ぐらいは私がするよ」

「いいわよ、私がホストだから。あんた座ってなさい」

すました表情のまま、ツンケンとした声で津田さんが言う。

「それよりお米に飢えている夕霞に明日はチャーハン作ってあげるから、だから——ちゃんとこの部屋に帰ってきて、明日も一緒にここでごはんを食べるのよ」

一方的に私がお願いしているのに、何も訊かないでいてくれる津田さん。

明日のチャーハンも絶対に完食しなくちゃいけないなと、私はローテーブルに両手を突きもう一度深々と頭を下げた。

4

翌朝のこと。

津田さんは町へとお仕事に、私はドンブラコドンブラコと公用車で問題の住所へと向かいましたとさ。

——と、福井市から公用車で約一時間。

私が到着したのは、付近には企業の倉庫が建ち並んでいる郊外のマンションだ。倉庫の他にあるのは点在する住宅と畑ばかりであって、辺りはとても閑静だった。

しかし片田舎《かたいなか》と呼ぶに相応《ふさわ》しいこんな場所も、ほんの一、二週間前までは娘を餓死させた母親の自殺現場ということもあって、大勢の報道の人間が集まっていたらしい。

とりあえず私は五階建てのマンションが二棟ばかり並んだ敷地の外、誰も人がいない小さな公園前の道端に公用車を停《と》めた。

というのもマンションの駐車場は、ぐるっと敷地を囲むアルミ製の仮囲いの内側にあるのだ。転送してもらったメールに書かれていたとおり、どうやらこのマンションは耐震補強工事中のために住む人のいない無人の状態のようだった。

車を降りてマンションを見上げてみれば、幾つもの部屋のベランダに新しい鉄筋の筋交いと耐震ダンパーが据えられている。たぶん補強工事自体は既に終わっていて、あとは実際の入居者を待つ状態なのだろう。あるいは思いもしなかった大変な事件が起きてしまい、工事は終わっているのだが仮囲いを取るに取れないのかもしれない。

「さてさて、どうしたものか……」

美穂さんが自殺をしたという部屋は、このマンションの二号棟の五階にある。そこに行くには、私の背丈よりも頭一つ高いこの仮囲いを越えていく必要があって、当然それは不法なんちゃらとやらの犯罪行為に値するだろう。

しかしよく考えて欲しい。既に私は幽冥推進課の公用車を横領して乗り回しているアウトロー。今さら罪を一つ重ねたところで何が変わろうか。

……いや、実際のところ変わりますけどね。罪に罪を重ねるな、って話ですけどね。でも警察から後で怒られるよりも、今は死神による新たな犠牲者を出させないほうが優先だ。後には退《ひ》けない本物の死神に美穂さんがなってしまう前に、一刻も早く現世からの立ち退き交渉を開始しなければならない。

ゆえに私は公道から見えない場所を見つけるとアルミの壁のてっぺんに手をかけ、組み立て式のパイプに足をかけながらなんとかかんとか仮囲いをよじ登った。

降りるときに勢い余って尻餅をつくところは、まあご愛敬《あいきょう》。まだ新品に近いスーツのスカートに泥がついて涙目になるも、そこはパンパンと思いきりお尻をはたいて土を落とし、目の前のマンションをあらためて見上げる。

耐震補強が必要なだけあって、建物自体はかなり古い。八〇年代ぐらいの邦画なんかでよく見かける、玄関と玄関の間にコンクリの階段があるタイプのマンションだ。

壁に貼り付けられたくすんだ銀色の郵便受けの表示を頼りに、私はいくつもあるマンション内への入り口を順繰りに巡っては目当ての部屋番号を探す。

——そうして見つけた、五〇五号室の表記。

目の前でぽっかりと口を開けた入り口の奥、前後へと折れ曲がったこの階段を上った最上階に、かつて美乃梨ちゃんと住み、そして美穂さんが自殺をした部屋があるのだ。

思わず、ごくりと唾を呑《の》む。

——なんというか、どうしてこう古いマンションって、ある種の独特な怖い雰囲気が漂っているんでしょうかね。特に築年数が経《た》っているマンションの貯水槽の中とか、あんまり見たい気がしません。

でもまあ、建物の威容にびびっていても何も始まらない。私は「よしっ！」と小さくつぶやき気合いを入れると、五〇五号室に向かって足を前に出した。

カツンカツンという靴音を木霊《こだま》させて、一段ずつゆっくりと階段を上る。踊り場で折り返してワンフロアを上るごとに、くすんだクリーム色の壁と合わせてベージュに塗られた玄関の前を通過する。

耐震リフォーム中のために全住人が退去となっているから当たり前だが、どのドアの向こうからもいっさい人の気配はない。その無音さが、一歩上るごとに私の心中に不安を積み上げていく。

息が切れそうになったところで、ようやく最上階である五階に到着した。

最後の踊り場を手すりによりかかりながら折れ曲がり、そして五〇五というプレートの貼られたドアの前に立ったところで、

「——ひぃ！」

と、悲鳴を上げて、私は半歩後ろに飛び退いてしまった。

というのもハトやムクドリやスズメといった、街中でも見かける野鳥が五〇五号室の玄関の前で何羽も死んでいたのだ。これといった外傷はなく、どれもこれもパタリと自然死したような感じで、目を白く濁らせた鳥たちの骸《むくろ》がコンクリの床に横たわっていた。

っていうか……なんで、こんなに鳥が死んでんの？

まあ建物内に迷い込み出られなくなって死んでしまった、なんてことも考えられるのでしょうが、それにしては数が多すぎるし白骨化も腐ったりもしていなくて、どれもこれもが死骸としてはまだ新しい。

まるで——何者かに招き寄せられ、命を吸われたかのようにさえ見える鳥の死体の山。

再び、私の喉がごくんと鳴った。

不吉過ぎる光景に回れ右して階段を駆け下りたくなるが、そこはぐっと堪える。

私には、幽冥界であの二人が再会できる希望を僅かでも残すために、本物の死神となりかけている美穂さんをなんとしても思い留《とど》まらせなければならない責務があるのだ。

早くもカクカクと震え始めた膝を、自分でスパンとはたいて気合いを入れ直す。ここで逃げれば不動産会社の就職を蹴った上に公用車を勝手に乗り回し、福井くんだりまで来て津田さんに協力を仰いだ、その行為の全てに意味がなくなる。

「うっしゃっ！」

なんとか気を持ち直した私は、五〇五号室のドアへと恐る恐る手を伸ばした。

中途半端にビクついたままが一番怖いので、もうノブを握ったら何も考えずに一気呵《いっきか》成《せい》に開けてしまおうと思った――ところ。

「あのぉ……どちらさま、でしょうか？」

伸ばした私の手が握るよりも先にノブが独りでに回って、僅かに開いたドアの隙間から髪の長い女性がこちらを覗き込んできた。

「うわひゃおぁぁっ！」

出鼻を平手で引っぱたかれたようなタイミングに、両手をバンザイしながら後ろに大きく跳び、背中を五〇五号室の対面の部屋のドアへとビタンと張り付けた。

私の大仰過ぎるリアクションに女性はビクリと肩を竦《すく》めてから、あらためて怪訝《けげん》そうな目を私へと向けてくる。

「……うちに、何かご用ですか？」

血色のよろしくない細面《ほそおもて》の顔に、涙袋のクマと二つ並んだ泣きぼくろ。長い黒髪にはほとんど艶がない上にチリチリとなっていて、服装も野暮ったい黒のトレーナー。

正直なところ、初見の感想は「幸薄そう」という雰囲気の女性だった。

でもその印象が、私にこの人物が誰なのかを教えてくれた。初めて見る顔なのだが、どことなくそんな気がしない。それというのもこの女性の顔からは、まるで美乃梨ちゃんを大人にしたような印象も受けたからだ。

喉から飛び出しかかった心臓を呑み込み、私は胸に手を当てながら訊ね返す。

「あなたが——深瀬美穂さん、ですよね？」

彼女の名前を口にした途端に薄い眉の間に皺が寄って、無言のまま私に向けている目の訝《いぶか》しさの度合いが一段上がった。

「あっ！　すいません。私はですね、なんというか、美乃梨ちゃんの友達で——」

瞬間、これまで警戒の色しかなかった美穂さんの表情がパァッと華やいだ。

ドアのチェーンを外し、五〇五号室の玄関がすごい勢いで全開となる。

「まあまあ、美乃梨のお友達だったんですね！」

突然の豹変《ひょうへん》ぶりに絶句しそうになりながらも、私はなんとか口を動かした。

「……あ、はい。以前に、とある公園で知り合いまして」

「あら、そう。美乃梨ってば私と違って人見知りをしないから、誰彼構わず仲良くなっちゃうんですよ。大人の人が相手だって、ほんと見境なしなんだから困ったもんなんですよね」

まったく困った気配を感じない口調で、美穂さんが「ふふっ」と嬉しそうに笑う。

——私はいったい、誰の話をされているのか。

私の知っている美乃梨ちゃんは、誰彼構わず噛《か》みつきそうな少女だった。出逢《であ》ったときは心が棘《とげ》ついていて、思考が凝り固まっていて、母親との幸せだった時間を取りもどすために何も食べないことで自分を取り巻く世界と戦っていた。そういう少女だった。

最後はだいぶ心がほぐれて、百々目鬼さんあたりには遠慮なく甘えていたりもしたけれど、それでも最初の印象が印象だけに見境なしに誰とも仲良くなるなんて、ちょっと信じられない話だった。

「美乃梨を訪ねてきたのよね？」

「いや、そういうわけでは……」

「何のお構いもできませんが、どうぞ上がってください。もうそろそろ美乃梨も帰ってくると思うので」

美乃梨ちゃんが……そろそろ帰ってくる？

凄《すさ》まじい違和感が私を襲う。でもそれを深く考えるよりも先に、美穂さんが私を部屋の中に上げようと強引に誘ってきた。

「さあさあ、早く中にどうぞ！　何もないですけれども、お茶ぐらいは出しますので」

「はぁ………じゃあ、ほんの少しだけ」

固辞しようにも勢いに負けて固辞しきれず、私は美穂さんが開け放っている玄関の中へとやむなく入った。

バタンと大きな音を立て背後で玄関が閉まると、ふと妙な考えが頭をよぎった。

——あれ？　私はいったい、何しにここにきたんだっけ？

でもパタパタとスリッパを鳴らし廊下の奥に駆けていく美穂さんの背中を目にしていたら、待たせるのも悪いという気持ちがむくむく湧いてきて、私は急いで靴を脱ぐと「お邪魔します」と声をかけ部屋に上がらせてもらった。

廊下を通って奥の部屋に入ると、そこはフローリングの床の居間だった。建物が古いためカウンターキッチンこそないものの、質素だがしっかりした作りのダイニングテーブルが部屋の中央にでんと置かれている。

私は四つある椅子のうち一つを手で引くと、勝手にその上へと腰掛けさせてもらった。

「いやだわ。お菓子だけじゃなくて、私ってばお茶すら切らしていたみたい」

どうやら奥の台所にまで行っていたらしい美穂さんが、申し訳なさそうな表情で居間へと戻ってくる。

「あ、気にしないでください、ほんとお構いなしで」

「ごめんなさいね、うちがもっと裕福だったら普段からいろいろと買い置きだってできるのだけれども」

「いやいや、お金がないことに関してだったら、私も負けてませんよ」

貧乏自慢なら大得意な私がふすっと強めに鼻息を噴くと、美穂さんは「あら」と声を上げて小さく笑った。

「ところであなた、このマンションの住人じゃないわよね？」

「ええ、違いますよ」

「そう、ならよかったわ」

私の答えを聞いて、美穂さんが胸を撫《な》で下ろした。

私がこのマンションの住人でなくていったい何がよかったのか、不思議に思って小首を傾《かし》げていたら、その考えを察したらしい美穂さんが困ったように苦笑した。

「だってね、このマンションの人たちってば美乃梨のことを笑うのよ」

「……笑う？」

「そう。美乃梨が毎日同じ服を着てるって、ヒソヒソ噂《うわさ》してはみんなで笑っているの。しかもそれだけじゃないのよ。一人で歩いている美乃梨に声をかけては昨日は何を食べたのか訊きだして、うちの食生活のさもしさも陰で嘲笑《あざわら》ってるの。旦那が事故で働けなくなって、私しか働き手がいなくなって、賠償金や借金まであって、あの家は可哀相《かわいそう》だ可哀相だと、どいつもこいつもニコニコとした顔で噂しているのよ。

この部屋の下の住人なんて、美乃梨が家の中を走る音がうるさいと文句を言ってくるくせに、私や美乃梨が旦那に殴られている音に対しては聞こえないふり。対面の部屋の人なんて、鍵を忘れた美乃梨が玄関を叩いていたら怒鳴りつけたのに、私の実母がお金をせびりに来て玄関前でどんなに騒いだってだんまりするだけ。

私と美乃梨が、どれだけ大変でどれだけ辛い思いをしながら日々過ごしているのかを知っているくせに、誰も彼もが覗き見して喜んでいる。自分たちよりも不幸な私たちを見て自分はだいじょうぶだと心の中でせせら笑って、むしろもっと不幸になれと願いながら日々観察を続けている。このマンションは掃き溜《だ》めよ。苦しんでいる人を見かけたら手を差し伸べるのではなく、安全な場所から眺めて蜜の味に舌なめずりをするクズ共が寄り集まって生きている、ここは醜悪な集団住宅なのよっ！

でも——住人じゃないあなたは、そんな連中とは違うものねぇ」

途中で悪鬼の形相に変わりつつも、最後は取り繕うようににっこりと笑った。

ぶるりと波打つように、私の背筋が震える。

なんだろう——この人、怖い。恐ろしい。

今浮かんでいる上っ面の笑みが、私の中の恐怖をいっそう助長させる。顔の皮膚一枚をピリリと剝《む》けば、ひょっとしたらドロドロに溶けたスープのような怨嗟《えんさ》や憎悪がこぼれ出してくるのではなかろうか——そんな想像が勝手に脳裏に浮かんでしまった。

「……美乃梨、遅いわねぇ。まだ帰ってこないのかしら」

ベランダの外の空を遠い目で見上げつつ、美穂さんがぼそりとつぶやく。

「……いや、美乃梨ちゃんが帰ってくるわけないじゃないですか」

それはほとんど反射的に、私の口から出た言葉だった。

その直後、「えっ？」と意外な声を上げた美穂さんが皿のようにぐっと目を見開き、まじまじと私の顔を見据える。

「あなた、どうしてそんなことを言うの？」

——どうして？

どうしてって、そんなの決まっている。だって美乃梨ちゃんはもうこの世に……。

瞬間、私の背筋に電撃が走って、凄まじい勢いではっと気がついた。

っていうか——おいおいおいっ！

私は何をしているんだ？　どうして招かれるままこんな簡単に家へと上がって、呑気《のんき》にお茶でも飲もうなんて考えていたんだ？

今、私の対面に座っている美穂さんは——地縛霊だ。

既に一人を殺しかけている、半ば死神になっている存在だ。

それなのに、私はバカなのか？

いや……きっと、私は呑まれかけていたのだろう。美穂さんの魂をこの国土に留めてしまっている恨み辛みの深さ、さっきの長台詞のときにも垣間《かいま》見《み》えた狂気とでも呼ぶべきほどの想い、それらに知らずと当てられてしまい、酩酊《めいてい》するかのように前後不覚の状態に陥っていたのだと思う。

「美乃梨が帰ってこないとか、なんでそんなことを言うの？」

……奇しくもその問いが、私を正気に戻してくれた。

美乃梨ちゃんに感謝だ。美乃梨ちゃんを幽冥界にまで送り出したときの記憶が勝手に私の口を動かして、美穂さんとのやりとりが茶番なのだと気づかせてくれたのだろう。

「ねぇ、どうして？　どうして美乃梨が帰ってこないの？」

――それは、あなたが美乃梨ちゃんを餓死させたから。

美穂さんが迷って忘れているのなら、私はそれを告げなければならない。

告げたその先で、それでもなお美乃梨ちゃんが美穂さんのことが好きだったのだと知らせ、二人を再会させるためにも美穂さんを幽冥界に送り出さなければならない。

意を決するべく、両目を瞑《つぶ》る。

それからテーブルの下でギュッと痛くなるほど両手を握り、しっかり心を整えてからくわっと両の瞼《まぶた》を開けば、

「ねぇ、美乃梨が死んだのに、どうしてどいつもこいつものうのうと生きてんの？」

テーブルの上に身を乗り出した美穂さんが、私と鼻と鼻がぶつかりそうな距離まで顔を寄せ、いっさいの光彩がない真っ黒な目で私の瞳を見据えていた。

理解が及ばず、一拍の金縛《かなしば》りに陥る。

「――うぎゃぁぁっ！」

その後、私は赤ん坊じみたみっともない悲鳴を上げ、背中を仰《の》け反《ぞ》らせた勢いでもって椅子ごとバタンと後ろに倒れた。

「親は面倒でしかない。義父母も厄介でしかない。

学校なんてまるで頼りにならない。役所の連中も信用ならない。

職場の連中は目が冷たい。通りすがりの人も笑いが冷たい。

家族が嫌い。自分も嫌い。でも旦那は誰よりも大嫌い。

どいつもこいつも見て見ぬ振りをしやがる。

このマンションの連中は、うちの惨状を知っていたくせに誰も手を差し伸べない。

私がいないときに、美乃梨がずっと泣き叫んでいたって通報すらしやしない。

そんなに人の不幸が楽しいか？　私たち親子が辛い目に遭うのが面白いのかっ!?

何もかもがもういや！　大切だけど、美乃梨ですらもういやっ！

何もかもがもういやで、全てに対して反吐《へど》が出る。

私の周りにいる連中が、この世で生きている誰も彼もが憎らしいのよっ!!」

いつのまにか部屋の様相が一変していた。さっきまで質素だが整理された普通の部屋だったはずなのに、今は廃棄品同然のボロボロのテーブルセットが一つだけ置かれただけの、床に埃《ほこり》がたまった薄暗い廃墟《はいきょ》じみた部屋に変わっている。

床に倒れた私を、美穂さんが見下ろしてくる。その顔つきは普通の人のように見えていたさっきまでと打って変わり真っ青な、まさに死人のそれだった。

「どうして美乃梨が死んだのに、私たち親子を見捨てたこのマンションの連中は罰を受けることもなく、死んでもいないの？」

そう語る美穂さんのお腹はいつのまにか真っ赤に染まっていて、その手にはおそらく自分を殺したのだと思われる凶器の包丁が握られていた。

美穂さんの身体から漂ってくる悪意と殺意が、私の肌をビリビリと刺激する。

私は再び「うぎゃぁ！」と悲鳴を上げると、おぞましい死神から逃げるべく半狂乱のまま立ち上がって、目の前の引き戸を開けた。

そのまま部屋の外に向かって全力で駆け出し――突然にゴイーンという音と頭への激しい衝撃で脳みそが震えて、反射的にその場に蹲《うずくま》る。

「いったぁ……って、なにっ⁉」

走り出した瞬間の私の額に派手にぶつかったのは、ベランダの外に設置された耐震補強用の鉄骨だった。

×の字状の筋交いで設置されているため、もう少し右側を走っていればぶつからずに済んだのにと思うも――しかし、すぐに気がついた。

ここはマンションの五階で、私が開けた引き戸の先はベランダだ。もしもさっきの勢いで外に向かって全力で走っていたら、私はお腹の辺りまでの高さしかない鉄柵にもろにぶつかっていただろう。そして美穂さんから逃げたい一心でさらに前へ前へと行こうとしていたら、そのまま勢い余って――というか、そういうことじゃないの？

　犠牲者になりかかっている意識不明の女性は、この部屋のベランダから飛び降りるところを通行人に目撃されている。それは今の私と似た状況ではなかったのか？

　……思い返せば、私が最初に死神と相対したときも、恐怖のあまりビルの屋上から虚空に向かって逃げかけたことがあった。

　半ば死神――そう考えていたけど、とんでもない。単にまだ犠牲者を出していないだけのこと。無関係な人間を悪所に招き寄せては殺していく、もはや美穂さんは本物の死神と同等の存在だった。

「この部屋に住んでいた旦那も、あいつの義父母も、私の母親も、それから私と美乃梨の事情を察していたのに笑っていたこのマンションの住人どもも、みんな死ねばいい！――っていうか、殺してあげる！　みんなみんな、私が殺してあげる！」

　下腹部を真っ赤に染めて、深瀬美穂は「うふふ」と恍惚《こうこつ》の表情で笑った。

　あぁ……やっぱり私が感じていた違和感は正しかった。

　メールで読んだ、美穂さんが旦那と心中をするために包丁を手に戻ってきたという推測は、間違いだった。

——そうではなくて。

死神となるほどの猛烈な恨みに駆られた美穂さんの殺意の対象は、このマンションの住人全員だ。自分たち親子の惨状を知ってなお手を差し伸べずに笑っていたマンションの住人たち——それが死神となっている美穂さんの、殺意が向いている先だった。

「……ダメだ、今は手に負えない」

虚《うつ》ろな美穂さんの目は、もう私になんて向いていない。このマンションの住人でもない私など、死のうが生きようがどうでもいいのだろう。

つまり、もはや完全に狂っている。

部屋の中央でもって、どこの誰に向けているのかもわからない恨み言をブツブツと言い続ける美穂さんを刺激しないよう、私は足音を殺してベランダから居間を通り抜けて廊下を目指す。

呼吸すら止めて必死で気配を消しつつ玄関まで戻ってきたところで、暗い廊下の向こうから泣いているようにも聞こえる「エッエッ」という美穂さんの笑い声が聞こえた。

本当は美乃梨ちゃんの想いを伝えたい。どれほど美乃梨ちゃんがお母さんのことが好きだったのかと、それを美穂さんに教えてあげなければならない。

でも今は無理だ。憎しみと怒りに完全に心を捕らわれていて、あんな状態ではどんな言葉であってもまるで届かないだろう。

（……今はごめん）

心の中で美乃梨ちゃんに向かって頭を下げる。

そして玄関の重い鉄のドアを静かに開けると、私は死神が居座っているマンションの一室から這《ほう》々の体《てい》で逃げ出した。

5

逃げた私が辿り着いたのは、マンションの側《そば》に停めていた公用車だった。

「あぁ、落ち着く」

運転席のシートを限界まで後ろに倒しきり、胎児みたいな格好のまま寝返りを打つ。

——まったく、業務中にもかかわらずだらしなく寝転がりおって。

脳内だけでもって、呆れた火車先輩の声が響いた。

「日がな一日、自分の席の上で寝ているだけのドラ猫先輩には言われたくありません」

そもそも今の私は業務中じゃないですし、むしろ絶賛無職中ですし。

とまあ、そんな茶番を一人で演じてみるも——瞼の裏に焼き付いた美穂さんの姿は消えない。むしろ独り言をやめただけで、自ら裂いた下腹部より血を流している美穂さんが、今にも私の耳元で囁《ささや》いてきそうな恐怖を感じていた。

やっぱり……死神は凄まじかった。とてつもなく恐ろしかった。

尋常じゃなくおぞましくって、単に死神の気配に当てられただけなのに、私は殺されかけた。逃げようとしたときのベランダの柵越しに見えた真下の光景を思い出し、旋毛《つむじ》から爪先に向かって怖気《おぞけ》がぶるりと駆け抜ける。

今になって思い返せば、美穂さんと私の会話は最初から嚙み合っていなかった。

話が通じない——というより、たぶん美穂さんが聞く耳を持っていない。自分の未練や妄執にとらわれていて、思考そのものが閉じてしまっている。

だからこそ美乃梨ちゃんが家に帰ってくるなんて、そんな都合のいい妄想を口にする。自分の恨みばかりを主張して、自らの過失なんて少しも省みない。

今のままの美穂さんに美乃梨ちゃんの想いを伝えたところで、きっと生半可に逆上させていっそう頑《かたく》なにするだけだろう。

私の話に耳を傾けさせるには、それこそトンカチで頭をぶん殴るほどの衝撃を心に与えてからでなければ無理なように思える。

有無を言わせずぐうの音も出ない、そんな何かを鼻先に突きつけなければ、今の美穂さんの心は揺さぶれないに違いない。

でもそんな都合のいい何かが、そんじょそこらに転がっているわけもなく、

「というか、あんなのいったいどうしたらいいんですか？」

かつてはいて、しかし今はもう誰もいない助手席に向かって問うてみる。しかし答えが返ってくるはずもなく、ただむなしいだけだった。

私は長いため息を吐きつつ、再びごろんと運転席の上で寝返りを打った。

「……ほんと、どうしよう」

横になりながら何気なく目を向けた運転席の窓のすぐ外には、金属製の仮囲いが立っていた。

そう、救いはまだこのマンションに人が住んでいないことだ。美穂さんがいくらマンションの住人たちを憎んでいようとも、いもしない住人はどうやったって殺せない。

しかし耐震補強工事をするということは、将来的には再びここに人を住まわせることを想定しているわけであって、気になった私はむくりと上半身をもたげると窓越しに仮囲いのあちらこちらをキョロキョロと確認し始めた。

こういう仮囲いには、工事期間を記した看板を見やすい場所に設置する義務が工事責任者には課せられているわけで――って、あった！

リヤガラスのちょっと先、ヘルメットを被《かぶ》って頭を下げているイラストの横に『建築計画のお知らせ』と書かれた表形式の看板が貼られていた。

「どれどれ」

ちょっと遠いので、倒した運転席の上で四《よ》つん這《ば》いになりぐっと首を伸ばす。誰も見ていないのをいいことに、そこそこ恥ずかしいポーズをしながら必死で目を細めて工事期間の日にちを確認すると——もう二週間近くも前に工事期間は過ぎていた。

「……えっ？」

嫌な予感がして、スマホでもって急いでこのマンションの名前で検索をかけてみる。公営マンションであるため、一番最初に出てきたのは福井県の建築住宅課のＨＰだった。そこからリンクに誘導され、あれよあれよと指定管理業者のＨＰにまで飛べば——『こちらの住宅は申し込みを締め切らせていただきました』という文字が、このマンションを遠目から写した画像の横に書かれていた。

ちなみに入居予定日は、来週となっている。

スマホを覗く私の顔からさーっと血の気が引いた。

つまりもうすぐこのマンションに、大勢の人が引っ越してくるということだ。

美穂さんが——死神が皆殺しにしてやると口にしている、このマンションに入居者が入ってくる。その中には美穂さんがいた時代から住んでいた人たちもいるのかもしれないが、きっと初めて入居する人たちだってたくさんいるだろう。

けれども、そんな理屈が通じる相手か？

私がベランダから落ちそうになったときだって、興味などないかのようにまるで気にしていなかった。そんな美穂さんに、「私は前に住んでいた人間じゃない」と言ったところで聞く耳を持つだろうか？

——死体の山が築かれる様しか、私には想像ができない。

「まずい、まずい、まずい。これはまずいって！」

——どうしたらいいですか？　火車先輩。

——どう対処すべきですか？　辻神課長。

そんな言葉が独りでに私の頭の中をぐるぐると巡る。

いや、落ち着け私。いもしない相手を頼ってどうする。前回の死神と対峙《たいじ》してから三ヶ月以上、私は何もせずに過ごしてきたのか？

断じて否。私は辻神課長と火車先輩から、山ほどの知識を詰め込まれたはずだ。

死神側がどうにかできそうにないのであれば、入居者側をどうこうすることを考えるべきだ。とにかく今は、死神に対処すべく少しでもリードタイムが欲しい。

おそらくマンション内ならどの部屋に住んだって呪われるだろう、この特大級の事故物件を前にどう時間を稼げば——って、あれ？

そうか、事故物件——正式な名称は、心理的瑕疵《かし》物件。

なるほど……望みは薄いが、でも手として何も思いつかないわけじゃない。

「だったら、やるだけのことはまずやってみるべきですよね」

誰にともなくそうつぶやいた私は、シートを立てて運転席に座り直す。

そして目的地をナビに入れると、公用車のアクセルを踏み込んだ。

6

私が公用車で向かった先は、福井県庁だった。

昨今、とかく巷《ちまた》で話題の事故物件。それと付きものなのが「以前に人が死んだ部屋は、次に入居する人に対しその旨を告知する義務がある」なんて怪談話でもよく語られている、例の告知義務の噂です。

しかしながら、はたして不動産屋さんに本当にそんな義務があるのか？

っていうか幽霊を法律で認めていないのに、どうして義務なんて生まれるのか？

嘘か真《まこと》か、本当か、はたまたただの都市伝説なのか？

——なんて前から思っていたのですが、実はこの疑問に答えを出すガイドラインが国土交通省より発表されているのです。

その名も『宅地建物取引業者による人の死の告知に関するガイドライン』。

このガイドラインによれば、基本的に自然死や事故死は居住空間において発生が予想されるため告知義務はないとされており、逆に言うと殺人や自殺などは心理的瑕疵物件として通知義務がある、と暗に示されています。

その殺人や自殺の場合であっても、三年も経てば告知の必要性は薄れると記されているのですが、美穂さんの自殺はまだ一月と経っていない直近のこと。しかも仮に自然死であっても社会的影響の大きな事案に関しては通知する必要があるとされているので、全国的に報道がされた美穂さんの自殺などはまさにその最たるものです。

つまり美穂さんという死神が居座っているあのマンションは、まさに流行の事故物件と呼ぶに相応しい建物なわけですよ。

しかも募集や引っ越してくる方の都合を考えれば入居者は一ヶ月以上前にはもう決まっていたはずで、すなわちこのマンションは入居を決めた後から事故物件化した稀有《けう》なケースということになる。

では既に決まっていた入居希望者全員に、あらためて告知をしたのかと言えば――答えは否だろう。社会的にも影響のある事件ゆえにてんやわんやとなって、それどころではなかった可能性が高いはずだ。

ガイドラインにも、入居を決めた後に事件が起きた場合のことは書かれていない。当然だろう、何年あるいは何十年という単位で借りる家に対し、引っ越しまでの一月足らずの間で発生することまで想定して書いていたらあまりに微に入り細を穿《うが》ち過ぎて、それこそ百科事典並みの厚さのガイドラインになってしまう。

ならばそこに、話し合いへと持ち込む余地があると私は考える。

とにかく今の私が欲しいのはリードタイムだ。一月でいい、とにかく来週から入ってくるだろう入居者をいったん押し止《とど》め、対策を練る時間が欲しい。

あのマンションの駐車場に、死体の山が積み上がっていく様は見たくはない。

ゆえにそれが難癖で迷惑だろうという自覚はあっても、私は福井県庁の建築住宅課に突撃しようと思う。入居者が不幸にならないため、そして同時に美穂さんもまた不幸にならないために。

福井市内のコインパーキングに車を停めた私は、あらためて福井県庁を見上げた。

それにしても――まあ、鉄壁の威容を誇る県庁ですよ。昨日のお昼どきに、ぎゅうめし弁当を食べながら見上げて同じ感想を抱きましたが、何度見ても圧巻です。

幅二〇メートルはあろうお堀には大きな鯉《こい》がゆうゆうと泳いでいて、お堀の向こう側には私のような曲者《くせもの》の進入を阻むかのごとく、反り返った石垣が築かれている。

そして本丸のあったであろう場所に天守閣のごとく聳える、一一階にも及ぶ鉄筋コンクリート造りの大きな庁舎。

これから「深瀬美穂が自殺した公営マンションは心理的瑕疵物件なので、全員に説明義務を果たすまで入居させちゃダメです」なんてクレームを入れにいく私なんぞ、庁舎まで続く回廊にある壁に空いた穴から火縄銃で撃たれるんじゃないですかね。

——まあ、そんな冗談はさておいて。

もはや後ろ盾などない無職が一人で乗り込むわけですから正直ちょっとびびるものの、それでもやらねばなりません。

「いざ、出陣！」

あえて時代がかった物言いで自分を奮い立たせ、お堀の上の橋を渡って庁舎の中へと突撃すれば、

——はい、負けましたぁ！


結論を申せば『社会的影響の大きい自殺なので、既に決まっているマンション入居者全員に対し通知して了承をもらうまで入居させるべきではない』という私の主張に対し、『件《くだん》の自死は、マンションの共用エリアではなく一室のみで発生した事案。該当の部屋への入居者に対しての通知義務はあるが、全入居者への通知はいたずらに不安を煽《あお》るだけ』という回答で、完全に平行線でした。

おまけに『入居予定でもない方が口にすることでもなく、また自殺した部屋は公にされていないため、無関係な人間が騒ぎ立てるのであれば迷惑防止条例の適用も検討する』とまで言われてしまいました。

っていうか……まあ、ごもっともですよ。

いや、もともとこのクレームが無理筋なのは自分でもわかっていたことなのです。

そもそも私の根拠たる『宅地建物取引業者による人の死の告知に関するガイドライン』は、世論的に高まった事故物件熱とでも言うべきものに対し、宅地取引業者のどこまで通知すべきかという戸惑いと物件を借りる方々の疑心暗鬼に明確な線引きを提示することで、不当に失われている可能性がある売買と賃貸の契約を守ろう、というのが目的です。

ガイドライン中にも『人の死に関する事案の全てを買主・借主に告げているようなケースもあり、人の死の告知に関する対応の負担が過大であると指摘されることもある』とあって、要は物件内での人の死を過剰なほど通知し入居者を無駄に怯《おび》えさせたり、血眼になって過去に死人が出た部屋かどうか調べる必要はないよ――という内容なのです。

もともと住宅とは、人の死と密接に結びついていた空間です。この国ではかつて誰もが、最後は慣れ親しんだ部屋の畳の上で死にたいと願ったものです。

それがいつしか人は病院で死ぬことが半ば義務付けられ、葬儀もまた斎場で行われることが普通となって、日常の生活空間である住宅と人の死が切り離されてしまった。

結果、それが過去のことであっても人の死という〝穢《けが》れ〟が住宅内に存在していたことを、現代人は忌避することが多くなってしまったように思うのです。

たった五〇年ばかり前。今よりももっと人の死が身近だった時代においては、むしろ誰一人として亡くなった者がいない家の方が少なく、この国の家はどこもかしこもが〝事故物件〟だったわけですよ。

だから「そこまで住宅内での人の死に過敏にならんでも」なんて、実のところ私は心の片隅で思ってしまっているわけで、しかも問題のマンションの入居者でもないので自分がただの通り魔的なクレーマーだという自覚もある。

本音を申せば、建築住宅課の担当者さんは突然やってきた馬の骨たる私の相手をよくしてくれたと思っています。本当に真摯な方でした。

でも――今の無理やりな私の主張には、人の命が懸かっている。さらには美乃梨ちゃんの想いだって背負っている。

負けられないがゆえに感情的となり、

「このまま入居したら、死神と化した地縛霊にみんな殺されるんですよっ！」

と、つい本当のことを言ってしまったことで、はい議論終了です。

社会的影響の大きい事故物件云々《うんぬん》と主張していたときは、まだ先方としても話を聞かねばならない余地がありましたが、これが地縛霊だ死神だと言い出したら、それはもうただの世迷《よま》い言《ごと》です。

ガラガラガッシャーンとシャッターが落ちたかのごとく、即座に先方から話を聞く気が失《う》せてお帰りを願われました。はっきり言って、つまみ出されました。

これはもうしょうがない。郷に入っては郷に従え。相手が動けるに足る理由で打ち負かせられなかった時点で、私の完全なる敗北です。

しかし結果のわかっていた勝負とはいえ、でも負けられない勝負でもあったわけで、はてさてどうしたものか。美穂さんと話せる突破口がない以上は、やっぱり入居を待ってもらうしか今は犠牲者を出さない手はないように思える。

駄目元でもう一回突貫してみますかねぇ……でも、向こうの迷惑がわかっているだけに、それも辛いなぁ。

——と、まあ。

そんなことを反芻《はんすう》しながら帰ってきた津田さんの部屋で、シャワーを浴びてリビングへと戻ってみると、昨日の宣言通りにチャーハンが用意されてました。

やっべ。シャワーを浴びていただけなのに、ごはんができちゃってますよ。もう私、津田さんに養ってもらおうかなぁ。なんとかこの家の子になれないかなぁ。

「あんた、その顔はまたくだらないこと考えてたでしょ？」

「……今後の私の人生設計を真剣に考えていただけだよ」

津田さんの凍《い》てつくように冷え切った視線を、私は目を全力でバシャバシャと泳がせてかわす。

「まぁまぁ、そんなことよりも冷めないうちに早くいただきましょうよ」

「……いや、それは私のほうの台詞だから」

昨夜と同様にテーブルの前に正座した私は、気持ちをはやらせながらスプーンを握りしめる。

「「いただきます」」

これまた昨日の再現で二人して同時に手を合わせてから、皿の上にこんもり盛られた黄金色のチャーハンをパクパクと口に放り込み始めた。

はぁ……ごま油はやっぱり至高。いい按配《あんばい》の焼き加減な卵と、それから細かく刻まれたハムのコンビネーションが実に素晴らしい仕事をしています。

そして何よりも、

「お米はやっぱり、最高っ！」

「っていうか昨日も思ったんだけどさ、あんたの実家って農家じゃなかったっけ？　なんでそんなにお米に不自由してんのよ」

――知ってた？　実家から持って帰ってきたお米って、食べるとなくなるんだよ。

そんな戯言《たわごと》を返そうとした矢先、テーブルの端に置いてあった津田さんのスマホがブブッと激しく震えた。

津田さんは液晶画面を覗き込むなり私のことをちらりと一瞥《いちべつ》してから、スマホを片手に無言で部屋の外へと出ていく。

　ははーん、さては彼氏だなぁ。

　――って、ごめんなさい。この家の子がどうこうとかふざけ半分で思っていたけど、やっぱりいつまでも居候していたら迷惑だなぁ。食事もご馳走《ちそう》になってばっかりだし。

　心の中で津田さんに謝りつつも、しかし明日の活力のために残りのチャーハンを掻き込んでいると、ちょうど食べ終えたところで津田さんが戻ってきた。

「ねぇ、夕霞。あんたさ、大崎美和《おおさきみわ》、って名前に心当たりある？」

「大崎美和？　――だれ、それ？」

　最後の一口を嚥下してからスプーンを咥《くわ》えたまま答えると、津田さんがちょっとだけ戸惑った表情を浮かべた。

「そっか、知らんか。なら別にいいか」

　いよいよ意味のわからなくなってきた言動に、私は得心がいかず眉を八の字にする。

「いや、わかんないんだったら、わかんないでいいの。――ほら、あんたさ。例の餓死児童の母親の自殺の件で、どんな些細《ささい》なことでもわかることがあれば教えて欲しい、って言ったでしょ？」

「うん、言った」

「だから私もそう彼氏にお願いしてたんだけどさ、今電話で教えてくれた大崎美和って人は——例の部屋のベランダから飛び降りた人の名前らしいの」

思わず私の目が丸くなった。

それは私が美穂さんの死神化を確信し、ここに来ることになったきっかけの人だ。病院に運びこまれるも、いまだに意識不明の重体であるらしい。

大崎美和——報道されていなかったこともあって、確かにその名前は初耳だ。

——でも。

「いやいや、私から頼んだ話だからありがとうってだけなんだけど……どうして、その人が私の知り合いかどうかを確認したわけ？」

貴重な情報だが、その点が妙に引っかかって訊き返せば、

「もしも顔見知りだったら、ちょっとショックだろうと思ってね。ベランダから飛び降りたその大崎美和って人ね、現役の国土交通省の職員らしいよ」

津田さんから返ってきたのは、予想だにしていなかった答えだった。

7

「……ほんとに、いたよ」

公用車内に残されていた火車先輩のタブレットＰＣでメーラーを開き、大崎美和とい

う名前を検索したところ見事にヒットした。

国土交通省の常勤職員数というのは年々変化するものの、最近は海上保安庁まで含めて六万人弱。日本の人口をだいたい一億二〇〇〇万人として計算した場合、おおよそ国民の二〇〇〇人に一人が国交省職員ということになる。

——約二〇〇〇分の一の確率。

ないわけではない数字だが、でも出来すぎだとも思う。

津田さんから聞く限り、大崎さんは福井近辺の出張所や事務所勤めの職員ではなく、なんと国土政策局下の組織に所属していて席も霞が関にあるらしい。

それがある日突然に長期の有給を取得すると宣言し、何の縁もゆかりもない福井にまで一人で出向いて、死神となった美穂さんのいるマンションの一室から理由もなく飛び降りたらしい。これを偶然で済ますのは、あまりにも腑《ふ》に落ちない。

だからもしかしたら幽冥推進課と関わりのある人じゃないかと、火車先輩のメーラーで検索をかけてみて——その正体が誰かわかったとき、私の口からは「……あぁ」という声が自然に漏れ出ていた。

大崎美和という名前でヒットしたのは、辻神課長と関東地方整備局の国営武蔵丘陵森林公園出張所との間でやりとりされていた、美乃梨ちゃんの案件に私たちが関わる前までの経緯が書かれていたメールだったのだ。

つまり大崎美和さんとは――私の愛する牛丼を蔑《ないがし》ろにした、憎きカツ丼の人。幽冥推進課抜きで地縛霊案件が解決できるかどうかの試験の、人柱にされた人。私より先に美乃梨ちゃんと会って、そして美乃梨ちゃんに無理やりごはんを食べさせてしまい激怒させてしまった人。

最後は美穂さんのアパートを見つけ、美乃梨ちゃんの遺体を発見し、そして辻神課長を経由して私に見て欲しいと、美乃梨ちゃんが描いた美穂さんと二人でおにぎりを食べる絵の画像を送ってきてくれた――あの人だった。

こうなると、もはや偶然の可能性を疑う方がおかしい。

大崎美和さんは、そこが美乃梨ちゃんの母親が自殺したマンションと知った上で、あえて訪れたと考えるべきだろう。

では、なんのために？　どうして死神になんて会いに行ったのか？

――わからない。

けれども救いは、大崎さんが生きていることだ。

いまだ意識不明とはいえ、頑張って生きようとしてくれていることだ。

美穂さんのためにも美乃梨ちゃんのためにも、何よりも大崎さん本人と、いらっしゃるだろうご家族のために、なんとしても容態を回復してもらいたい。

そうしてできるものならば、私は元気になった大崎さんと話をしてみたい。

一度は美乃梨ちゃんに会った者同士として、そして地縛霊が視《み》える者同士として言葉を交わしてみたい。

ゆえにその正体を知ってから、私が大崎さんを見舞うことを決意するまでには、さして時間はかからなかった。

意識も戻っていないのに突然来られたって家族も迷惑だろうし、非常識なのもわかってはいる。おまけに名前や存在は知っていても、私は大崎さんと一度として会ったことなんてないのだ。

それでも大崎さんにシンパシーを感じてしまった私は、大崎さんが大変な状況でいる事実にいても立ってもいられなかった。幸い津田さんが教えてくれた情報の中には、大崎さんが現在入院している病院の名前もある。

だから思い立った、その翌朝。

私は会社に行く津田さんと同じタイミングで一緒に部屋を出ると、そのまま近くのパーキングに停めてある公用車に向かい、ナビに従って郊外にある病院に向けて走り出していた。

途中、大型スーパーを見つけて立ち寄り見舞い用のお花を買う。いよいよもって懐具合の寂しくなってきた私だが、それでもかつて同じ案件に挑んだことのある戦友を、私は少しでも労《いたわ》りたかった。

病院に入ると受付をスルーして、津田さんからの情報で既に知っている病室の番号に向かって進む。案内板に書かれた『お見舞いの方へ』という指示のルートに従ってずんずんと歩いていくと、やがて『大崎美和』というプレートが引き戸に貼られた病室の前へと辿り着いた。

小さな深呼吸をして気持ちを整え、花束を手にしたまま引き戸をノックしてみる。

大崎さんが意識不明なら何の反応もないこともあるかも——と思っていたら、

「はい」

という声が聞こえて、内側からスーッと音もなくドアがスライドした。

「どちらさまでしょうか？」

病室から出てきたのは、ブレザーの制服姿をした男の子だった。中学生、あるいは高校生だとしてもまだ一年生だろう。まだまだこれから伸びるだろう背は、私と同じぐらいだった。

「えっと……ここは、大崎美和さんの病室でよろしいんですよね？」

「はい、そうですが」

「あっ、あの！　私は怪しい者じゃなく、大崎さんと同じ国交省で働いていた者で、たまたまというか必然というか、とにかく同じ福井にいたもので」

「ああ、母の同僚の方ですか。——いつも母がお世話になっております」

しどろもどろな私が手にした花束を一瞥してから、大崎さんのことを母と呼んだ息子さんは深々と頭を下げた。っていうか、これはもうどっちが大人かわからん対応です。

「ここでは何ですから、中へどうぞ」

先ほど息子さんが発した『同僚』という言葉にちくりと私の胸が痛んだ。本当は業務の上で一度ニアミスしただけの関係であって大崎さんとは面識がないのだが、申し訳ないけれども今はその勘違いを利用させていただくことにする。

「……失礼します」

息子さんに促されて大崎さんの病室に入ると、中は広々としていてちょっとグレードの高そうな個室だった。

ＩＣＵなんかで見かける脈拍や酸素濃度を表示する機器に囲まれながら、部屋の中央に置かれたベッドの上でその人は横になっていた。

最初、思っていたよりも若い女性だなと思った。でも高校生ぐらいの息子さんがいらっしゃるだけあってよく見れば生え際が白くなった髪がちらほらあり、若々しいだけでやはり私よりそれなりに年齢が上の方なのだと悟る。

「……変でしょ？　寝ている癖に、母ってばこんなにも眉間に皺を寄せてるんですよ。きっと夢の中でも僕に小言を言っているんです」

息子さんが苦笑しながら両手を差し出してきたので、私は会釈をしつつ慌てて手にしていた花束を渡した。

「いやいや、そんなことはないでしょう」

そう答えつつも、あらためて大崎さんの顔を覗き見る。確かに眉間に縦皺が寄っていた。表情筋どうこうなんて俗説が正しいのかは知らないけれども、目を閉じ寝ているだけなのに気丈でしっかりとした性格が顔つきから感じられる。きっととても真面目な人なのだろうと、そう感じた。

「ところで、他のご家族は？」

今日は平日で、今は昼間。母親の一大事なのはわかるが、都内在住らしい大崎さんを看病するのが、高校生の息子さん一人のわけがない——そう思ってのなんとなしの質問だったのだが、花瓶の花を活《い》け替えていた息子さんの手がピクリと反応した。

「……あれ、聞いていませんか？　母の家族は僕だけなんです。祖父も一昨年に亡くなりましてね、昔にちょっといろいろあって付き合いのある親戚もいないんですよ」

息子さんが困ったように「たははっ」と乾いた声音で笑った。

……ちょっと考えればそんな可能性もあろうことは想像できなくもないのに、迂闊なことを訊いてしまったと胃がギュッと縮んだ。

「そうでしたか……ごめんなさい、つまんないことを訊いちゃって」

「いいえ。そんな風に気を遣われることじゃありませんから、大丈夫ですよ」

気まずそうな雰囲気を表情から滲《にじ》ませてしまった私を、息子さんが優しげな苦笑でもって斟酌《しんしゃく》してくれる。

っていうかお見舞いに来たつもりが看病で大変な、しかも年下で高校生な息子さんに気遣われまくりです。ほんと私ってダメな大人だなぁ、と内心でため息を吐く。

ちょっとだけしょげつつ、私の持ってきた花を活けた花瓶を大崎さんの枕元の丸テーブルに息子さんが置くのを眺めていたところ――ふと、同じテーブルの上にのったあるものに目が吸い寄せられた。

――ちょっと、待って。なんで、それがここにあるの？

「……あの、それはいったい？」

思わず指でさし、ぽろりと声が漏れ出てしまう。

私の指の先を目で追った息子さんが「あぁ」と短い声で応じた。

「これはですね、ベランダから飛び降りたときに母が握っていたものなんです」

本当なら、それは現場に残しておかなければならなかったはずのものだ。

今頃は押収品として、警察署にでも保管されているべきはずのものだ。

なのに今――餓死する前の美乃梨ちゃんが末期《まつご》に描いた、美穂さんと二人で笑い合いながらおにぎりを食べている、あの絵がここにあった。

チラシの真っ白な裏面を目いっぱい使ってクレヨンで描かれた、満面の笑みを浮かべた母子二人が芝生の上でおにぎりを頬張っている絵。かつては確かにあった、美乃梨ちゃんにとって最も幸福だった記憶で、美穂さんにとってもきっと幸せだった時間を切り抜いたかのような絵が、大崎さんの枕元のテーブルに置かれていたのだ。

「おかしな話ですよね。それは僕が描いた絵なんかじゃないんですよ。そこに描かれている子どもは女の子だし、女性も母とはまるで似ていません。どこの親子とも知れない二人の絵なんです。なのにどうしてか、地面に叩きつけられた後に救急車で運ばれている間も、母はそれだけは握ったまま手放さなかったそうなんです」

森林公園の案件のとき、私が美乃梨ちゃんの名前を訊きだしたことで、近隣を中心に深瀬家の捜索が行われた。その捜索に参加して、そして実際に美乃梨ちゃんの遺体の第一発見者となったのが、誰あろう大崎さんだ。

だから、その絵がここにある理由は一つだ。餓死した死体の隣にあったあまりに悲しく、でも溢《あふ》れんばかりに母を焦がれる想いがこめられていたこの絵を、大崎さんはいたたまれなくなって咄嗟《とっさ》に手にしたまま持ち帰ってしまったに違いない。

そして絵の写真を撮り、辻神課長を通して美乃梨ちゃんの案件の後任となった私に見せてくれたのだ。

どうか、この子の願いを叶《かな》えてあげて——と、そう言わんばかりに。

私の中で疑問だったピースが今、一気にカチリとはまった。

あぁ……そういうことだったのか。

大崎さんが美穂さんの自殺したマンションを訪れた理由、それはきっと私と同じだ。私と同じく、美乃梨ちゃんの想いを美穂さんに伝えに行ったのだ。

森林公園での深瀬親子の住まいを探す調査に参加したとき、近隣への聞き込みからメディア報道よりもずっと真相に近い二人の様子を、大崎さんは知っていたに違いない。

――娘のために全てをかなぐり捨て、娘だけを抱えながら逃げて来た母。

――母を慕い信頼し、その腕の中で母にすがって必死に耐え続けた娘。

――狭いアパートの部屋を楽園にすべくがむしゃらに頑張って、でも負けた母。

――母の心が折れそうなことを悟り、母の重荷を軽くすべく食事を忌避した娘。

聞けば大崎さんもまた母子二人の家族環境、つまり深瀬親子と同じなのだ。

大崎家に、今日までどんなドラマがあったのかを私はまるで知らない。でもどんなに恵まれた家庭であろうとも必ず悩みは抱えていたはずだ。それが母子二人という多少なりとも近しい環境であれば、きっと深瀬親子の苦難と想い通ずる部分もあったに違いない。

だからこそ、大崎さんはじっとしてはいられなかったのだ。

ともすれば深瀬親子の悲劇に、自分たち親子の姿すら重ねたかもしれない。苦難の果てに心が折れて挫《くじ》けて娘を餓死させた、自らの命も絶つほどに追い詰められた美穂さんの心境を想像してしまい、きっといても立ってもいられなかったのだろう。

美乃梨ちゃんの想いが描かれた絵を手にした者の責務として、大崎さんは「あなたの娘は最後までお母さんが好きだったんですよ」と、そう美穂さんに伝えに行かねばならないと思ったに違いない。

その結果――死神になりかけている美穂さんの邪気に当てられて逃げだし、大崎さんはあの部屋のベランダから飛び降りてしまったのだと思う。

「……あなたのお母さん、きっともうすぐ目を覚ますよ」

大崎さんの心境に気がついた私は、ベッドの傍らで自然とそうつぶやいていた。

息子さんが目を細め、ちょっとだけ寂しそうに口元をほころばせた。

「お気遣いありがとうございます。ええ、僕もそうなると信じていま――」

「いや、必ず目を覚ますよ」

先を遮るようにきっぱり断言した私に、息子さんが驚きつつ口を噤《つぐ》んだ。

「その絵はね、とある女の子が母親が大好きな証《あかし》に描いた絵なの。でも不幸な出来事が重なってしまってね、その子の母親は何もかもに絶望してしまった。娘からの愛情を信じられなくなって、この世界の全てを恨むようになってしまった。だからこそあなたのお母さんは、その絵を握ってその女の子の母親を訪ねたの。

――あなたはもっともっと娘を信じても良かったんだよ、と。

——だってあなたの娘はこんなにも母親が好きなんだよ、と。

苦しくて辛い思いをしている母親に、娘の本当の気持ちを伝えようとしたの」

まるで想像もしていなかったろう話に、息子さんの目が無言のまま大きく見開いた。

「きっとその母親が危険な人になり果てていると、あなたのお母さんも直感的にわかっていたと思う。でもそれでも、悲しい母親のために、そしてその絵を描いた女の子のために、行かないという選択肢は選べなかったんだよ。あなたのお母さんはね、ほとんど縁もゆかりもない哀れな親子のために、そこまでのことができる人なの。

だからね——そんな愛情深い人が、自分の息子を悲しませるようなことなんて絶対にしない。向こう側で閻魔様《えんまさま》を殴り飛ばしてだって、意地でも目を覚ますに決まっている。だから安心して、お母さんを信じて待っててあげて」

息子さんの目から、ポロリと涙がこぼれ出た。

当たり前だ、男の子とはいえどもまだ高校生。このままお母さんが目を覚まさないかもしれない、という恐怖ときっと戦っていたに違いない。むしろ大人びた言動で気丈に振る舞っていた分だけ、誰かに信じていいんだと言って欲しかったことだろう。

「ねぇ……あなたのお母さん、死んだ人がたまに視えていたんでしょ？」

突拍子のない私の質問に、息子さんが嗚咽《おえつ》を堪えながら何度もうなずいた。

「実はね、私もおんなじなんだ。だからさ、私の予言を信じてよ」

何の根拠もなく、何の理由もない断言。

でも私は、こんな優しい大崎さんが息子を裏切るわけがないと確信していた。

私は大崎さんのベッドの横に跪《ひざまず》くと、点滴を腕に刺すため布団の外へと出ていた左手をそっと握った。表面は冷たいものの、でも芯の方には温かさのある掌《てのひら》を両手で包んで、目を閉じたままの大崎さんへと私は静かに語りかける。

「はじめまして、大崎美和さん。私は朝霧夕霞と申します。大崎さんは私のことなんて知りませんよね？　私も昨日まで知らなかったんですよ。でも、あなたが怒らせてしまった美乃梨ちゃんの案件を引き継いだ後任者――そう言えばピンときますよね？

森林公園での案件のとき、あなたが辻神課長を経由して送ってくれた美乃梨ちゃんの絵の画像は、とても助かりました。あの画像がなければ、私は美乃梨ちゃんの未練を見誤っていたかもしれない。あなたが美乃梨ちゃんの揺るがない想いを私に教えてくれたからこそ、私は最後には美乃梨ちゃんを笑わせることができて、無事にこの国土からお引き取りいただくことができたんです。本当にありがとうございました」

眠ったままの大崎さんに向かって、私は深く頭を下げる。

でも当然ながら、大崎さんからの返事はない。

「息子さんからね、倒れていた大崎さんがあの絵を握っていたと聞いて、それであなたの想いがみんな私にはわかっちゃいました。それって、いくらなんでもちょっと頑張りすぎですよ。息子さんにこんなに心配かけてまで他人の親子を気遣うなんて、そんなのあまりにいい人過ぎますって。ですからね、安心してください。今回のこの案件も、この先は私が引き継ぎます。

まあひょっとして今の私の事情を知ったら『あなたには引き継ぐ資格がないでしょ』なんて言われるかもしれませんが、いやだと言われたってこの先は私がやります。私も気になるんですよ、あの親子のことが。必死で生きていた間に感じた苦しみと悲しみの分だけ、それから娘を守りたいと全力で頑張ったその苦労の分だけ、私は美穂さんにも『やっぱり生まれてきて良かった』と思いながら、この世を去って欲しいんです。

大崎さんにもわかったでしょうが、今の美穂さんの状況はすごく悪い。自分の人生の過ちを認められないがゆえに全てを他人のせいにして、正しく後悔することさえできずにいる。大崎さんが考えて感じたこととときっと同じです。そんな美穂さんに気づきを与えるには、死んでもなお母親のことが大好きだった美乃梨ちゃんの想いしかない。

ですからあなたが持ってきた美乃梨ちゃんの絵を、どうか私に継がせてください」

瞬間——窓も閉じたままの病室の中で、一陣の風が吹いた。

私の前髪が激しく靡《なび》き、息子さんも反射的に目を閉じる。

そして大崎さんの枕元のテーブルの上に置かれていた美乃梨ちゃんの絵が、いきなりはためいて舞い上がり、次には天井付近からひらひらゆっくりと落ちてきた。

思わず大崎さんの手を離して、自分の胸の前で差し出すように両手を揃える。するとまるで吸い込まれるかのように、美乃梨ちゃんの絵が私の手の中へと収まった。

寝たままの大崎さんは、口どころか眉一つ動いていない。

でも私には、今の風を起こしたのが誰か、はっきりと感じられた。

「ありがとうございます。確かにお預かりします。――この案件、なんとしても私が解決します」

大崎さんから託された美乃梨ちゃんの絵を握り、私は立ち上がる。

そんなやりとりの一部始終を見ていた息子さんが、なんとも困ったような表情をしながら私の横に立った。

「正直、あなたと母がどんな関係なのか僕にはよくわかりません。ですが母が必死になってやろうとしていたことを継いでいただけるのならば、母に代わってお礼を申します。――どうか、よろしくお願いいたします」

そうして膝の前で手を揃えて深く頭を下げた息子さんに対し、私も負けないぐらいの深さでもってお辞儀を返す。

「いえ、こちらこそ。あなたのお母さんにはお世話になりっぱなしで、どれほど感謝をしても足りません――目を覚ましたら、朝霧というおかしな人がお礼を言っていたと、どうかよろしくお伝えください」

頭を上げた息子さんが、笑いながら「はい」と答える。

私はもう一度だけ小さく頭を下げると、振り向くことなく病室を後にした。

死神となりかけている美穂さんを前にして、私は入居を遅らせるしか手がないと思っていた。けれどこの美乃梨ちゃんの描いた絵があれば、きっと状況を変えられる。

この絵は餓死する間際の美乃梨ちゃんが全身全霊を込めて描いた、彼女の末期の想いそのものだ。

想いの籠もったこの絵には、おにぎりを食べながら笑う美乃梨ちゃんだけでなく、そんな美乃梨ちゃんを前に心から嬉しそうな笑みを浮かべている美穂さんがいる。

——さぁ、もう一度だ。首を洗って待ってなさい、美穂さん。

全てに絶望しているあなたに、美乃梨ちゃんが命の潰《つい》えるそのときまで、そして命が尽きて地縛霊となった後ですら、いかにあなたが大好きだったかを思い知らせてあげる。

8

問題のマンションの最寄りにあるホームセンターに途中で立ち寄って、ロープを購入。

——チャリ〜ン、二五〇〇円也《なり》。

まあ正式には、ロープという名の私の命綱です。

大崎さんがベランダから落下したように、前回美穂さんと対峙したときに私もベランダへと逃げて落ちかけた。それを思えば用心しておくに越したことはなく、むしろこれからまた死神と向き合うのにこんなほっそいロープ一本じゃまるで用意が足りないとすら思いますよ。

しかしながら今回の予算の出所はペラッペラな私の財布のため、これ以上はどうしようもなく、むしろこのロープですら買おうかどうか少しだけ悩んだのです。まあ二五〇〇円をケチって死亡したとなれば浮かばれようにも浮かばれないので、清水《きよみず》の舞台から飛び降りる気持ちで買いました。いや、縁起でもないので飛び降りる事態にはならないことを願って、買いました。

それにしても――ヤバいなぁ、私の懐事情。

幸いにして現在は津田さんに養ってもらっている身のため衣食住はなんとかなっているものの、公用車のパーキング代が地味に痛い。

でも公用車がなかったら、交通費で私の財布はいっそう痩せ細っていたわけで――って、公用車で嫌なことを思い出しました。そもそも命綱なんかよりも先に、私は別のお縄を頂戴しかねない身でしたっけ。

……ほんと、問題が山積みだなぁ。都内に戻ったらちゃんとお詫《わ》びして公用車を国交省に返さなきゃだし、お稲荷さんのコネ入社を断っちゃったからにはまた職探しからだし、おまけに今後は給料が振り込まれる予定もない。

　この先のことを考え出したらテンションがだだ下がること請け合いなので、今は目先の問題に集中することにします。

　ホームセンターを公用車で後にした私は、前回同様にマンションの敷地の片隅に公用車を停める。

　すると妙な違和感を感じて顎に手を添えるも、すぐにその原因に気がついた。

「あっ！」

　人を中に入れないため、マンション周りに施されていた仮囲いが全て撤去されていた。

「……そんな、どうして」

　とは口にしたものの、本当はたぶんこれが正しいのだ。そもそも看板を見る限り、耐震補強の工事は既に終わっている。にもかかわらずいつまでも仮囲いが残っていたのは、きっと美穂さんの自殺のせいで、関係者以外を中に入れないためだったのだろう。

　だが間もなく入居が始まり、引っ越し業者なんかもこれからはどんどんやってくるはずだ。入居が決まっている以上は、いつまでも囲ってはいられない。

　今の時間は夕暮れとでも呼べる頃合いのため、今日これから来る入居予定者はまずいないだろう。でも明日はわからない。ひょっとしたら引っ越し準備や下見に来る可能性だって大いにある。

そうなれば手ぐすね引いて住人を待っている死神によって、きっと惨劇が始まる。

その様を想像してぶるりと震えてしまった私は、肩を両手で抱き締めた。

なんとしても今夜で決着をつけなければならない。それはこれから入居する方のためにも、今も息子さんのために必死に戦っている大崎さんのためにも、そして何よりも迷い惑ってしまった美穂さん自身のためにもだ。

決意を新たに、ロープを背負って公用車を降りた私は、五〇五号室のある棟の前で仁王立ちをする。

上下の向きが逆だが、まるで洞窟への入り口のごとくぽっかりと空いた上り階段の入り口。前回来たときは昼間だったのでまだ全体的に明るかったが、徐々に闇が濃さを増し始めている夕暮れ時の今では、階段はやたらと薄暗かった。本当なら階段の照明がタイマーで点灯する時間だろうが、入居前から電灯をつけたままにするわけがない。

闇が凝《こご》り出している階段を前に、私の脳裏をよぎるのは自ら裂いた下腹部を真っ赤に染めた美穂さんの姿だ。忘れることなどできないあのおぞましさに、私の膝が震え出す。

でもそこは勇気を振り絞って、笑い始めた膝小僧をパンと思いきりはたいた。

「怖《お》じけてなんかいる場合じゃないぞ、私！」

あえて大声を上げてから、私は死神のいる部屋へと繋がる階段に足を踏み出した。

まだ入居者がいないマンションは電気メーターの回る音すらせず、やけに大きく私の靴音だけが響き渡る。カツンカツンと壁に反響して返ってくる音がやたら不気味で、一歩進むたびに「ひん」と泣きそうになってしまう。

それでもなんとか最上階の五階にまで辿り着いた私は、五〇五号室のドアの前に立ちすくむ。暗がりで足下がよくわからないものの、鳥の死体の数は先日来たときよりもさらに増えているような気がして頬もひくついていた。

だが怖がってばかりもいられない。私は担いできたロープを自分の腰にぐるりと回してからきつく縛ると、反対の端を何重にもして階段の手すりに縛りつけた。

——よし。とりあえずこれでパニクってベランダから逃げて落ちても、途中で宙ぶらりんとなって死ぬことはないはずだ。

準備を整えた私は、五〇五号室のインターホンを押す。本来ならば人などいない部屋なのだが、前回は私が部屋に入る前から美穂さんが玄関より顔を覗かせた。それを考えるとあまり美穂さんを刺激しないようにという配慮なのだが、今回はピンポーンという音が鳴っても何の反応もない。

ドアノブを握ってみると簡単に回って、ギィという音とともに鉄扉が僅かに開いた。

開いた隙間から覗ける室内は電気が灯《とも》っておらず、微《かす》かに壁の輪郭がわかるだけでほぼ暗闇だ。

ごくりと自然に喉が鳴った。だがここで足踏みをしているわけにもいかない。

「……お邪魔しますよ」

一応声をかけてからドアを大きく開け、私は玄関の中へと身を滑り込ませた。

自動でドアが閉まってくるも、階段の手すりと私を結んだロープに阻まれて最後までは閉まりきらない。

よしよしと安心して、玄関から僅かに差し込んでくる仄明《ほのあ》かりを頼りに、私は靴を脱ぎまっすぐ延びた廊下を進み出す。

すぐ突き当たったのは、前に訪れたときに美穂さんとテーブルを挟んで話した居間への入口であるガラス格子の戸だった。

「……本当に失礼しますからね」

そう言いつつ押して戸を開けると、いきなり冷たい風が私の頬を撫で、髪を後ろになびかせた。居間と面したベランダの引き戸が一枚、開いたままになっていた。

思わず「あっ」と声が漏れる。たぶん犯人は私だ、前回この部屋に来たときベランダから逃げようとして、そのまま閉じないで玄関から出ていったのだ。

なんとなくの決まりの悪さから、私は引き戸に駆け寄りすぐにガラガラと閉めると、カチャリと鍵もちゃんとかけた。一応は貸部屋、雨が吹き込んだりハトなんかが入っていなくて良かったと思いつつ、ほぉと息を吐いて振り向けば、口を三日月の形にして笑う美穂さんが、格子戸の陰に立っていた。

それも最初に出会った生前のままの姿ではなく、包丁を手に下腹部を血に濡れさせた死神の姿で、微笑みながらもぐっと顎を引いた上目遣いで私を睨《にら》んでいた。

不意を打たれた私は「ぎゃぁっ！」と悲鳴を上げ、その場で尻餅をつく。

恐怖で腰の抜けた私に向かって、美穂さんは足をいっさい動かすことなくすーっと近づいてくると、血走り過ぎて真っ赤になった目をギロリと動かし私を見下ろした。

――そして。

「美乃梨が帰ってこないの。いつまで待ってもね、いっこうに帰ってこないのよ。ねぇ、あなた――なんで、美乃梨を助けてくれなかったの？」

9

気がつけば、私はいつのまにか居間のテーブルに座っていた。

目の前には以前のときのように、美穂さんが座っている。その顔は憂いを帯びてはいるものの穏やかな表情で、さっきまでの死神の顔つきとはまるで違っていた。

落ち着いたらしい美穂さんの様子に、私はほっと胸を撫で下ろす。

「誰もね、美乃梨を助けてくれないの。──ひどいでしょ？　みんなわかっているくせにね、誰も美乃梨に手を差し伸べてくれないの」

ため息混じりで美穂さんがぼやいた瞬間、居間のドアがもの凄《すご》い勢いで開け放たれた。中に駆け込んできたのは、なんと美乃梨ちゃんだった。

驚きのあまり声も出なくなった私の横を、美乃梨ちゃんが全力で駆け抜ける。そのまま私になんて見向きもせず、隣室との境の壁に張りついた。

「助けて！　ねぇ、助けてっ！」

隣の部屋との共用の壁を、美乃梨ちゃんがバンバンバンと思いきり叩く。するとドタドタと凄まじい足音がして、見たこともない男性が部屋に入ってきた。鬼のような形相をしたその男性は、必死に壁を叩いている美乃梨ちゃんの髪をむんずとつかむ。

キャーと悲鳴を上げ、髪を引っ張りあげられた美乃梨ちゃんが男性の手から逃げようとジタバタと足掻《あが》く。その間も美乃梨ちゃんの足は隣との間の壁を必死で蹴り続け、

「ねぇ、お願い！　助けてよぉっ!!」

「美乃梨ちゃんっ！」

いても立ってもいられず、私が立ち上がる。

──が、それと同時に美乃梨ちゃんの姿も男性の姿も、嘘のように綺麗《きれい》さっぱりと部屋の中から消えてしまった。

「……えっ？」

「それどころかね、どいつもこいつも美乃梨の悪口ばかりを言うのよ」

美穂さんが悲しそうにそうつぶやくと、今度はガラス戸越しのベランダに知らない女性たちが何人も立った。

「ねぇ、深瀬さんのところの美乃梨ちゃん。あの子、ちょっとおかしいわよね？」

「あ、やっぱりそう思う？　あの子が遊びにくると、勝手にうちの冷蔵庫を開けるのよ。食べこそしないけど、でも物欲しそうにじっとデザートなんかを見てるの」

「意地汚いっていうか、可哀相よね。毎日大声で部屋の中で喚《わめ》き立てているみたいだし、ちゃんと躾けられていないんじゃないかしら」

その後も、延々と美乃梨ちゃんへの悪口が続く。

それは陰湿で陰険な雰囲気で、それでいて哀れむのではなくどこか嗜虐的でつまらない優越意識を感じさせるもので、聞くに耐えなくなった私は自分の耳を塞ぎたくなる。

「おまけに放っておいてくれればいいのに、うちの込み入った事情なんて考慮もせずに行政は好き放題言ってくる」

ベランダの女性たちがふっとかき消えると、今度はスーツ姿をした二人の中年女性が美穂さんのすぐ隣に現れた。

「ですから、マンションの住人の方よりまた通報があったんですよ。いくら美乃梨ちゃん自身が保護を拒否していようとも、児童相談所としては今の家庭環境が改善されない限り、一時保護を適用せざるを得なくなるんです。この意味がちゃんとわかっていらっしゃいますよね？　美乃梨ちゃんと離れたくないのであれば、旦那さんともしっかりと話し合ってください」

美穂さんはうな垂れて、ひたすら時間が過ぎるのを待つようにただ爪を噛む。

あぁ、そうか――これは美穂さんの中の記憶なのだ。

私は美穂さんがこの世界に絶望し、そして誰も彼をも憎むことになった、その理由を見させられているのだ。

――美穂さんの母親らしき人が訪ねてきて、金を出せと玄関口で騒ぎ立てる。

それを見て、マンションの住人たちは迷惑そうに眉を顰《ひそ》めていた。

――義父母だろう人がやってきて、隣近所にも聞こえる声で美穂さんを詰る。

それを聞いて、マンションの住人たちはうるさそうにしつつも陰で笑っていた。

「どうしてみんなして、そんなに私たちに辛くあたるの？」

美乃梨ちゃんと二人でマンションから逃げ出しても、苦難は続く。

都内のネットカフェで雨露を凌《しの》ぎつつアパートを探すが、保証人もいなければ住民票もない美穂さんを不動産屋が袖にする。

なんとか寝床を得ても今度は職探しで難渋し、小さい子どもがいるからとフルタイムの仕事は難色を示され、愛想がないため夜の仕事でも門前払いをされる。

親子二人で暮らすには美穂さんのパート収入だけではあまりに乏しく、おまけに大ケガをした美乃梨ちゃんは体調不良が続く。休みたくなどないのに、それでも高熱を出す美乃梨ちゃんを放っておけずに店長に電話をすれば、散々イヤミを言われる。

「なんで誰も助けてくれないの？　そこまでして私たちを社会から排斥したいの？」

——給食費の滞納を他の児童から指摘され、泣くのを必死でこらえる美乃梨ちゃん。

——ガスを止められ風呂に入れず、フケを先生に指摘されてうつむく美乃梨ちゃん。

——毎日同じ服で学校に行くのを笑われ、下唇を噛んで必死に耐える美乃梨ちゃん。

「私はいいわよ、でもせめて美乃梨にだけは手を差し伸べてくれたっていいじゃない！

——どいつもこいつも、人の心なんていっさい持っていないっ！」

あぁ……と、呻《うめ》きが漏れた。

美穂さんの怒りと悲しみが私の中に流れてきて、頭の中が辛酸を嘗《な》めるばかりの失意の記憶でもって満ちていく。

その記憶の最後は、捨てられていた新聞の一面で知った美乃梨ちゃんの餓死だった。

「わかるかっ!?　おまえらが私に辛くあたるから、だから私は美乃梨に優しくできなくなったのよ！　おまえらが悪い！　みんなおまえらのせいだ！　美乃梨が餓死したのは私の責任じゃない、おまえたちみんなが美乃梨を殺したんだっ!!」

「……ごめんなさい」

「そうだっ！　謝れっ！　私たち親子に、おまえらが見捨てた美乃梨に謝れっ！」

「ごめんなさい、ごめんなさい、ごめんなさいっ！」

私の口から謝罪の言葉が繰り返される。

「おまえらに生きている資格なんてない！　今すぐ死んで詫びろっ!!」

……本当にそうだ、その通りだ。

私はなんて取り返しのつかないことをしてしまったのだろう。私は美乃梨ちゃんを救うことができなかった。追い詰められた女の子一人、助けてあげることができなかった。

私は自分の腰に巻いていた命綱を解き、おもむろにテーブルの上へとよじ登った。

そして悲しい気持ちのまま、ロープを照明器具へと巻きつける。

「ごめんなさいでした。美乃梨ちゃんのために、私は責任をとります」

申し訳ないという私の気持ちを美穂さんに理解してもらうため、そのままぴょんとテーブルの上から飛び降りようとしたところで、

『バカたれがっ!!』

――かつて慣れ親しんだその怒声が聞こえた瞬間に、いつも叱られていた私の全身が条件反射で竦み、ピンとなって硬直した。

『懲りもせずに、おまえはまた死神の手管にひっかかっておるのか！　男子三日会わざ

れば刮目《かつもく》してみよとかつては言ったがな、今は多様性の世だぞ。女子であろうとも、ちゃんとワシを刮目させてみせんか！』

それは、あまりにも懐かしい口調の叱咤《しった》。

まさか——と思った直後、私の頭の中を覆っていた霧がすーっと晴れた。

10

目を覚ましたとき、命綱として用意していたはずのロープの端が輪っかになって目の前に垂れていた。さらにはその輪を両手でつかんで首を通そうとまでしていて、その姿勢のまましばし私の時間が停止する。

——そして。

「うわひゃぁ！」

ようやく自分が何をしようとしていたのか理解した私は、握っていたロープを放り投げると同時に背をそらし、テーブルの上から盛大に転げ落ちた。

背中をしこたま床に打ち「ぶっ！」と不細工な呻きとともに肺の空気が全て外へと噴き出るも、今はそれどころじゃない。すぐさま私は四つん這いになるとしゃかしゃかとゴキブリのごとく這って部屋の隅に避難して、おぞましい輪っかをぶらぶらと揺らしているロープから距離をとった。

背中を壁にぴたりとくっつけながら、部屋の中を見渡しつつじりじりと立ち上がる。

「あ、危なかったぁ……」

思い返せば、前の死神のときもそうだ。

同情の余地はあるものの、それでも他人を害するには身勝手過ぎる道理を夢うつつで聞かされた末に、殺されかけた。

そこはやはり同じ死神——私はまた、あの手に引っかかってしまったのだろう。

と、そこまで思ったところで、はっと気がついた。

そうだ、あの声——私の目を覚ましてくれた、あの声はっ！

今回ばかりは幻聴ではないと思う。なんというか生々しさがまるで違う。

心当たりがあり過ぎる声の主を探し、私は室内を見渡す。

でもどこにも虎縞《とらしま》柄《がら》の、ずんぐりむっくりした猫の姿は見当たらない。

代わりというわけではないが私の目に入ったのは、私が背中を張り付けた壁と対面の壁際で床の上に崩れ落ち、首をうな垂れさせている美穂さんだった。

——死神の姿を前に再び冷たい汗が滲み出てきて、手をギュッと握りしめる。

とりあえず……今はさっきの声のことは忘れろ、私。

っていうか、あの声を聞いた瞬間、本当のことを言うと涙が出そうになった。

前後不覚になっていた私を現実に呼び戻してくれると同時に、ちょっとだけ我を見失いそうになった。

でも――今は死神案件への対処中だ。死神案件は余計なことに気をとられて解決できるような、そんな生半可な案件じゃない。それをかつて教えてくれたのが、誰あろうあの声の主だ。集中しろ、私。

ギリッと血が滲みそうなほどに奥歯を噛みしめると、私は美穂さんの方へ一歩二歩と歩み進んだ。

近づいてみてわかったが、美穂さんは泣いていた。

オンオンと声を上げて嗚咽しながら「辛くあたってごめんね、美乃梨。お母さんが悪かったの」と心からの謝罪の声が聞こえてくるも、その直後「……美乃梨を見捨てた悪い人たちは、みんなお母さんが殺してあげるからね」と薄暗い感情が見え隠れする、嬉々《きき》としたつぶやきが聞こえてくる。

その支離滅裂ぶりに、ぞぉーっと背中が震えた。

はっきり言って怖いし、恐ろしい。女子としての恥も外聞も横に置いて正直に言えば、うっかりすると漏らしてしまいそうだった。

でも同時に、私は一つ気がついてもいた。

前回に遭遇した死神――大垣渚は、やはり死神としては完成していたのだ。自分の夢を貶《おとし》め、そして仕事を与えようとしなかった連中を首尾一貫して憎み、そのために自分と似た就職に悩む人たちばかりに犠牲を求めていた。

それと比べれば、美穂さんはぐだぐだだった。

さっき気持ちをリンクさせられたとき、美穂さんの心情はどこまでもぐちゃぐちゃでちぐはぐなのだと実感した。

そもそもからして言っていることが一貫していない。美乃梨ちゃんが帰ってこないと嘆いていたかと思ったら、今度は美乃梨ちゃんを餓死させてしまったことを思い出し自分を責め始める。美乃梨ちゃんのことを知っている私を一番最初は喜んで受け入れたのに、次の瞬間には誰彼構わず殺してやると泣きながら喚き出す。

情緒不安定の極みであり、まさに心神喪失の状態に近いのだろう。

でも存外に、人の心なんてそんなものなのだとも思う。あやふやで曖昧で、いつも悩んで惑って、少しも首尾一貫なんてしていない。ただでさえぐだぐだなのに、美穂さんの場合はそこに苛烈なまでの後悔も絡んでいる。

きっと認められないのだ、自分が犯してしまった間違いを。

最後は全部を捨てて逃げてしまったがために、娘の美乃梨ちゃんを餓死させてしまった責任を他人へと擦《なす》り付《つ》けたい、自分は悪くないのだと思いたい——でももしも最後の最後で踏みとどまれていたのなら、美乃梨ちゃんを死なせずにすんだとも自分で気がついている。

だからこそ美乃梨ちゃんの仇《あだ》を討とうとする美穂さんは、最も娘を死なせた責任がある自分の腹をいの一番に裂いて、美乃梨ちゃんを殺した者への復讐を果たしたのだ。

——この人は、矛盾の権化だ。

娘を背負って生きることの苦難と重圧に潰されて、己を犠牲にしてまで幸せにしようとしていたはずの娘の人生を自らの手で放り投げてしまった。それはもはや、自分でさえも理解ができない感情の機微だろう。自分の気持ちが信じられず、自分の行為を受け入れられない。自分の中身がしっちゃかめっちゃかだからこそ他人に責を転じて弾劾することで、自分が美乃梨ちゃんを愛していたのだと確認できる。他者を恨むことこそが美乃梨ちゃんへの愛情を感じられる、美穂さんにとっての最後の道標なのだろう。

ならばきっと、そこにこそ美穂さんと会話ができる余地があるはずだ。

「——美乃梨ちゃんが餓死したのは、いったい誰のせいなんでしょうか？」

うずくまった美穂さんの傍らに立ち、泣きながら丸くなっているその背に向かって私は声を落とす。

嗚咽し震えていた美穂さんの背中の動きがぴたりと止まる。例の死神の形相を浮かべた顔がゆっくりと持ち上がって、見上げた姿勢のまま真っ赤な目が私を突き刺した。

「おまえらのせいだろうがっ！　おまえたちが、美乃梨を見捨てたんだっ！」

激昂《げっこう》しながら叫ばれたその言葉に怯《ひる》まぬよう、私は深呼吸をする。

そして憎悪ばかりが滾《たぎ》った美穂さんの目を、私はじっと見つめ返した。

「そうです。美乃梨ちゃんの死には、私も責任があります」

その返事は思ってもみなかったのだろう。美穂さんの目が丸く見開いて、その表情から死神の毒気が僅かに陰った。

「だって、子どもが一人死んだんですよ。子どもなのに、亡くなったんですよ。社会保障や最低限度の生活を謳《うた》っているはずのこの国でもって、暗かった部屋の中でたった一人きり、何も食べられずにひっそり美乃梨ちゃんは死んでいったんですよ。美穂さんの言う通りです。それだけのことが起きたのに、美乃梨ちゃんだけの責任なんてことありますか？　美穂さんだけのせいで、それが済ませられると思いますか？

――断じて違います。これはこの国に生きる、全ての大人たちの責任なんです。他人《ひと》事《ごと》だと切って捨てて、子どもが可哀相だ、親が無責任だと、そんな上っ面の言葉で終わらせていい話なんかじゃない。死に逝く子どもに手を差し伸べられなかったことは、本当であればこの国で生きる大人の誰もが恥じるべきことなんです」

呆気《あっけ》にとられる美穂さんを、今度は私が噛みつかんばかりの勢いで睨みつけた。

「誰であっても文化的で最低限の生活を保障すると謳っているのに、この国には成人した大人たちが一億人近くもいるというのに、たった子ども一人の餓死すら食い止められなかったとは、あまりにも情けない話です。だからこそ、私は自分の責任から逃げません。たとえ私の知らぬ場所であったとはいえ、そこに飢えて苦しんでいた子がいたのならば、手を差し伸べられなかったことは紛《まご》うことなく私の罪です。美乃梨ちゃんの死には、この社会で生きる私の責任も間違いなくあるんです。でも同時に、全ての者に責任がある以上は美乃梨ちゃんにも、そして美穂さんにだってやっぱり責任があります。自分が食べることばかりに必死で、私の住むアパートの隣にもひょっとしたら飢えた子がいるかもしれない——そんな想像を今日までしてこなかった、私が悪い。でも、美乃梨ちゃん自身も悪い。なんでもっと必死に生きようとしなかったのか。子どもであろうとも、ときには世界に抗《あらが》って生きる努力をしなくちゃいけなかった。当然、美穂さんだって悪い。どうしてもっともっとどこまでも周りに助けを求めなかったのか。誰も助けてくれないとふて腐れず、あなたは美乃梨ちゃんのためになりふり構わず声を上げ続けなければならなかった。

かつて同じマンションに住んでいた人たちももちろん悪い。泥沼の生活にあがく人を笑うな。自分の優越感の道具にするな。今隣にいる人だけにできることがあるんだ。自分が見て見ぬ振りをしたらどうなるか、もっと想像力を働かせろ。

悪くない人なんて一人もいない。モニターの向こう側の出来事だろうとも、他人事と思うな。距離も時間も関係ない。子ども一人すら助けられなかった、その自分の無力を恥じろ。そしてすぐ隣にいる子も、もしかしたら同じ境遇なのかもしれないと思え。手を伸ばせば助けられるかもしれない誰かを、みんながみんなしてもっともっと大切にしないといけないんですよっ！」

自分の言っていることが綺麗事なのはわかっている。

そんなことが実現するわけないとも理解している。

だがこれは、理想だ。

本当は決して捨ててはいけない、人としての理想なんだ。

人が人として生まれたからには、本来ならば誰もが聖人を目指して生きるべきと、私はそう思っている。

この国の全員が全員とも責任を感じてくれて、そしてたった一歩でいい、僅か一歩であってももう少しだけ正しくあろうと全ての人が踏み出してくれれば、それは一億を越える一歩になる。一億もの歩みは確実に世界を揺らして、そして間違いなく今よりも良い方向へと世界を傾けてくれるだろう。

それが実現することのない夢物語なのは、わかっているつもりだ。

けれども実現しないからといって、諦めていい理由になるとは思っていない。

相手も歩み寄ってくれることを信じて、たった一歩だけれども自分から歩み寄ってみよう——もしも全ての人がそんな想いを抱いて実行してくれたなら、それだけでその日からこの世界はきっと理想郷になる。

いつかそんな日が来ればいいと願う。

来て欲しいと、私は切に祈る。

叶わずとも、それでも私自身は誰かのために自らが歩み寄れる者であろうと、そう自分を戒め続けようと思う。

つい感極まってしまった私の目に涙が滲んだ。美穂さんを睨みつけているのに、それなのに涙がこぼれそうになる。

でもそれは美穂さんも同じだった。私を見上げる目にじわりじわりと滴が溜まり始め、それが溢れ出すより先に隠すようにうな垂れてうつむいた。

「……って、もう……えない………」

私の顔から目を逸らしたまま、美穂さんがぼそぼそと何かをつぶやいた。

何を言っているのか本当にわからなかった私は「なんですか?」と訊き返す。

――そして。

「今さらどうしたって、もう美乃梨には会えないじゃないのよっ!!」

美穂さんが再びがばりと顔を上げたとき、真っ赤な血の涙が両目から流れていた。

あまりの唐突さに、私は絶句してしまう。

でも同時に頭の片隅では「……やっと出てきた」という思いもよぎっていた。

——これこそが、美穂さんの本音だ。

ぐちゃぐちゃになっていた感情の表皮を剝ぎに剝ぎまくってようやく表に現れた、地縛霊となっても国土に執着して動けないでいる本当の未練なのだろう。

誰彼構わず復讐したい。かつて住んでいたマンションの人間を皆殺しにしたい——そんな思いは、美穂さんにとって実のところ代償の願望なのだ。

本当に心から感じているその願いはもう決して叶わないと絶望しているからこそ、湧き上がる怒りのままに殺意をまき散らそうとしていただけのことなのだ。

「……美乃梨っ！　どこなの、美乃梨っっ!!」

悲痛なまでの声でもって、母が子の名を呼ぶ。自分の過ちで、自分が辛くて逃げてしまったがために殺してしまった子を求めて母親が悲痛の叫びを上げる。

——きっと、また美乃梨ちゃんに会えますよ。

本当ならそう声をかけて慰めるべきなのだろう。

けれども、私の喉から声は出ない。

というよりも、どの口でそう言えというのか。ヒダル神と化していた美乃梨ちゃんを現世より幽冥界へと送り出したのは、誰あろう私だ。

それが悪いことだったとは思っていないし、後悔もしていない。

でももしかしたら二人を再会させうる、もっと別の手もあったんじゃなかろうか？

「どれだけ呼んだって、もう私の声は美乃梨には届かない。美乃梨の顔をどれほど思い描いたって、実際に美乃梨の笑顔は見られない。あの子がいない。あの子と二度と会うことが叶わない。焦がれても焦がれても、私が置き去りにして殺してしまった美乃梨とは絶対に会えない！　だったらもう私が美乃梨にしてあげられることなんて――美乃梨を見捨てた連中を、皆殺しにしてあげることぐらいじゃない」

泣き喚いていた美穂さんの目が、再び吊《つ》り上がっていく。

血が滲むほど噛みしめていた歯が離れて、唇の角度がぐいと上がっていく。

――あぁ、ダメだ。

やっと表に出てきた美穂さんの未練だが、私にはそれを解消させられる方法が考えつかない。既に幽冥界へと消えた美乃梨ちゃんの魂と、現世で彷徨《さまよ》う美穂さんの魂を邂逅《かいこう》させる手段が思い浮かばない。

美穂さんが、再び死神になっていく。自分の本心から目を背けて、後悔と苦痛から少しでも免れるために、罪を擦《なす》った他人の犠牲を求め始める。

――どうすればいい？　どうしたらいい？

同じ言葉が頭の中でぐるぐると回り続ける。

これは千載一遇のチャンスだ。今ならまだ美穂さんに声が届く。

でも手が思いつかない。互いに死してまだなおすれ違っている不幸な親子を、再び巡り合わせてあげられる方法が私にはない。

誰でもいい、誰だっていい。どうかその手段を私に教えて——、

「やれやれ、本当なら老兵というのは去るべきなのだがなぁ」

その声は、ドアを開け放ったままの廊下の奥から聞こえた。

——さっきも聞こえた、その声音にその口調。

考えないようにしていた相手の姿が、即座に私の脳裏に浮かぶ。

「もう少しおまえの成長を見届けてみるつもりだったが、こうなってしまっては仕方あるまい。おまえが所属していた組織にどうして『幽冥』の名が冠されていたのか、そいつを少しレクチャーしてやろうか」

お世辞にもシュッとしているなどとはいえない、ぼよんとしたシルエット。ちょっとだけ眠そうにも見える、ヤブ睨みの三白眼《さんぱくがん》。

それが「可愛いか？　可愛くないか？」で問われたら、「猫としては不細工」という返答を私はするが、同時に「猫の段階で及第点では？」という思いもあり、どっちにしろ本人に聞かれれば「ワシは猫ではなく、妖怪だっ！」と怒られること請け合いなオチ。

そして廊下の暗がりからゆったり現れたのは、紛うことなく火車先輩だった。

11

「顔色が悪いわけでも特になし、まあ思っていたよりも元気そうだな——夕霞」

まるで休み明けに出勤してきたときのような何気ない語り口に、私はあんぐりと口を開けたままでただ絶句する。

——たまげるを漢字で書くと〝魂消《たまげ》る〟となるわけですが、人間が本当に仰天すると魂が抜けたようにしばらくフリーズするんだなぁ、と妙にしみじみ実感した。

「ん、どうした？　よもやたった一月ぐらい会わんかった程度で、ベンガル虎のごときイケてるワシの顔を見忘れたのか？」

「…………はぁ？　ベンガル虎？　良くてヒマラヤン、あるいはイボイノシシの親戚の間違いじゃないんですか？」

聞き捨てならない火車先輩の妄言に、脊髄反射で軽口を返してから私はようやくはっとなった。

「っていうか……火車先輩。よもや幻じゃないですよね？　ひょっとしてお化けだったりとかしませんよね？」

「何をバカなことを言っておるのだ、おまえは。お化けかお化けじゃないかと問われれば——ワシは妖怪だ」

つまんない返答に「あはは」と乾いた笑いが微かに漏れる。

でも次の瞬間には、フツフツグラグラと腹の底からムカつきが沸いてきた。

「——って、それはそれとして！　幽冥推進課が廃止ってどういうことですかっ!?　そりゃ私はただの臨時職員ですし、三ヶ月の雇用期間が終われば『はい、さよなら』されても文句の言い難い身ですけれども、だからってオフィスが消えた日にはまだ一日雇用関係は残っていたわけで、にもかかわらずひと言の断りもなしに全員いなくなるなんて……そんなのあんまりじゃないですかっ！　私がどれほど辛かったか！　火車先輩たちみんなもう人でなしですよ！　鬼、悪魔、この妖怪めっ！」

ここぞとばかりに文句を吐き出してから、はぁはぁと肩で息をする。

けれども、これでもまだ私の言いたいことの千分の一にも達してはいない。

「まぁ、おまえのそのもっともな疑問に答えてやらんでもないのだがな……しかし今は、それどころではなかろう？」

そうなのだ。悔しいがその通りだった。今ばかりは火車先輩への追及を後回しにしなければならない。

「あぁ、美乃梨！　美乃梨！　美乃梨ぃ!?　美乃梨はもう、どこにもいない！」

自らの胸を掻き毟《むし》りながら、美穂さんが美乃梨ちゃんを求める。

今、美乃梨ちゃんと再会させられたらきっと何かが変わるのに、でも美穂さんが再び心を閉ざして死神に戻っていくのを、私は指を咥えて見ていることしかできない。

——しかし。

「おまえはな、一つ大きな勘違いをしておる」

足下にまでやってきた火車先輩が、私をぐいと見上げながらつぶやいた。

「〝黄泉《よみ》〟や〝彼岸〟や〝冥土〟といった数多《あまた》ある死者の世界の名から、どうしてメジャーでもない〝幽冥〟を選んでワシらが課の名に冠したのか？　それはな、幽冥界が死者と生者が互いに寄り添える世界だからなのだ」

いきなり語り出した火車先輩の言葉の意味がわからず、私の眉間に皺が寄った。

「よいか？　幽冥界はな、死者と生者を分かつ千曳《ちびき》の岩で遮られた地の底の国とは異なるのだ。あちらとこちらを隔てる三途《さんず》の河もなければ、舟で渡らねばならん遠い西方の楽園とも違う。ましてや海の底でも、水平線の彼方《かなた》にあるわけでもない。

幽冥界とはな、誰もが必死になって生き続けるこの世の、すぐ隣に存在するのだ」

「この世のすぐ隣に存在する世界、ですか？」

「そうだ。幽冥界はこの世のいたるところに存在する。それは祖先より代々伝わる墓の中や、日々手を合わせている神棚や仏壇の中。他にもかつて死者が暮らしていた心の安まる部屋や、生前に好きだった公園の片隅にと——幽冥界は、どこにだって存在する。

だが残念ながら、それでも死者の世界だ。幽冥界に旅立った者を、生者が視ることは叶わない。そして幽冥界に移り住んだ者もまた、生者に声をかけることはできない。互いにもう意思を交わすことも、触れることも不可能だ。でも幽冥界がそこにあることを知ってさえいれば、生者はすぐ近くに死者がいてくれると信じることはできる。すぐそこにいて自分を見守ってくれているのだと、心で感じることはできるのだ。

そしていつか自分も死者となってこの世を去るときがきても、幽冥界へと逝けば愛する者たちのこの世での行く末を、いつまでも静かに見守ることができるのだ。

たとえ生と死という覆せない絶対の壁があろうとも、きっと見守ってくれているという想いさえあれば生者と死者が繋がっていられる——それこそが幽冥界なのだ」

普段ならここらで「はぁ」と納得したような、よくわからないような私の声が漏れ出たところでしょう。しかし今は死神を前にした緊急事態。

火車先輩の蘊蓄《うんちく》どころではなく「それが、どうしたんですか？」と訊き返そうとして、

「ならば、おまえが無事に幽冥界へと送り出した美乃梨は、はたして今どこにおるのだろうな？」

その火車先輩の問いに「そんなの幽冥界に決まって——」と口にしたところで、私は空気を喉に支《つか》えさせそうな勢いでもって息を呑んだ。

——そうか！

火車先輩が今言ったように、幽冥界が本当に死者が生者を見守れる世界であるのなら、美乃梨ちゃんが見守りたいと思う相手なんて決まっている。

誰よりも大好きなお母さんだ。

幽冥界へと行った美乃梨ちゃんは生まれ変わるときを待ちながら、当時まだ生きていた美穂さんをきっと近くで見守っていたに違いない。

「でも……だったら、どうして」

どうして——美穂さんは美乃梨ちゃんと会えないのか？

生者と死者が会うことが叶わぬのはこの世の条理だ。それを覆すことはできない。

だが今や美穂さんと美乃梨ちゃんは、互いに死者と死者。

もはや二人とも、この世の法則の埒外にいる身だ。

母を慕っていた美乃梨ちゃんと、娘との再会を切望している美穂さん。

幽冥界に逝った美乃梨ちゃんが本当に美穂さんのすぐ近くにいるのであれば、死者になった二人はどうして今日まで再会できていないのか？

「おそらくな、深瀬美穂が怖《おそ》れておるのだ」

「えっ？」

「深瀬美穂は深瀬美乃梨をネグレクトし、その結果として餓死させてしまった。さらには二人で逃げだした当初はともかく、苦しい生活の果てに美穂は美乃梨を拒絶した。辛くあたって苛《いじ》めて責めて、自分の苦しみが娘のせいだと責任を転嫁してしまった。ゆえにどれほど会いたくても、もう自分にそんな資格はないと思っているのだろう。ましてや『美乃梨はきっと自分を憎んでいる』『蛇蝎《だかつ》のごとく自分を嫌って憎悪しているはずだ』と、少なくとも一人アパートに置き去りにして餓死させた娘が自分と会いたがっているなどとは、微塵《みじん》も思っていないはずだ」

「そんな……美乃梨ちゃんは決して、そんな風には思っていませんよ」

「そうだ、その通りだ。だからな、それをおまえが教えてやれ。おまえはそのためにここに来たのではないのか？　僅かだが、おまえから美乃梨の気配を感じるぞ。ひょっとしたら持っておるのではないのか？　美乃梨の想いそのものである――あれを」

言われた途端に、私はポケットの上から中に入ったものに手を添えた。

――そうだった。私はその想《い》いを美穂さんに伝えるため、ここにきたんだ。

そのために大崎さんから、これを預かってきたのだ。

ならば、今がそのときだ。今こそ、あなたの娘がどれほどお母さんのことを好きだったのか、それを美穂さんへと思い知らせてやるときだ。

火車先輩の言葉に背を押された私は、美穂さんに向き直る。

うずくまったままの美穂さんの目がぬらりと動いて、私を睨みつけてくる。

でも、もう怯まない。怖じけていられるようなときじゃない。

私はあえて美穂さんから目線を外さずに両膝をつくと、折りたたんでポケットの中にしまっていた紙を床の上へと広げた。

「これが、何かわかりますか?」

私を睨んでいた鋭い目が、ゆっくりと床の上へと落ちる。

広げた絵を胡散臭《うさんくさ》げに眺めるも、しかしすぐに何かに気がついたようで目つきから険が和らぎ、大きく見開いたまま固まった。

「そうです。これは美乃梨ちゃんが描いた絵です。それもこのマンションの部屋から二人で逃げ出した直後に描いたものじゃない。この絵はあなたに置いていかれた後、アパートの部屋の中で飢えて死に逝く直前に描いた、彼女の末期の絵なんです」

広がったチラシの裏面で、公園の芝生に座った一組の母子が楽しそうにお弁当を食べていた。子どもの方——つまり美乃梨ちゃんは、俵形のおにぎりを手にしたまま満面の笑みを浮かべ、そして髪の長い女性——美穂さんは、おにぎりを食べる美乃梨ちゃんを見ながら嬉しそうに笑っている。

その絵を目の前に、美穂さんが激しく左右に首を振った。

「信じない……この絵を死ぬ間際の美乃梨が描いたなんて、そんなの何かの間違いよ!」

「間違い?」

「そうよ、だって美乃梨よ? 私が見捨てて私が殺してしまった、私の娘なのよ?

それが、どうして……なんでこんな、私と笑い合っている絵を描くのよ。あり得ないわ。あの娘は、私を憎んでいるに決まっているもの。あんなにも辛くあたってしまったのよ。あれほどまでに非道いことを私は言ったのよ。美乃梨が私を嫌っていないわけがないじゃない！　――こんな絵は、ただの嘘よっ！」

一瞬で死神の気配が消え失せ、美穂さんが取り繕うかのようにいきなり捲《まく》し立てる。

本当なら、ここを好機ととるべきだろう。

再び素に戻った美穂さんを諭すべきだろう。

でも、今の私は――それどころでなかった。

「ねぇ、いま――嘘って言ったの？　末期の美乃梨ちゃんが最後の力と願いを込めて描いた、あなたと二人で笑い合っているこの絵が、嘘だって？」

カッと頭に血が上った。相手が死神だろうと、なんだろうと関係ない。美乃梨ちゃんを幽冥界へと送った私にとって、むしろヒダル神だった美乃梨ちゃんを母親が作ったものではないおにぎりで送り出してしまった私だからこそ、その言葉は決して聞き捨てならないものだった。

「いくら母親だからってな、美乃梨ちゃんをバカにするんじゃないっ!!」

怒髪天を衝《つ》く私の剣幕に、美穂さんが表情を強張《こわば》らせて固まった。

「あんたの娘である美乃梨ちゃんを舐《な》めんなっ！　あの子はね、豹変してしまったあんたの気持ちを慮《おもんぱか》ってたんだよ。どんなに辛くて非道い仕打ちを受けても、自分を助けてくれた優しかったときのお母さんを信じていたの。美乃梨ちゃんがごはんを食べなかったのは、あなたの負担になりたくなかったからなんだよ。自分がごはんを食べないことで、必死で働かなくちゃならない、お母さんの苦労を減らしたかっただけなんだ！

親を慕う子どもの気持ちを甘く見ないでよ。あなたが信じてあげなかったら、誰が美乃梨ちゃんの愛情を受けとめてあげるのよ。母親である、あなたしかいないでしょうが。あなただけが美乃梨ちゃんを救えるんでしょ？　それがわかっているから、美乃梨ちゃんを連れて逃げたんじゃないの？　その想いが美乃梨ちゃんに伝わっていないわけがないじゃない。この世で一番美乃梨ちゃんを大事にできるのがあなたなんだよ。一番大事にして欲しいと美乃梨ちゃんが願っている相手こそが、母親のあなたなんだよ。

確かに親子でも憎み合う人たちは大勢いるし、むしろあなたたち親子のような状況になればいがみ合う方が普通だよ。でもだからといって、あなたが娘に会いたいと思っているのなら諦めないでよ。あなたの娘をもっと信じてよ。裏切られたって仕方がないじゃない。憎まれてもやむを得ないじゃない。けれどももしもあなたが美乃梨ちゃんに会いたいのなら、娘である美乃梨ちゃんもきっと同じ気持ちだって、そう信じてよ！」

最後は感極まり涙まで浮かべて、私は両手を床に叩きつけようとする。

でも自棄《やけ》になって振り上げた私の拳を、背中側から小さな手がそっと握ってくれた。

「──私の気持ちを伝えてくれて、ありがとう。お姉ちゃん」

聞こえてきた背後からのその声に驚き、私の全身の動きが止まる。

「でもね、もうそれ以上は私のお母さんを責めないで」

さっきまで私の顔を見ていたはずの美穂さんの瞳が、今は私の後ろに向いていた。

さっきまでは誰もいなかったはずの空間に向け、飛びださんばかりに目を剝いていた。

「近くでずっと見守っていたのであれば、母親が娘の気持ちに気がついたとき当然こうなるさ」

火車先輩が、したり顔でぽつりとつぶやいた。

──私はただ美乃梨ちゃんを見送った者として、母親の無責任が許せなかっただけだ。

感情の赴くまま、ただ怒りに任せて叫んでいただけだ。

でもそれでも、美乃梨ちゃんの想いを伝えることはできたのだろう。

頑なだった美穂さんの心を、揺るがすことができたのだろう。

私の後ろに立っているのは、幽冥界へと逝ってからもずっと大好きな母親を見守っていた──美乃梨ちゃんだった。

森林公園で出会ったときの餓死した様相とは違う、全ての苦悩と苦痛から解放された綺麗な姿でもって、美乃梨ちゃんがしゃがんだ美穂さんを見下ろしていた。

「私ね、ずっとお母さんのこと見てたんだよ」

とても子どものものとは思えない優しい笑顔を、美乃梨ちゃんが母親に向ける。

これは美穂さんにとって願い願ってようやく叶った、娘との邂逅だ。

だが、美穂さんは震えていた。

ガタガタブルブルと、実の娘を前にしながら顔を青ざめさせていた。

「み、見ないでっ！　美乃梨っ！」

美穂さんが赤ん坊のごとく四つん這いになって、美乃梨ちゃんの前から逃げ出す。

部屋の隅まで行き着くと、美乃梨ちゃんに背を向けたまま両手で頭を抱え、ガクガク震えながらその場で丸くなった。

その様子に美乃梨ちゃんは小さく苦笑すると、裸足で母のもとへと歩み寄って、丸まった背中の上に小さな手を置いた。

途端に「ひぃ」という悲鳴じみた声が、美穂さんより上がる。

「ご、ごめんなさい、美乃梨っ！　あなたに辛くあたって、あなたを見捨てて、あなたを一人きりにしてしまって――本当に、本当にごめんなさいっ!!」

謝りつつ泣きじゃくり始めた母親の背を、美乃梨ちゃんが何度も撫でた。

「……いいよ、お母さん。だいじょうぶだから、私は何も気にしてないから」

なおも「ごめんなさい」を言い続ける美穂さんの丸まった背中に、愛《いと》おしそうな表情を浮かべた美乃梨ちゃんが自分の顔を横たえる。

「だいじょうぶ、だいじょうぶだよ。私ね、あれからずっとお母さんのことを近くで見てた。だからお母さんの気持ちも、何をしようとしていたのかもみんなわかってるから。でもね——それでも、私はお母さんのことが好きだから。ちゃんと大好きだからね」

美乃梨ちゃんの両腕が、小さくなっている美穂さんの身体を抱きしめた。

娘と会えない苦しみから自暴自棄でしでかしてしまった母の罪を、母に殺されたような娘が許す——まるで親子があべこべだった。

そんな二人にどう声をかければいいのか考えあぐねていた私を、美乃梨ちゃんがちらりと見た。美乃梨ちゃんの瞳がなんとなく「任せて」と訴えているような気がして、私はそのまま口を噤むことにする。

「ねぇ、お母さん。私ね、この家は嫌い。ここは私が生まれ育った部屋かもしれないけれども、辛かった思い出だって多いし、嫌だよ。——だからさ、私と一緒にこのまま逝ってもう一度やり直そうよ」

美乃梨ちゃんのその言葉と同時に、美穂さんの背中の震えがピタリと止まった。

「向こうに二人で逝ってさ、それで一緒に生まれ変わって、そしてまた親子になろう」

それは——美乃梨ちゃんの願いだった。

ヒダル神だった美乃梨ちゃんを幽冥界に送り出すとき、次の人生でもまた美穂さんの娘になりたいと、彼女はそう願っていた。

辛い生活の中で徐々に互いの歯車がずれ、最後は何もかもを間違えてしまった親子。二人の現世での結末はこの上もなく悲しいものだったが、でも互いの気持ちを知った今、もう一度人生をやり直せるのなら再び親子であることを選ぶに違いない。

――しかし。

「ごめんなさい……お母さんね、もう一度あなたの母親になれる資格がもうないの」

美穂さんが丸めた身体から亀のごとく首を持ち上げ、情けない泣き笑いの表情の浮かんだ顔を美乃梨ちゃんへと向けた。

「お母さんね、人を殺してしまったの。もう美乃梨のように穢れのない身じゃないの。人殺しの罪を、お母さんはどうしたって償わないといけないのよ」

――この部屋のベランダから落ちた大崎さんは、死んでなんていませんよ。

横からそう口を出そうとして、でもはたと気がついた。

――違う。美穂さんは、確かに既に一人殺してしまっている。

「本当は私と美乃梨の人生を踏みにじった連中を、みんな殺してやろうと思ってた。ここで私の生涯は終わっていいから、刺し違えても全員殺す気でこの部屋に戻ってきた。でも誰もいなかった。お母さんと美乃梨が逃げざるを得なかったこのマンションは空家になっていて、もう誰も残っていなかったのよ。

だからね――散り散りに消えた連中に思い知らせてやることにしたの。おまえらのせいだ、と。このマンションにいた全ての連中、ひいては手を差し伸べなかったこの世の全員にわからせてやりたいと思ってしまったの。おまえらが助けないから、おまらが追い詰めるから、だから美乃梨は餓死したんだと、私と美乃梨に関わってきた全ての連中に反省させてやりたかった。どうせもう美乃梨とは会えない命だもの、美乃梨と私を苦しめた連中を弾劾して、後悔させてやるべく使ってやろうと思ってしまったの。そして反省もせず後悔もしないで私の屍《しかばね》を笑いにくるだろう奴《やつ》らを、みんな憑《と》り殺してやる、と思って——お母さんは、自分を殺して、し、ま、っ、たのよ」

私の足下にいる火車先輩が、小さく首を左右に振った。

——前に火車先輩が言っていた。自殺をしてしまった者の霊は死してなお絶望と後悔で苦しめられるのだ、と。そして最後の瞬間までがんばって生ききった後悔や未練のない魂と比べると、自殺してしまった者が再びこの世に戻ってくるためには長い長い時間を要するのだ、とも語っていた。

私は美乃梨ちゃんの餓死事件は、この国の大人の誰もが恥じるべきことだと思っている。

でも同時に、もっとも恥じるべきは母親の美穂さんだとも思っている。

美穂さんの自殺の動機はたぶん復讐だけじゃない。きっと自分がしでかしてしまった過ちの重責から逃げるために、自ら死を選んでしまった面だってあるはずだ。

辛ければ逃げてもいいんだよ——と、誰もが嘯《うそぶ》く。

それは確かにその通りだろう。否定をする気なんて微塵もない。

でも逃げたその先に、きっと楽園なんてない。

辛いからと逃げたその先で待つのは、これまでとは違う別の苦痛に塗《まみ》れた現実だ。

だから逃げるときは、この先もまた同じように苦痛の日々は続くのだと、そう覚悟をしてから逃げなければならないのだと思う。

そして逃げて逃げて逃げたその最後は、きっとただのどん詰まりでしかない。

美穂さんは、これまでの生活でそれを肌でわかっていたはずだ。

でもやがては美乃梨ちゃんと向き合うことからすら逃げてしまい、最後の最後は自分の人生からさえも逃げてしまった。

美穂さんの生い立ちを聞けば同情の余地は山ほどある。

だがそれでも自分の命からも逃げてしまった責任は、厳然と存在してしまう。

「自分で自分を殺したお母さんはね、もうあなたの母親になんてなれないの」

美穂さんの顔が歪《ゆが》む。苦笑いをしながら、両目から滔々《とうとう》と涙が溢れ出す。声を上げぬのは、きっと自分の娘に向けたせめてもの矜持《きょうじ》なのだろう。

一緒に生まれ変わって、そしてまた親子になろうよ——それはきっと親であれば、この上もないほど嬉しい言葉に違いなかろう。本当なら美乃梨ちゃんに縋って泣きたいほ

ど に 違いない。

しかし自分にはその資格がない——正確には、逃げ続けた最後に自殺してしまった美穂さんは、美乃梨ちゃんより先に生まれ変わり、後から現世に戻ってくる娘を産むことはできない。それはもはや、自らを殺した罰にも等しい。

けれどもそんな美穂さんの事情なんて見透かした上で、美乃梨ちゃんの考えは全てを遥《はる》かに凌駕《りょうが》していた。

「そんなのわかってるよ。だから次はね——私がお母さんになってあげる」

美穂さんの泣き笑いとは対照的に、美乃梨ちゃんが屈託のない笑顔を浮かべた。

「きっと私のほうがお母さんよりも先に生まれ変わるから、だから今度は交代ね。自殺したことをしっかり反省して、後からこの世に戻ってくるだろうお母さんを、次は私が産んであげるよ。そうしたらまた一緒にいられるよ。もう一度親子になれるよ。だから今度は私がお母さんを守ってあげる。今度は私がお母さんになって、お母さんにおにぎりを握ってあげるから——今度も二人でおいしく食べて、また一緒に笑おうよ」

あぁ……と自然と私の口から吐息が漏れた。

そうだ、美乃梨ちゃんはこんな子だった。

見捨てられて餓死させられたのにそれでも変わらずお母さんが大好きで、恨んでも当然のはずなのにただただ慕っていた。この世から送り出すとき、今度は自分が母親のためにおにぎりを握ってあげるのだ、とそう言って、美乃梨ちゃんは私たちを驚かせたのだ。

そしてまさに今、その想いのままを自分の母親へと伝えている。

先に自分がこの世に戻るのであれば、今度は自分が母となればいい。大好きだったお母さんをこの世で先に待っていて、時が来れば自分が産んでまた親子になればいい。

美乃梨ちゃんの言っていることの意味を最初は理解できなかった美穂さんだが、やがてぽかんと開いていた口を閉じると、堪えきれずにとうとう声を上げて泣き始めた。

その先は言葉もなかった。娘の信じられないほど広い心を前にして、ただただうずくまったまま美穂さんは嗚咽し続けた。

そんな母親の頭を、美乃梨ちゃんがそっと撫でる。

「私も悪かったと思うことはいっぱいあるし、お母さんにも直してもらいたいところはいっぱいあるの。だからさ、またやり直そう。もう一度この世で親子になって、それでときには喧嘩《けんか》して後悔して、でも一人の人間同士として言うべきことは言って支えあって、どんなに辛くて大変だったとしても、頑張って同じ屋根の下で生きていこうよ」

苦しい生活を覆せなかった自分から逃げ出したことで生じた、娘へのネグレクト——正直な私の気持ちを言えば、美乃梨ちゃんにだけは美穂さんを恨んで文句を言うぐらいの権利はあると思う。

でも美乃梨ちゃんが切に願うのは、そんな母と再び歩む人生だ。自分をアパートに遺《のこ》して逃げ出してしまった母ではなく、自分を連れてアパートに逃げ込んでくれたときの母を信じて、一度は間違ってしまった関係をやり直そうとしているのだ。

かつての母を見て学んだ失敗を、次は自分が母となって決して繰り返さないようにし、今度こそ幸福な親子になろうとしているのだ。

美乃梨ちゃんの純粋さとその発想には、ただただ脱帽させられるだけだった。

丸くなったまま泣いていた美穂さんが、むくりと上半身をもたげて正座の姿勢となる。そして申し訳なさそうに、けれどもどこか嬉しそうに、我が子に向かって小さく首を縦に振った。

途端に美乃梨ちゃんの顔がパッと華やぎ、はちきれんばかりの笑みを浮かべた。

すると美穂さんの表情も、美乃梨ちゃんにつられて満面の笑みとなる。

ここは芝生の上ではないし、お日様どころか空すら見えないマンションの一室だ。二人の間には母親が頑張って作ったお弁当もない。

だけど笑い合う今の二人の姿は、美乃梨ちゃんが描いたあの絵とまるで同じだった。

――ありがとう、お姉ちゃん。

鼓膜の内側で響いたように思えるその言葉だけを残し、気がついたときには美乃梨ちゃんと美穂さんの姿はもう消えていた。

火車先輩言うところの見えずともすぐそこにあるらしい幽冥界へと、きっと二人で手を繋ぎながら向かったのだろう。

「――またすぐに、二人とも戻ってこれますよね」

「あぁ、すぐに戻ってくるだろうよ。背負った子に背負われて、深瀬美穂も軽率だった自分の行いを十分に反省しただろう。先に戻っている美乃梨を待たせぬように、必死になって娘のお腹の中へと戻ってくるだろうさ」

「そうですよね」

はぁ、と深い深いため息をもらすなり、私の身体がへなへなとその場に崩れた。

死神を幽冥界にまでご案内する――その危険極まる無理難題をなし遂げたことで、緊張の糸がぷっつり切れて足の力が抜けたのだ。

そのまま重力に身を任せて、ゴロンと床の上へと仰向《あおむ》けに転がる。

たぶん今夜見る夢は美乃梨ちゃんと美穂さんの夢だろう。ひょっとしたら、早くも親子が逆転している姿になっているかもしれない。でもきっと、それでも二人して笑いながらおにぎりを食べている夢に違いない。

そしてそれはそう遠くない未来、夢でもなんでもなくこの現世のどこかの公園で実現する二人の姿でもあるのだ。

――と、いつもだったらここで達成感に満ちて終わるところですが。

大の字になった私の手が、すぐ側にいた火車先輩の前足をムギュとつかんだ。潰れそうなほどにぷにぷにとした肉球を握り締めつつ、私は寝そべった姿勢のまま首だけを動かして、ジトっとした目で火車先輩を睨めつける。

「……逃がしませんからね」

「別に逃げたりなどせんから、安心せい」

一夜にしてオフィスごとみんなでいなくなったくせに、どの口がそれを言うのやら。

「言っときますが、私は訊きたいことが山ほどあるんですよ」

「だろうな。ワシにわかる範囲なら答えてやるから、ほれ言ってみろ」

思いのほか素直な火車先輩の台詞に、ちょっとだけ調子を狂わされる。

でもまあ本当に訊きたいことは山ほどあって、私はしばし逡巡《しゅんじゅん》した結果、やっぱりこれを訊ねてみることにした。

「――幽冥推進課が廃止されていることは、間違いないんですか？」

「さっきもちらりと言っておったが……おまえ、どこでそれを知った？」

火車先輩の片眉がピクリと上がり、疑問に疑問を返してくる。

「姫ちゃんのところです。姫ちゃんに届いた契約の解除通知書を見せてもらいました」

「あぁ、確かに出向職員への対処はマニュアルにあったな。なるほど、よくぞ自分でそこに辿りついたもんだ。――おまえの問いに簡潔に応じるならば、答えは〝是〟だ。もう国土交通省の組織の中に幽冥推進課という課は存在しない」

ぴしゃりと返ってきた返答に、わかっていたことながらも私は涙ぐみそうになる。火車先輩の口からちゃんと聞けてよかったような、それでいてやっぱり聞くんじゃなかったと後悔するような、そんな複雑な心境だった。

自分でも知らぬ間にギリッと奥歯を噛みしめる。

「本当に幽冥推進課が廃止になっているのなら、だったらどうして火車先輩はこんなところにいるんですか」

――本当は、一縷《いちる》だけ期待していた。今の今までここは、幽冥推進課の業務の中でも最も難題とされる死神案件が起きていた現場だ。

だからひょっとしてここに火車先輩がやってきた理由とは――、

「案件への対処だ」

「――――はい？」

それは予想通りといえば予想通りの回答でありつつも、でも幽冥推進課はもう存在しないと自分で言い切ったでしょうが――と、混迷した私が目を細めていたら、火車先輩が呆れたように苦笑した。

「誤解のないようにちゃんと教えてやるが、ワシがここに来た案件とは死神案件ではないからな。そうではなくて——おまえ昨日、福井県庁の建築住宅課に無理やり押しかけおっただろ？」

「あぁ……はい、確かに。死神案件が発生しかけているこの物件に入居者を入れるわけにはいかなかったので、事故物件であることを理由に入居延期の嘆願に行きました」

「それだよ。ワシが受けた案件とは、まさにその件だ」

「……どういうことですか？」

いよいよちんぷんかんぷんとなって頭に疑問符を浮かべた私に対して、火車先輩がなんとも冷たい表情とともに鼻で笑った。

「社会的にも問題となる自殺が発生してしまった公営マンション。半年前から始めた耐震補強の工事がちょうど終わったところでの、それはまさに事故のような事件だった。入居予定者はもう全て決まっており、一ヶ月と待たずに引っ越し作業が始まる。公営マンションゆえに経済事情に問題を抱えている入居者が多く、事件を忌避して今から一般の物件を探し直しても、おそらく金銭的に契約できる方はほとんどいないだろう。だが幸いにして自殺のあった場所は共用部ではない。ゆえに問題の部屋は入居予定だった方に事情を説明し、なんとか別の公営マンションの部屋を用意した。他の部屋の方は、事件を知った結果で自分たちから希望し辞退するなら止めないが、でもそうでなければ一

○○人以上の公営住宅などすぐに用意できるわけもなく、部屋が違うからと我慢をしてもらうしかない。
そうやってなんとかかんとか乗り切ろうとしていたところ――『宅地建物取引業者による人の死の告知に関するガイドライン』を握りしめた、若い変な女性が建築住宅課に乗り込んできた。その娘が言うには『社会的影響の大きい自殺なので、既に決まっているマンション入居者全員に通知して了承をもらうまで入居させるべきではない』と、鼻息荒く捲し立ててくる」

「……いやいやいやいや！　って、福井県庁の建築住宅課を訪れたその若い変な女性ってのは、もしかしてっ⁉」

「まあどうにかその変な女は追い出したものの、でも帰る直前に『このまま入居したら、死神と化した地縛霊にみんな殺されるんですよっ！』などと激しく宣《のたま》っていた。

きっと妄言や戯言の類いだとは思うが、しかしながら本当に陰惨な事件があったことは間違いがなく、今後職員や協力会社が自信を持って入居者に『大丈夫です』と断言できるようにするためにも、変な女が言っていたことが本当かどうか確認して欲しい――という内容の相談が、舞い込んできたのだ」

つまり火車先輩がここにやってきた理由とは、私が福井県庁の建築住宅課に突撃して無茶苦茶なことを言ってきたせいで――それにしたって変な女とか、へこみますわぁ。

「はぁ、まあいいですけど……でも舞い込んできたって、そんな案件どこにですか？」

「嘱託職員であるワシが所属する、国土交通省　国土政策局　幽冥推進振興課にだ」

……………………はい？

「あの、もう一回いいですか？——どこに、ですって？」

「だから、幽冥推進振興課にだ」

「幽冥推進、振興課って——えっ、ええええぇっ!?」

12

聞けば私が採用される以前から、幽冥推進課の廃止案というのはあったらしいのです。

それは幽冥推進課が決して役目を終えたからではなく、遠からずして課としての業務遂行が困難になる状況がわかりきっていたため、なのだとか。

ではどうして業務の遂行が困難になるのかといえば、それはもう現代における妖怪という存在の宿命が原因でした。

葬列という風習がほぼ消滅し、セレモニーホールで葬儀を行うことが一般的となったことでかつて火車先輩が消えかけたように、妖怪とは文化の変遷とともに消失してしまう存在。たとえ名称や伝承、図画が残っていようとも、人の心が移り変わってしまってはそれらはもはや中身のない形骸に過ぎない。

辻神課長は本来は四つ辻で人に厄災を与える妖怪なわけで、その存在の根幹には古くから全国的に存在している『四つ辻は異界と繋がり魔物が宿っている』という、辻の持つ魔への信仰が絡んでいる。ゆえにこの国の人の誰もが辻を畏怖しなくなれば、その瞬間に辻神という存在は意味がなくなる。辻神は辻神として成立しなくなるのだ。

百々目鬼さんも同様だ。百々目鬼という妖怪は辻神や火車ともまた違う複雑な生い立ちをしてはいるものの、その源流の一つとなる伝承の発生の地を私は先日に訪れている。名を冠された『百目鬼《どうめき》通り』は現代ではただのうら寂しい路地でしかなく、かつての鬼を怖れた人はおろか、名の書かれた道路標識にさえ目をくれる人はいなかった。

過去に妖怪を支えた文化は近いうちに完全に変わってしまう。同時に古い妖怪たちはもう、往来の薄闇や家の中の暗がりに潜むことすらできなくなる。図鑑やウィキペディアにその名や由来がいくら残っていようとも、それらはただの化石のようなもの。

人の心に根ざした、生きた妖怪はいなくなってしまうのだ。

だからこその廃止案。妖怪たちがある日消えてしまう前に、言い換えるなら、突然潰れる前にちゃんと店仕舞いしておこうという発想だった。

そして実際、次の国土交通省の再編の際には幽冥推進課が廃止されることはほぼ決定事項だったらしく、辻神課長と火車先輩はそれを覆そうと密《ひそ》かに何度も上と交渉していた、とか。

言われてみればいつぞや土曜日に、霞が関の道端でもって辻神課長と火車先輩にばったり遭遇したことがありましたっけ。今になって思い返せば、休日返上できっと話し合いに出向いていたのでしょう。

――と、公営マンションの横に停めたままの公用車に戻り、助手席にちょこんとお座りする火車先輩からここまでの話を聞いたところで、私の中に当然の疑問が生まれた。

次の再編時になされるはずだった幽冥推進課の廃止が、どうして変哲もないただの休み明けの日にいきなり遂行されてしまったのか。

その理由がまったくわからず問いただしてみれば、

「それはな、全ておまえのせいなんだよ」

あまりに予想外な返答にたっぷり三秒ほど静止してから、今度はがーっと火車先輩に唾を飛ばした。

「な、なんですか、それっ！　私のせいとか、ひどい言いがかりにもほどがあるんですけど！　私は何もしてませんからね！　っていうかむしろわけもわからずオフィスがなくなって、何一つできることなんてなかったんですからねっ！」

「あぁ、そうだな。確かに言葉選びが悪かったな、言い直そう。

――全ておまえのおかげだよ」

「……はい？」

似て非なる表現に、まったくもって火車先輩が何を言いたいのかがわからない。

「実を言うとな、辻神と百々目鬼はもうこの世にはおらんのだ。美乃梨を幽冥界へと送ったあの日の晩にな、おまえのおかげでもって幽冥界へと逝き、既に現世から消えてしまっている」

「えっ？——って、えぇぇぇぇっ!?」

さっきから驚きの連続で。私の喉は痛くなりそうです。

「ちょ、ちょっと待ってください！　私のせいだか、おかげだか知りませんが、あの二人が消えてしまったってどういうことですか！」

「さっき幽冥推進課の廃止案とともに説明しただろうが。かつてのワシのごとく、あの二人も限界は近かったのだ。というよりも、もはやいつ消えたっておかしくないところを気力だけで現世に留まっていたような状態だったのだ。このままではダメだと、今消えてしまったら幽冥推進課の業務は受け継ぐ者なく中途半端に途切れてしまうと、業務に対する真摯なまでの責任感だけがあの二人をこの世に繋ぎ止めておったのだ。

——幽冥推進課の廃止案というのはな、間もなく消えいくワシらを責任から解放してやるための、上からの親心でもあったのだよ」

「そんな……」

座った運転席の背もたれに、私の背中が自然と吸い込まれた。

ショックだった。というか、ショックを感じないはずがなかった。

辻神課長と百々目鬼さんの二人が、もうこの世にはいない。妖怪だから人の生き死にと同列に考えるわけにはいかないのだろうけれども、それでももう会えないという点にはきっと変わりはない。

いつかどこかで出会ったときに、いきなり姿をくらまされたことへの文句を言ってやろう、なんて思っていたのに、それはもう叶うことのない野望だったわけだ。

「そんな泣きそうな顔をするな。言っただろ、おまえのおかげだと。あの二人はおまえのおかげで、ちゃんと納得して幽冥界へと逝けたのだ」

「……だから、どういうことなんですか、それ」

「美乃梨の案件な、あれははっきり言って難物だった。ヒダル神と化した地縛霊への対処は米を食わせること。しかし拒食症を患った地縛霊では、容易には米を食べさせることができない。にもかかわらずおまえは自分で方策を考えてそれを実行し、僅か数日であの案件を解決してしまった。それも美乃梨の心をほぐし、しかも怪異の特性まで理解して、飢え続ける宿命にあるヒダル神を満腹にしてから幽冥界へと送り出した。

ゆえにな、安心してしまったんだよ、あの二人は。良い後進ができたと、これならもう朝霧夕霞に幽冥推進課を任せてもまるで問題がないと、おまえの活躍をみてそう納得してしまったのだ。それは地縛霊でいうならば未練が叶ってしまった状態であり、この世に無理をしてでも居続けねばならない意義を見失った結果、消えてしまったのだ」

……なんのことはない、二人が消えたのは本当に私のせいだった。

私が業務を頑張ったから、むしろ頑張りすぎたから、あの二人を消してしまった。

思わず「ははっ」と乾いた笑いが漏れそうになるのを、火車先輩の声が遮った。

「夕霞よ、勘違いせぬようにはっきりと伝えておく。あの二人が満足して幽冥界に逝けたのはな、おまえのおかげだ。おまえがいなければ、遠からずして未練を残したまま強制的にこの世から追いやられるところだったのだ。だからあの二人が消えたことで、おまえが気に病む必要は微塵もない。

むしろワシと辻神が人間職員を採用しようと決めたのは、おまえのような人材を求めていたからだ。ワシが新人の頃のおまえに必死にOJTを施したのは、幽冥推進課を任せられる職員に育ててあげ、いつかワシら自身を幽冥界へと送り出してくれることを願っていたからなのだ。辻神も百々目鬼も、おまえがよく言う『最後は笑ってこの世から立ち去って欲しい』という言葉のままに幽冥界へと逝けたのだぞ。だから嘆かんでくれ、誇ってくれ。あの二人の未練が叶ったことを、むしろ笑って喜んでやってくれ」

――二人ともう会えないのは悲しくて、切なくて、辛い。

でもこれまで多くの地縛霊と会って別れてきたように、それはきっと同時に喜ばしい別れでもあるのだろう。

「……わかりましたよ」

私は火車先輩に言われた通りに笑うことにした。ちょっと泣き顔めいている気もするけど、でも今は二人の願いが叶ったことを祝って笑顔を浮かべてみた。

――しかし。

今の説明でも、まだわからないことがある。

「二人が私を認めてくれたから、消えてしまったのはわかりました。けれどそれがどうして一夜にして幽冥推進課のオフィスが消えて、課が即座に廃止になるという事態にまで繋がるんですか？」

むしろ幽冥推進課を任せられると思ってくれたのに、廃止にされてしまってはまるで意味がない。無駄死にならぬ、地縛霊でいえば無駄成仏のような状態だろう。

「それはな、以前から用意されていた緊急対応マニュアルが発動してしまったからだ」

「緊急対応……マニュアル？」

「そうだ。幽冥推進課は地縛霊という存在が公ではない以上、公表されている組織図には載っていない地下の幽霊部署だ。存在の証拠となるようなものが万が一にでも漏洩《ろうえい》してしまっては非常によろしくない。なのに課の者たちは、もはやいつ消えてもおかしくない妖怪ばかり。ある日みんな消えてしまって、そうとは誰も知らず秘匿情報の塊であるオフィスだけが放置されてしまう事態は十分に予期された。

ゆえに責任者である辻神が不測の事態で消えてしまった際には、局の関連職員によってすみやかに幽冥推進課のオフィスが撤去され、即時で課も廃止されるようマニュアルが整備されていたのだ」

って……いやはや、それはなんともまあ大仰なお話で。というかそんなマニュアルがあるのなら、先に言っておいて欲しかったですよ、ほんとに。

「でもそれだと、なんでこの公用車だけが立体駐車場に残っていたんですか？」

今、私と火車先輩がシートに座って話をしているこの公用車。

今回はこれが残っていてとても助かったわけですが、しかし即行で課を廃してオフィスもまるごと撤去と痕跡をなくそうとしていたわりに、こんな車両が残っているのは不可解です。

そう思って質問すると、火車先輩の三白眼がぷいと明後日《あさって》の方角へと向いた。

「それはだな、その……マニュアルの、整備不足だ」

「……はい？」

「つまり公用車の存在がな、マニュアルから漏れておったのだ」

——要はその緊急対応マニュアルですが、策定されたのが今から一〇年以上も前のことらしく、環境省からのお下がりなこの公用車はマニュアル策定後に下賜されたものだったそうです。そのため既存のマニュアル対応から、ナンバー登録もされている公用車への扱いがすっこりと抜けていたのだとか。

なんと言いますか、私も私で公用車が残っていただけで『——行ってこい、夕霞』とどこぞの誰かさんから言われた気がしていたので、顔から火が出そうになる顚末ですよ。よもやただの回収忘れとは……この件はもう追及をやめましょう。

ちなみに一〇年前の幽冥推進課にはなくて廃止時には存在していたものが、もう一つ。それは、私——すなわち人間職員だそうです。

私という存在は公用車と違って見落とされこそしなかったものの、しかしそれでも人間の臨時職員の扱いはマニュアルにはない。そのためどうするか協議がもたれたらしいのですが、雇用期間がたまたま廃止となった当日で満了だったため、あえて放置するという結論にいたったそうです。

下手《へた》に触れて退職後も延々と守秘義務を守らせ続けるより、幽冥推進課の痕跡をオフィスごと消したほうがいい。あらゆる物的証拠を消してさえおけば、そこは存在自体が荒唐無稽な幽冥推進課。私がどこで何を吹聴《ふいちょう》したって誇大妄想としか受け取られないだろう、という判断だったとか。

でも一方で妖怪の出向職員への対応はちゃっかりマニュアルに載っていて、それが姫ちゃんのあの解雇通知に繋がっていたとか。

……端的に、さすがに私への扱いひどすぎじゃね？

「まあ公用車やおまえのことといった些細な相違はあれど、想定時の目的をおおむね達成できたぐらいにはしっかり緊急対応マニュアルは遂行されたわけだ」

いきなりオフィスがなくなって、誰からもひと言もなくて、あれだけ悩んで苦しんだ私の懊悩は些細な相違ですかい。そうですかい。

「こうして特例措置によって強制的に幽冥推進課は即日廃止となったものの、しかしマニュアル策定時にはまったくの想定外だった点が二つほど問題として挙がった。

一つは社会的影響の大きかったヒダル神案件が、廃止の直前で二件連続で発生していたことだ。特に森林公園における美乃梨の方の案件は危なかった。直近に前例があって解決までのスキームが見えていたこともあり、国土政策局下の他の課の職員である大崎美和にトライアルで対応させてみたが失敗し、事態は悪化。時同じくしてメディアの勘違いから見当外れな報道がされたわけだが、とても森林公園の封鎖を解除できるような状況ではなく、事実も伝えられぬため訂正の記者会見も開けない。あの案件で一部の者はかなり肝を冷やしたらしい。結果、有事には地縛霊との交渉に長《た》けた専門の課はやはり必要だという再認識がされていて、幽冥推進課を存続させるかあるいは再編時には他の課へと組み込んで技術継承を行うか、その検討を始めようとしていた矢先に問答無用でいきなり課が強制廃止となってしまった。

当然ながらこれは何か手を打たなければならないということになり、そこでもう一つの想定外の問題にも注目がされた。その問題とは、幽冥推進課の前身たる幽冥課の創設時より業務に携わっていた、ワシがいまだに現世に残っていたという問題だ。本当なら現存の妖怪職員たちの中でもっとも早く消えていたはずのワシだが、おまえに偽の葬儀でもってこの世に連れ戻されたため、今なお嘱託職員として在籍し続けていた。ゆえに上は両者の問題を一気に解決すべく、ワシに白羽の矢を立てることにしたのだ」

——今やただの嘱託職員である火車先輩ですが、過去には課長代理級へと昇進させようという話が何度もあったそうです。しかし人手ならぬ、あやかし手の常に足りない幽冥推進課において、現場主義を貫くべく火車先輩は昇進の話を断り続けていたのだとか。

そんな火車先輩だからこそ現世に残ってさえいれば、それは幽冥推進課のノウハウの八割が残存しているのに等しい。よって同じ失敗を繰り返さぬよう、地縛霊との立ち退き交渉術を人間職員に技術継承すべく、新たな課の創設が急遽《きゅうきょ》決定したそうです。

「昨日付でようやく転属辞令が下りてきた。今のワシはな、昨日に立ち上がった『国土交通省　国土政策局　幽冥推進振興課』の嘱託職員なのだ」

あまりにあまりな展開に、なんというかコメントが頭に浮かばない。

「いやぁ、課の名前をどうするかで実に会議が難航してな。『幽冥推進』まではそのままにしようということになったのだが、その後を『振興』とするか、または『企画』とするかで、大いに白熱してしまったのだ」

と、ダメなお役所のテンプレみたいな軽口を叩いていますが、まあ大変だったことは想像に難くはない。何しろ課を一つ潰してから即座にまた作り直したわけで、椀子《わんこ》そばでもあるまいし、普通ならそんな無茶がまかり通るわけがない。

きっと火車先輩の説明は話半分で聞くべきであって、おそらく火車先輩自身も幽冥推進課の後継組織の立ち上げに寝る間も惜しんで尽力していたと考えるべきでしょう。

でもそうであったとしても、私の口から出てくるのは恨み言だ。

「……それでも、せめて連絡の一つぐらいはくださいよ」

本当の本当に、私は悩んで苦しんだのだ。

誰とも何の連絡もつかず、狂おしいほどに懊悩し続けたのだ。

「その件に関しては、正直すまんと思っておる。おまえと連絡をとらねばならんとは思っていたのだが、どうやらワシは自分のタブレットPCをどこかに置き忘れてしまったようでな」

「……へっ？」

「おまえの連絡先は全て、タブレットPCに入れておいたのだ。だが新橋庁舎の地下オフィス撤去のごたごたのせいか、どこかに消えてしまっていてな」

「えっと………はい、これ。ちゃんと温めておきました！」

４Ｇ回線が使えるのをいいことにちゃっかりガメて、幽冥推進課時代のメールのやりとりの確認や調べ物なんかに使っていた火車先輩のタブレットＰＣを、私は懐から取り出すなり両手でもって差し出した。

「……なんだ、公用車の中にあったのか」

というか公用車が残っていたことと同様に、このタブレットＰＣも火車先輩からの「行け」というメッセージのように受け取っていたことが、今さらながら恥ずかしい。

だけどマニュアルで対処が漏れていた公用車といい、ただの置き忘れだったタブレットＰＣといい……ズボラにもほどがあるでしょうよ。

火車先輩は両の前足の肉球でタブレットＰＣを挟んで受け取ると、爪で器用に操作しスリープ状態を解除する。

何を始めたのかちょっとだけ興味があってちらりと横から覗いてみれば、火車先輩はスイスイーと画面を切り替えてオンライン会議用のアプリを立ち上げると、液晶に表示された会議要請の「承認」の文字をもにゅっとタップした。

瞬間、液晶の画面いっぱいに男性の顔が映った。

途端にこっそり覗き見ていたことも忘れて、血相を変えながらタブレットＰＣに顔を寄せてしまう。

私の血相が変わったのは、別に液晶に映った顔がイケメンだったからではない。いや、実際のところは涎《よだれ》もののイケメンなんだけれども、理由はそこじゃない。

そうじゃなくて——シュッとした顎のラインの細面に、トレードマークの黒縁メガネ。

液晶画面いっぱいに映ったその人物は、辻神課長だったのだ。

『いやはや、お久しぶりですね、朝霧さん。あいかわらずお元気そうで——と、ひょっとして少しお痩せになりましたか？』

火車先輩を押しのける勢いで、タブレットPCのカメラの前に横から顔を出す。

「つ、辻神課長っ！　……どうして？」

どうして——画面に映っているのか？

というのも、以前から消えかけていた辻神課長は既に現世から幽冥界へと旅立ってしまったのだと、私はさっき火車先輩から聞いたばかりなのだ。

もう会えない、と——それこそ美乃梨ちゃんのような、あるいはいつぞやのお稲荷さんのときのような、幽冥界へと逝ってしまったからにはとても強い想いにでも導かれない限り会えないはずであるのに、しかし液晶画面の向こう側でもって辻神課長は以前のままの柔和な笑みを浮かべていた。

ぽかんと口を開けた間抜けな私の顔をしばし見てから、辻神課長の口角がなんともいやらしい角度に吊り上がった。

『いやぁ。そんな幽霊やお化けにでも遭遇したような表情をしないでくださいよ、朝霧さん。私はそのどちらでもない――ただの妖怪ですから』

火車先輩みたいなことを辻神課長からも言われて、さすがにちょっとイラッとくる。

「わかってますよ、そんなの！　って、そうじゃなくて。……ひょっとして火車先輩みたいに、辻神課長も現世に戻ってきたんですか？　やっぱり幽冥推進課のことが気がかりで、この世に舞い戻ってきてくれたんですよね？」

僅かな期待を込めて都合の良すぎる想像を口にしてみるも、しかし辻神課長は静かに首を横に振った。

『いいえ、私が今いる場所は現世ではありません。ここは間違いなく幽冥界です』

微笑を崩さぬまま返ってきた答えに、私はほんの少しだけ落胆してしまう。

『いやぁ、すみませんね。森林公園での朝霧さんの活躍に感心していたら、なんだかやたらに安心してしまいましてね。そうしたら急にすぅーと意識が薄れてしまって、気がついたらもうこっちにいたんですよ』

と、最後に「あはは」と軽い笑いを辻神課長がつけ加える。

……そんなついうっかり居眠りしてしまって、みたいに気軽に言われても。

とはいえ火車先輩の説明を聞く限りでは、辻神課長と百々目鬼さんが幽冥界へと逝ってしまったのは〝私のおかげ〟らしいので、そこは辻神課長なりに気を遣ってくれてのいつもの軽口なのだろう。

でも現世に戻ってきたわけではなく本当に辻神課長が幽冥界にいるのであれば、そこには大きな疑問が湧く。

「だったらどうして今、こうして私と会話ができているんですか？」

『VPN回線ですよ』

「………へっ？」

『昭和の頃だったら及びもつかない、ほんと便利な時代になりましたね。世の時勢はオンライン、国政局の専用サーバーと幽冥界とをVPN回線でつないでみたら、これが思いの外うまくいきましてね。ですから幽冥界へと異動してしまったことで出勤は難しくなったものの、私も今後は時流に乗ってテレワークを中心に業務をしていくことにしたんです』

「はい？　――――はいぃぃっっ!?」

僅かな思考停止の後に、盛大に仰天の声を上げてしまう。

っていうか、VPN回線ってなに？　オンラインって、どういうこと？

――この世に遺した人をいつまでも優しく見守ることのできるらしい幽冥界。

どうやらこれまで私が思ってきたよりも、幽冥界とはずっと身近で隣にあった世界のようでして……オンラインで通話可能とか、むしろ近すぎね？

そのうちに「現世からのWi-Fiも届くようになりまして」とか言われそうで、ちょっと複雑な気持ちなんですけど。

驚きなのか呆れなのかよくわからない気持ちで呆然《ぼうぜん》としていたら、辻神課長の顔の隣にひょっこりと女性の顔が現れた。

『夕霞ちゃん、見えてる？　ちゃんと私もこっちにいるから安心してね！』

カメラに向かって小さく手を振るその姿は、紛れもなく百々目鬼さんだった。

……もう驚き過ぎて、言葉が出てきませんよ。

『ほんと参っちゃったわよ。ほら、夕霞ちゃんがさ、古い帳簿をみんなPDFにしてくれたじゃない。あのおかげで、これでサーバーにアクセスできる環境だったらどこでも金勘定――もとい経理業務ができるわ、なんて思っていたら急にすぅーと意識が薄れちゃってね。気がついたら辻神課長と一緒にこっちにいたのよ』

辻神課長の隣で腕を組んで、百々目鬼さんが一人でうんうんとうなずく。

百々目鬼さんが幽冥界へと異動した原因にいたっては、もはや私の成長ですらありませんでした。単に私が古い書類をしこしことフラットベッドスキャナで読み込み、クラウドでの業務環境を整えたせいでした。

幽冥推進課のオフィスが消えてしまったことによる、私の悲しみと絶望とは……はたして、いったいなんだったのか？

チーンという効果音が似合いそうな、真っ白になった表情でしばしフリーズをしていたら、やがて辻神課長がゴホンと咳払《せきばら》いをした。

『朝霧さん。この度の幽冥推進課の廃止の件では、こちらの都合で本当に不安にさせてしまった上に、いろいろとご心配おかけしてしまい、まずは心よりお詫びいたします。

そして、あらためまして――昨日付で立ち上がりました、幽冥推進振興課の課長を務めさせていただく辻神です。今さらでしょうが、どうぞよろしくお願いします。

なお今申しました幽冥推進振興課とは、諸般の事情から突然の廃止となってしまった幽冥推進課の業務をほぼそのまま継続し、かつ事務局を幽冥界へと移転させることで旧体制を一新した、新しい国土政策局下の組織です』

「事務局を幽冥界に移転、ですか？」

『そうです。本邦初の試みと申しましょうか、まあ前代未聞なのは間違いなく、しかしこうして回線も比較的に安定していますので可能だろうと判断して踏み切りました。

というのも人間職員が育つまでの間は従来の体制を大きく変えないほうがいいだろうと考えていまして、幽冥推進振興課の本機能は妖怪にとっても働きやすい幽冥界に設けることになったのです』

「……はぁ、左様ですか」

というか突飛過ぎて、気の利いたコメントなんて出てきませんよ。

でも言われてよくよく見てみると、液晶越しに見える辻神課長と百々目鬼さんの背後は、ドライウォールのパーテーションにパイプ式ファイルの詰まったガラス戸のキャビネットと、まさに新築オフィスの様相だった。

ほんと……いったいどんな場所なんでしょうね、幽冥界。

『とはいえですね、当然ながらこちら側からだけでは「現世に遺した未練のために、不当に国土を占拠してしまっている地縛霊を説得、交渉して、すみやかに幽冥界へのご移転をご案内する」という幽冥推進課から引き継いだ根幹業務を遂行できません。

ゆえに来週には新橋分庁舎の地下室に「幽冥推進振興課　現世出張所」が設けられる予定になっています』

――現世出張所っ！　なんというか、スケールのでかいネーミングの出張所です。

またしても呆気にとられそうになってしまうも、しかし新橋分庁舎の話が出てきたことで、とりあえず私は今のうちに言うべきことを伝えておくことにした。

「あ、あのぉ……一ついいですか？」

おずおずと手を上げた私に、辻神課長が『えぇ、どうぞ』と鷹揚《おうよう》にうなずく。

「すみませんっ！　その辺の事情をまったく知らなかったので、実は立体駐車場に置きっぱなしになってた元幽冥推進課の公用車を勝手に乗り回しちゃってました！　っていうか今通話しているのも公用車の中だったりしまして……これってやっぱり横領に当たって、私ってばお縄を頂戴しちゃいますかね？」

膝の上で両手の人差し指同士をいじいじしつつ、目を逸《そ》らしながら辻神課長に白状する。

私としては結構な勇気を出しての自供だったのだが、辻神課長は不思議そうに目を細めてから隣の百々目鬼さんと顔を見合わせた。

『……いや、夕霞ちゃん。あの公用車とそれからタブレットPCは、幽冥推進振興課の発足が完全に決まるまで夕霞ちゃんとの接触を禁じられた火車ちゃんが、無理に無理を通してなんとか残して――』

「おい、辻神っ!! 用件はそれだけではあるまい! 早く先に進めんかっ!!」

鬼気迫る表情で怒鳴った火車先輩の声が、百々目鬼さんの発言を遮った。

気がつけば火車先輩が耳の中まで真っ赤になっていてギョッとするも、何かを察した辻神課長がにんまりと笑ってから口を開いた。

『まあ、公用車の件は気にしなくていいですよ。あの車の管理は引き続き幽冥推進振興課で行うことになっていますし、何よりも忘れて置いていってしまったらしい方も、きっと使ってもらって大いに本望だと思うので』

なんとなくすっきりしきらない辻神課長の物言いに、私は小さく首を傾げる。

その隣では火車先輩が、何度も「ゴホン、ゴホン」とわざとらしい咳払いをしていた。

『まあ、そんなことよりもですね、朝霧さん』

「……はい」

『先ほど申しましたように、間もなく現世出張所が立ち上がります。ゆえに地縛霊を視ることができて、かつそこで働いていただける優秀な人材を我々は切に求めています』

私の身体がビクリと反応する。勝手に背筋がしゃんとなって、グーの形に握った手が自然と両腿《りょうもも》の上にそれぞれ乗る。

――そして。

『朝霧夕霞さん、どうか幽冥推進振興課　現世出張所で是非とも働いてください』

モニター越しの辻神課長が、机の上に両手をついて深々と頭を下げた。

途端に私の両目から、粒となった涙がポロポロこぼれだす。

いきなりのことに自分自身でも驚きつつ、私は手首から伸ばしたYシャツの袖でぐしぐしと何度も涙を拭った。

「……本当に、私なんかでいいんですか？　私、優秀じゃないですよ。ズボラで、面倒臭がりで、たぶんまた毎日遅刻寸前の出勤になりますよ」

それは不安から出てきた、私のありのままの気持ちだ。本当は嬉しいのに、でもどことなく怖くて勝手に出てきてしまった言葉だ。

しかしそんな甘えきった私の言葉を受けながらも、顔を上げた辻神課長の眼差《まなざ》しはこれまで見たことがないほどに真剣だった。

『朝霧さん——私はね、あなたがいたからこそ幽冥界に来たんです。あなたがいてくれたからこそ、安心して幽冥界に来ることができたんです。あなたがいなければだから——責任をとってください。あなたでなければダメです。あなたがいなければ始まりません。むしろ朝霧さんが働くのを拒否されるのであれば、私は幽冥推進振興課の発足を白紙に戻すよう上に提言するつもりです。死神になりかけていた地縛霊をほとんど独力で説得し幽冥界に送った方が、どの口で優秀じゃないと言いますか。あなたをおいて他にいないんです。ですからお願いします。どうか力を貸してください。

そしてこの世に想いを遺してしまったことで国土を不当に占拠してしまっている哀れで切ない地縛霊の方々を、これからもあなたがお迎えに上がってあげてください』

辻神課長の隣の百々目鬼さんが、優しい笑顔でもって静かにうなずく。

隣の助手席にいる火車先輩が、いつもの苦笑をしながらも力強くうなずく。

——そこが限界だった。

辻神課長の言葉を聞いているうちに自然とへの字に結ばれていた口を開き、私は恥も外聞も何もなく、洟水《はなみず》を垂らしながら返事をする。

「ばいっ！　ごぢらごぞ、よろじぐお願いじまずぅ!!」

そう口にするなり、今度は背中を丸めて両手で顔を覆って、隠すこともなくわんわん泣き始めてしまう。

赤ん坊のように泣きだした私をあやすかのように、火車先輩の肉球がポンポンと私の頭の上で跳ねた。

「これからも、またよろしくな——夕霞よ」

私の泣き声は止《や》まない。火車先輩の前足の重さを頭で感じたまま、いつまでもいつまでも泣き続けていた。

13

——その後のこと。

『おい、恩知らず！　帰ってこないんだったらちゃんと帰ってこない、と言ってから東京へと安全運転で帰りやがれ。心配するだろうが。それと私が作った二人前のカレーピラフはどうすんだ？　この夕霞野郎めっ！』

火車先輩を助手席に括《くく》り付け、新橋に向かって公用車を走らせていたところでかかってきた、津田さんからの電話です。

いやこの日は夕方からほんと滅茶苦茶《めちゃくちゃ》いろいろあり過ぎたせいで、すっかりすこんと津田さんのことは忘れてました。そんなわけで恩知らずと罵られたってまったく言い訳のしようもない私ですが……それにしたって夕霞野郎とは斬新な罵倒です。クズとかバカとかと、私は同義語かい。

『まあ……いいや。おおかたあんたがこそこそ動いていた問題が解決したんでしょ？』

「……うん。それからね、再就職先も決まった」

『あ、そ。よかったわね。だったら今度は私があんたのうちにいきなり転がり込むから、広い部屋に引っ越して待ってなさい。ついでに晩ごはんは叙々苑《じょじょえん》ね』

約束されていた若狭牛ステーキ丼がぎゅうめし弁当に変えられたので、津田さんからの高級焼き肉要求もなんとか食べ放題焼き肉ランチ一二八〇円ぐらいに落とし込めるはず。これはもう私と津田さんとの、仁義なき牛肉戦争です。

――なんて冗談はさておいて。

いろいろ無茶ばかりを言ったのに嫌な顔もせず――って、よく考えたら嫌な顔はいっぱいされまくったけど、でも語れない私の事情を暗に汲《く》んでくれて、ひたすらに骨を折り続けてくれた友人に心から感謝です。

都内にまで遊びにきてくれることがあれば、本当にいくらでも恩返しするつもりですよ、私は。

――ちなみに、姫ちゃんも幽冥推進振興課で再雇用する予定なのだとか。

契約書を郵送で送ると配達員さんが橋のどこに置いたらいいか迷って気の毒なので、今のところはできた段階で直接届けにいくつもりです。

火車先輩ともども訪ねれば、きっとこの前の二倍喜んでくれることでしょう。あのあどけない笑顔をまた見ることができると思うと、今から楽しみだったりします。

――それと、がらんどうになった新橋分庁舎の地下にオフィスが新しくできるまでの間に、火車先輩ともども道路のお稲荷さんへとお礼参りにも行ってきました。

「あの……すみませんでした。せっかくいい就職先を斡旋していただいたのに」

二人で訪ねれば、開け放った社の扉から狐《きつね》というよりも痩せた狼《おおかみ》のような強面《こわもて》を覗かせてくれました。お稲荷さんとしてはにんまり笑っているつもりなのでしょうが、口端からにゅっと突き出た牙が相変わらず怖い。

「良い、気に病むな。元の鞘《さや》に収まったのであれば何よりだ。おまえはおまえが望んで、そして望まれている業務で日々邁進《まいしん》し、民のために精進し続けよ」

……毎度ながら、大変ありがたいお言葉を頂戴いたしました。

「ところでだな、変な娘よ。思うに我の社の鳥居が一つだけというのも、実に寂寞《せきばく》としているとは思わぬか？」

火車先輩から聞いたところでは、願掛けが叶ってお稲荷さんにお礼をする際には鳥居を奉納する風習があるそうで――今の言葉は、いったい私に何を期待しているのでしょうか？

とにかく無一文たる私は、引きつらせながらもプライスレスの笑顔を浮かべ、ひたすらに頭を下げてからそさくさとお暇《いとま》をいたしました。

まあ出世払い、ということにしておいてくださいな。

——それでもって。

いよいよ幽冥推進振興課の現世出張所での業務が開始される前日に、火車先輩ともども新橋分庁舎地下の新生オフィスの内見にも行きました。

前回来たときは、打ちっぱなしのコンクリートに戻っていた壁に真新しい壁紙が貼られていて、なんというかすごく明るくなった感じです。

「新しいオフィスは黴臭《かびくさ》くないからいいですねぇ！」

「……黴臭くはなかろうとも、ホルムアルデヒド臭くてたまらんわ」

「なにつまんないこと言ってんですか……ほら天井を見てくださいよ。照明だってLEDですよ、LED！」

天井に据え付けられたスリムタイプのLED照明。これで切れかけるたびにパチリパチリと瞬いては、ばっちりなホラー感を醸す蛍光灯ともおさらばです。

「宵闇の中で屋内を照らす灯《あか》りは行灯《あんどん》より始まって蛍光灯まで、ワシはどれも情緒があって嫌いではなかったのだが……どうもLEDだけは好かん。あの光はまっすぐ過ぎて揺らぎがなく、面白みがない。せめて蛍光灯にして欲しいものだ」

「いや、そんなこと言ったって、今どき蛍光灯は水銀廃棄物なんですよ。既存不適合ならまだしも、リノベーションした国交省の事務所で蛍光灯なんぞ使えるわけないじゃないですか」

私が正論で返すと「言われんでも、わかっとるわ」と、火車先輩が拗《す》ねてそっぽを向く。せっかくオフィスが明るくて綺麗になったというのに、毎度ながら面倒臭いドラ猫先輩ですよ。

ちなみに一度は回収されたものの処分に困ったようで、元オッパショ石こと夜泣き石も幽冥推進振興課のオフィスに戻されました。

今はオフィスの入り口付近の棚に無造作に置かれているのですが、シクシクという泣き声のトーンがいつもの五割増しです。どうやら夜泣き石もこの真新しいオフィスがお気に召していないようで、まったく妖怪どものセンスは理解不能です。

——けれども、まあ。

「ねぇ、火車先輩」

「なんだ？」

「私、これまで以上にがんばって働きますから。一生懸命、地縛霊様方をお迎えに上がりに行きますから」

「まあ、過重労働にならぬよう業務時間と就業規則を守って、ほどほどにな。今は昭和と違って根を詰めて働くような時代ではないのだからな」

……ほんと、こういうところは調子狂います。

ですが私は、腰に溜めた両手をぐっと握りしめて一人気合いを入れる。

——いつも通りの仕事ができるのは幸せなこと。

いつぞやに辻神課長が言っていた言葉が脳裏をよぎる。今回は全て失ってから、本当にそうだと気がつかされました。

だから、がんばろう。これからも、ちょーがんばっていこう。

何はともあれ明日から、幽冥推進振興課　現世出張所での新たな業務が始まります。

エピローグ、あるいはプロローグ

とある、お昼前のこと。

業務時間中なのに毎度ながら自席で丸くなって居眠りする火車先輩を無視して、私は新品となり座面の柔らかくなった椅子に腰掛けノートPCと向き合う。

打鍵時にまだまだ抵抗感の残る新しいキーをカチャカチャカチャカチャっと叩《たた》いてから、最後にターンと軽快にエンターキーを弾《はじ》いた。

「よしっ！　これで経費の領収書の送信完了、っと」

あとはオンラインサーバーに上がったPDFの領収書を確認してもらい、百々目鬼さんが今月分の給与に計上して振り込みをしてくれるのを待つだけです。

思い返せば、ほんと幽冥推進課は旧世代の遺物みたいなシステムだったなぁ、と。

今送った領収書なんかもちょっと前までは経理の百々目鬼さんへと手渡しで、受け取った百々目鬼さんは百々目鬼さんで、血走った目を腕に浮かばせながらどこからともなく手持ち金庫を持ってきては「いちま〜い、にぃま〜い」と、悲しい声で一〇〇〇円札を勘定してから直接渡してくれていたわけです。

ちなみに「きゅうま〜い」から先に進んでしまった場合は「一枚、足りない」と嘆かれるのではなく「夕霞ちゃん、今月は経費使い過ぎっ！」と百々目鬼さんから怒られるオチになってました。どっちにしたっておっかない展開です。

とまあ出金精算が振り込みになったのは便利なのですが、でもどことなく味気なさを感じているのも事実で、おまけにちゃんと給与分に上乗せされているはずなのに、なんでか精算金のあった月もない月も、月末になると私の財布の中には一枚のお札もない。これはもはや量子の観測のごとく、現代科学が解き明かせない謎です。ひょっとしたら、開いて観測するまでの間は、いつだって私の財布には一万円札があるのでは？

……とまあ、そんなくだらない思考実験はさておき、もうすぐ昼休み。今の私が考慮すべきは、本日のお昼ごはんを牛丼にするか牛丼以外とするか——それが問題です。

奨学金の返済に未納だった年金の支払いとお家賃、それからたまに実家に帰るための積み立て預金。私の台所事情はいつだって火の車なのですよ——って、もしやこれ駄猫先輩と一緒に仕事しているがゆえの呪いとか、そんなことないよね？

とにもかくにも、左の皿に牛丼で右の皿にはうっすい私の財布が載ってグラグラ揺れている天秤《てんびん》という、古臭いにもほどがあるイメージを浮かべながら「うーん、うーん」と唸《うな》って悩んでいたら、

「夕霞さん！　夕霞さん！　夕霞さぁぁんっ！」

と、切実に私を呼ぶ声がオフィス内に響き渡った。

声の出所は私の正面にある火車先輩の席の、さらにその後ろ。白く塗装されたスチー

ルパーテーションに囲まれた、個室の中からだった。

「……またですかい」

呼ばれた私は「はぁ……」とため息を吐いて、逼迫《ひっぱく》する声のトーンとは裏腹にのっそり立ち上がり個室へと向かった。

ドアを軽くノックしてからガチャリと開けると、中はかつての辻神課長の個室と同じ作りになっているものの、しかしモニターの据えられた机の前に座って必死に私を呼んでいる人物は女性だった。

「……はい、どうしました？」

「大変です、夕霞さん！　辻神課長から届いたメールに、またしても添付画像がついているんですっ！」

大仰にそう叫ぶ女性は両方の手で片方ずつ自分の目を覆っていて、一人「だぁ～れだ？」状態となっている。もはやある種の奇行だが、でも既に見慣れた上にまったくの予想通りだった私は気にもせず個室の中に入ると、打ち合わせ用の丸椅子を「よっこいしょ」と移動させて女性の真横に座った。

「例によって、私がその添付画像を見ちゃっていいんですね？」

「いいですから、早く確認してください！」

上司に届いたメールの画像を本人より先に見るとか、本当はいいわけないいんですけど

——なんてげんなりしつつも、このまま放置しておけばきっと終業までこの上司様は目を閉じたままなので、机の上のマウスを手にし添付画像をクリックする。

後送のメールで送られてきたパスワードをコピーして貼り付けると、波打ち際で肩を並べてピースする二〇代と思《おぼ》しき男女の写真が、モニターいっぱいに開いた。

一見何の変哲もない、仲の良さそうなカップルの写真。しかしこれが辻神課長が送ってきた画像である以上、ただの写真であるはずがない。

なんとなく海上が怪しいと感じ、カップルの背後に広がる海岸沿いを注意深く観察してみれば――、

「…………うわぁ」

荒れる波の合間から、おそらく女性のものである青白い腕が突き出ていた。

案の定、添付された画像は心霊写真でした。

「夕霞さん、もう目を開けていい？　もう目を開けてもいい？」

「いや、まだ開けないほうがいいです。今夜眠れなくなっても責任とりませんからね、大崎課長代理」

顔を手で覆ったまま「いやぁ！」という悲鳴を上げる、中年女性。

――そう。

私が今現在、会話をしている大崎課長代理とは、美乃梨ちゃんの絵を手に死神になり

かけていた美穂さんに会いに行った、あの大崎美和さんなのだ。

美穂さんが美乃梨ちゃんに連れられて幽冥界へと逝った翌日に、大崎さんは無事に目を覚ましたらしい。当然ながら、たった一人の家族である息子さんの喜びようはすごいものだったと聞いている。

……だから私は言ったのだ。深瀬親子のすれ違いを正してあげたいと、そんな優しい考えをする人が、大事な自分の息子を決して一人きりにするはずがない、と。

幸いにして意識が戻らなかった以外は軽傷だったらしく、大崎さんは目を覚ましてから一週間ほどで退院することができたらしい。

その頃には、私はもう辻神課長と新たな臨時雇用契約を結び終えており、不名誉にも幽冥推進振興課の最初の案件となってしまった『とある公営マンション住民がみんな地《じ》縛霊《ばくれい》に殺されると、不穏なことを吐いて消えた変な女への対処』という案件を解決するべく、包み隠さずに全てを報告書にまとめた後でした。

そして職場復帰した大崎さんは、どうやら私のその報告書で深瀬親子の顛末《てんまつ》を知り、なんと自ら幽冥推進振興課に異動願いを出したそうなのです。

立ち上がったばかりの現世出張所には、困ったことに臨時職員と嘱託職員しかまだいない。大崎さんの職位は課長代理、しかもかつてあった幽冥推進課の業務の継承候補に名前があったぐらいには視《み》える体質でもある。

まさにこれぞ渡りに舟と、多少というかゴリゴリ無理を押し通し、先日に晴れて幽冥推進振興課　現世出張所の所長として大崎課長代理が赴任してきたのです。

――ですが。

「ねぇ、もういいでしょ！　もうだいじょうぶですよね、夕霞さんっ！」

「だから、まだダメですってば！」

自分で目隠しをしたまま、切羽詰まった声で部下に問いかけてくる所長様。

実は大崎課長代理、私など比べものにならないほどの超怖がりだったのです。

私たちの業務が地縛霊絡みの案件である以上は、こんな風に心霊写真や心霊動画、ときには恐怖体験お便りなんてのが飛び交うのが日常茶飯事なわけであって、それにいちいちおっかなびっくり反応していては通常業務が成り立たない。

というか幽冥推進振興課が幽冥推進課の業務を引き継いだ以上、そんなことは最初からわかりきった話で、よくもまあ自分から異動願いを出したものですよ。

――とても責任感の強い人なのです。

そして一度困っている人を見かけたら、もう自分の状況など構わず放ってはおけない、そんな高潔な人だったりもします。

ゆえに大崎課長代理には辻神課長とはまた別の敬意を私は払っているのですが、

「……そんなんでよく、美乃梨ちゃんや美穂さんに会いに行こうと思いましたよね」

「いや、あのときはもう無我夢中でしたので」

完全に手で目が隠れているので、口元だけで大崎課長代理が「てへへっ」と笑う。頼りになるのかならないのか、さっぱりわからない上司様です。

とにかく確認はできたので心霊写真画像を閉じようとしたところ、ポンという音とともにいきなりモニターの画像が切り替わった。

オンライン会議用のアプリが立ち上がり、前面に出てきたポップアップを確認してみると、辻神課長からの会議要請だった。

「あのぉ、辻神課長からのWeb会議の招待が出ましたけど、どうします?」

「あ、そうですか。だったら出ちゃいましょう」

と、あっさり両手を顔から離した大崎課長代理が「承認」の文字をクリックする。

途端に、辻神課長の微笑がモニターに表示された。

『お忙しいところをすみませ——って、おや、これはこれはお二人お揃《そろ》いで。どうかなさいましたか?』

「どうかなさいましたか、じゃないですよ。毎回言っているじゃないですか、大崎課長代理に圧縮処理していない生の画像データを送るのはやめてくださいって。メーラーにサムネイルが映るたびに呼び出されるので、私の仕事が滞りまくりです!」

……お昼を牛丼にするかどうかで悩んでいたところを呼ばれた、というのはまあ内緒ということで。

『いや、そうは言ってもたかが画像一枚ですよ。ウイルスチェックもしてありますし、メール添付で送ってしまった方が手間としてはお互い楽じゃないですか』

惚《とぼ》けた口調でそうは言いつつも、辻神課長の顔色はどこかつやつや。反省するどころか、このイケズイケメン様は絶対に確信犯ですわ。もしかしなくても大崎課長代理のこと、新しいからかい相手ぐらいにしか思っていないんじゃないですかね。

――まあ、幽冥界に逝かれてからも相変わらずなご様子でなによりです。

『それで、先ほど送った画像はもう見てくださいましたか』

はい、見ましたよ――と私が返すよりも先に、横から別の声が割って入る。

「あぁ。あの画像に写っておったあれは、船幽霊《ふなゆうれい》か？」

気がつけばほんの一〇分前まで自席で寝ていたはずの火車先輩が、いつのまにやら大崎課長代理の机の端にちょこんと立っていて、私たちと一緒に辻神課長の顔が映しだされたモニターを覗《のぞ》き込んでいた。

『えぇ、ご明察です。今回の案件は、どうやら船幽霊が絡んでいるようなんですよ』

「……船幽霊？」

『そうです。朝霧さんも、大崎さんも、先ほど送った画像をよく見てください』

言われるがまま、モニターの下部に並んだアイコンから画像マークを選んでクリックする。再び心霊写真が画面いっぱいに表示されるなり、大崎課長代理が「ひぃ」という短い悲鳴を上げて、またしても両手で自分の目を覆った。

……ほんとめんどくさいな、この所長。

それはさておき、表示された写真に写り込んでいる生白い手をもう一度まじまじ確認してみれば、海面から突き出た腕は何か棒のようなものを握っていた。

「……この棒、あれですよね？　神社の入り口にあるウェルカムドリンクを掬《すく》ってごくごくと飲む、あの道具ですよね？」

「おまえが言いたいものは確かに〝柄杓《ひしゃく》〟であっているが、手水《ちょうず》をウェルカムドリンクと称するな！　あれは飲まずに口を漱《すす》ぐだけのものだ！」

ガーッとがなり立てる火車先輩を無視し、辻神課長が話の先を続ける。

『漁師が舟に乗って沖合いに出ると、どこからともなく「柄杓をくれ」という声が聞こえてくる。辺りを見渡してみれば、いつのまにか海から突き出た無数の腕に囲まれている。「柄杓をくれぇ、柄杓をくれぇ」という、そのおぞましい声に負けて柄杓を渡してしまったが最後、その舟は渡した柄杓で汲《く》まれた水を注がれて沈んでしまう。

――こんな船幽霊の逸話は、日本全国の海沿いのいたる町に伝わっています』

あぁ……確かにそんな昔話めいた怪談を、どっかで聞いたような気もしますよ。

ちなみに今の辻神課長の話の最中、大崎課長代理は「あばばば」と意味不明な声を上げながら、手で自分の耳を塞いではすぐに離してまた塞ぐ仕草を繰り返していた。

『実はこの写真が撮れた沖合いで、どうも船幽霊らしき怪異の被害が頻発しているんです』

「というと――まさか舟が何艘《そう》も沈んでいる、とか？」

『いえいえ。何百年も前の漁船ならばいざ知らず、いまどき柄杓で汲まれる水ぐらいで沈む舟なんてありませんよ。むしろ水中ポンプを一台でも積んでおけば、溜《た》まる水よりも排水量の方が圧倒的に多いでしょうね』

ビバ、現代科学。昔ながらの怪異はいろいろと生きにくい時代になりました。

『しかし沈まないからといって問題がないわけではなく、むしろよりいっそう厄介になっている面もあるといいますか――この写真の沖合いを通ったタンカーが積んでいた原油の中にですね、いつのまにか大量の海水が混じっていたらしいんですよ』

「はいっ？」

『この付近では以前からちょくちょく「積み荷が勝手に濡《ぬ》れてしまう」という報告が海事局には上がっていたようでして、昨今の原油価格の高騰からもこれはこのまま放置してはおけないと、幽冥推進振興課に相談が入ったわけです』

「ちなみに補足しておくとな、船幽霊とは海難事故により亡くなった者たちの未練が引き起こす怪異だともされておる」

「……つまるところ、原油に水が混ざるその怪事は〝海の事故で亡くなってしまった方の地縛霊案件〟の可能性が高い、ということなわけですね」

『はい、そういうことです』

厳密には海上は国土ではないものの、排他的経済水域までは国際的にも管理が義務付けられている国土のようなものであって、外航・内航問わずに強化を担う海事局としては確かに目を瞑《つぶ》れない話でしょうよ。

「とりあえずは、いつものごとく現地からですかね？」

「この海岸の場所なら、今から公用車で向かえばぎりぎり残業なしで帰ってこられるな。喜べ、今夜は持ち帰りの牛丼弁当が家で食べられるぞ」

それは素敵なディナープランですが、実行するか否かは私のお財布と相談です。

「だったら急いで向かいましょうか」

「急ぐのはいいが、いつもながらの交通ルール遵守の安全運転だからな」

目をキランと光らせる火車先輩に「わかってますよ」と答える。

『それなら詳細の資料は火車にメールで送っておきますので、道中で読んでおいてください』

「あっ、夕霞さん。前回の案件の報告書は今週までですからね、新しい案件にかこつけて忘れないでくださいよ。――それと画像は必ず別送で」

こちらの二人に向かっても「はいはい」と応じておく。

なんといいますか、私以外の人間職員も新たに加わった幽冥推進振興課ですが、以前にも輪をかけて収拾がつかない課になってません？

でもまあ、そこはさておいて。

「それじゃ、お迎えに上がってきますね！」

——国土交通省設置法第三条。

『国土交通省は、国土の総合的かつ体系的な利用、開発及び保全、そのための社会資本の整合的な整備、交通政策の推進、観光立国の実現に向けた施策の推進、気象業務の健全な発達並びに海上の安全及び治安の確保を図ることを任務とする』

すなわち安全で健全で利便性の良い国土を国民様へと提供することが国土交通省に属する組織にとっての最大の責務となるのだけれど、まれにその対象から外れる方々が不当に国土を占拠してしまうことがある。

つまりかつては人であった死者、地縛霊と呼ばれる元国民様たちだ。

生前は国民であったそんな方々と交渉し、国土に縛られる原因となっている問題を解決、排除することで、幽冥界へのすみやかなるご移住をご案内していく。

それこそが以前は『幽冥推進課』が担い、そして今や『国土交通省　国土政策局　幽冥推進振興課』が継いだ業務だ。

ゆえに働く職員は年齢不問、学歴不問、資格不問——加えて、生死さえもが不問。

でも最近は技術継承の持続性を考慮して人間職員の増員に力を入れており、おかげでもう毎日がてんやわんやの連続です。

すぐそこにあったらしい幽冥界で構えた事務局と、実務を担うべくオンボロ新橋分庁舎の地下に設けられた現世出張所。かつては一緒の職場で働いていた妖怪様たちに見守られつつも、少ない人数で回す現世出張所はいつだって人手不足でフル稼働ですよ。

とはいえ働けることはありがたく、それが自分の望む業務であればなおのこと。なんて宣《のたま》うとちょっとだけブラック臭が漂うものの、でもまあ『幽冥推進振興課』との臨時職員契約ではぐんと契約期間も延び、待遇だって上げてもらいました。

だからこそ私が次に目標と掲げて狙うのは、いよいよ正規職員の座です。

ゆえに今日も、無念を抱いてこの世に留《とど》まっている地縛霊様が笑顔で国土とお別れできるよう、身を粉にしてがんばりますとも。

新人なんて言葉はもはや懐かしくさえ感じる、今日この頃。きっとこれからどんどんやってくるだろう新たな人間職員さんを待ち構えつつ、幽冥推進振興課の臨時職員たる私の日々は、これからもまだまだ続いていくのです。

あとがき

最初は、当然ながら怒られるものと思っていました。

それはちょうど二巻目の初稿を書き上げた頃のことだったと記憶しています。編集部に届いた一通の手紙から始まったやりとりは、あれよあれよと大事になり、気がつけば私は当時の国土政策局長のお部屋にまでおうかがいすることになっていたのです。

「知らないうちに国家機密に触れたから、消されるんじゃないですかね？」

担当さんの冗談が少しも笑えません。出頭という単語が、私の頭の中を巡ります。

ちなみにその時、国土政策局でどんなやりとりがなされていたかは二巻の巻末の野村《のむら》正史《まさふみ》局長（当時）の秀逸なご解説に記載されていますので、そちらをお読みください。

とにもかくにも予想に反し、こんなどこの馬の骨ともしれない作家を国土政策局の皆様は歓待してくださいました。さらには貴重な取材までさせていただき、霞が関にうかがうまでビクビクしていた気持ちは一転して有頂天。どこぞの牛丼大好きなお調子者の主人公のごとく、帰り道では「やるぞ！　やるぞ！」と鼻息荒く捲《まく》し立《た》てながら拳を握り、そして国土政策局の名前をお借りしているからには下手な作品は書くわけにはいかないぞと、やる気と緊張感で満ちていたのを思い出します。

ですが——ふと今になって思い出せば、それは全て掌《てのひら》の上だったのではないかとも思うのです。国土政策局の名を使った作品で妙なことを書かないように、三文作家をおだてて木に登らせておいたのではないかと。もしそうならば、官僚の皆様方とはなんとやり手で頼もしいことでしょうか。それだけでこの国は安泰だと安心します。私が扱いやすい単細胞な人間だった、という要素は横に置いておくとしてですが。まぁ——そんなことはさておいて。

思い返せば、本作品は本当に人に恵まれたシリーズでした。

先に申し上げました、最初に集英社文庫編集部にお手紙をくださった元国土政策局長の本東信《ほんとうしん》様。シリーズ執筆中に届いた訃報、胸が痛くなるほどに残念であり、この場を借りて心からのご冥福をお祈りいたします。

また当時、国土政策局の総務課企画官でいらした小松雅人《こまつまさと》様。国土交通省の地下にある本屋さんで夕霞たちを見いだしていただけなかったら、きっとここまでの広がりのある作品にはなっていなかったでしょう。夕霞に代わり、あらためてお礼を申し上げます。

それからイラストを担当してくださった雛川《ひなかわ》まつり様、コミカライズを担当してくださった桜井《さくらい》みわ様。お二人の描かれる夕霞や火車先輩には、いつも心躍らされました。

何より最後までお付き合いくださった読者の皆さんには、感謝の言葉もありません。

エピローグ、あるいはプロローグ——もしもどこかで幽冥推進振興課の物語を見つけることがあれば、どうか手にとり再び夕霞たちの活躍を見守ってもらえると嬉《うれ》しいです。

S 集英社文庫

お迎《むか》えに上《あ》がりました。 国土交通省国土政策局幽冥推進課《こくどこうつうしょうこくどせいさくきょくゆうめいすいしんか》 7

2023年 3月25日　第1刷　　定価はカバーに表示してあります。

著　者　竹林七草《たけばやしななくさ》

発行者　樋口尚也

発行所　株式会社 集英社
東京都千代田区一ツ橋2-5-10　〒101-8050
電話　【編集部】03-3230-6095
【読者係】03-3230-6080
【販売部】03-3230-6393(書店専用)

印　刷　株式会社広済堂ネクスト

製　本　株式会社広済堂ネクスト

フォーマットデザイン　アリヤマデザインストア　　マークデザイン　居山浩二

本書の一部あるいは全部を無断で複写・複製することは、法律で認められた場合を除き、著作権の侵害となります。また、業者など、読者本人以外による本書のデジタル化は、いかなる場合でも一切認められませんのでご注意下さい。

造本には十分注意しておりますが、印刷・製本など製造上の不備がありましたら、お手数ですが小社「読者係」までご連絡下さい。古書店、フリマアプリ、オークションサイト等で入手されたものは対応いたしかねますのでご了承下さい。

© Nanakusa Takebayashi 2023　Printed in Japan
ISBN978-4-08-744502-2 C0193